U0020265

望鄉牧神之歌

余光中作品評論與研究

蘇其康　王儀君　張錦忠
主編

目　次

望鄉牧神之歌 （前言）

　　在當代華文作家中，能說得出家數名號，且廣受海內外知識界和文壇所景仰的，可能就非詩壇祭酒的余光中先生莫屬了。先生六十年來棲身上庠，雖退而不休，晚年堅守中山大學，被奉為鎮校鎮山之寶，其實更重要的是他的創作不斷，越晚越精純，抑且大有反樸歸真的意味，譬如每常採用歌謠複部疊句的手法，而其文字更形清新脫俗，駸駸然而有現代詩的古雅風，卻又含英咀華，可堪反覆玩味。誠然有大宗師之姿。

　　為了感念先生帶給學校有形無形的光彩（中山大學曾二度頒授余先生殊榮：中山講座教授、光華講座教授以及名譽文學博士學位），早在去年（二〇一七），校內便積極為余教授安排了系列的九十大壽慶典，每次的場面都感人且熱鬧溫馨，非尋常慶生會可以比擬，然而先生的格調，不應只停留在短暫的事務上，猶應有另一精神層面，以為誌賀。故此，早在一年前，余教授的門生故舊便醞釀要替詩翁籌策一秀才人情——出一本賀儀論文集。此議有例可援；老師七十歲和八十歲時都曾出過壽慶論文集，前者名為《結網與詩風》，後者訂為《詩歌天保》。我們把這個想法告訴余老師，可能是自謙，也可能另有更好的點子，老師沉默了一陣子沒有回應，後來終於應允我們向各方邀稿之舉。這次和以前兩次稍有不同的地方，便是我們鼓勵大

家寫點和余老師作品有關的文章，而不是任何領域的文章，也因為這個強烈的訊息，部分作者大為猶豫，謙稱不善於撰寫論文，雖然經過編輯小組同仁的遊說，終難免於遺珠之嘆。少了一些投稿者的大文，等同在專利上少出現了余老師交遊和友朋間的一些支持訊息，這樣的結果，無疑是我們籌畫同仁的缺失。

余老師創作之外，授業黌宇，學貫中西，這也是我們要用論文集為老師祝壽的主因。中式的助慶，每有唱和之舉，關於酬唱方面，九歌出版社另擬出專書連貫老師的平生功業，因此，我們便固守在描摹老師著作一己之見的分享上。在西方學術傳統中，壽慶論文集的作者都自然變成一慶賀團的名單，屆時連同專書晉獻壽星，此即為祝賀名單 (tabula gratulatoria) 之謂也。一般而言，寫論述文章，稍需費時，故一年為期，加上編校過程，其實時間上剛好而已。不想在去年底十二月十四日時老師先行駕鶴歸去，在哀悼之餘，編輯小組很快便議決，以余老師為中心的論文集仍按原訂計畫出版，目的不變，方式可以調整。又既然老師已仙逝，論文集的篇章，若其論述內容與余老師作品無關，便意義不大，因此，編輯小組再度提醒撰稿同道希望以閱讀和賞析余光中教授的作品做出發，使能把一得之見，貢獻給廣大的余光中粉絲和讀者，期使這本專書成為研究余光中的重要史料和深度詮釋參考資料。出版的初衷雖然已改變了，但景仰和敬意未減，這是一本紀念余光中的專書，從祝賀的情景已變為悼念 (in memoriam) 的篇章，不過余老師泉下有知，或許會不以為忤。

其實，對作家或學者最好的敬意便是讀他的書，進入他的思路世界，與之神交，那是跨時空、跨領域、跨民族，也是跨文化的壯遊，至於每個人與這位作家的熟諳度，不在物理距離，

或謀面的次數，而在於彼此的心理距離，以及心靈契合的程度，雖然本書所有作者都和余老師有不同程度的交往情誼，但重點仍然落在各人對老師作品的賞析層級和品味深廣的透視，也是基於如此純真之目的，我們請求本冊所有的作者，以余光中個人為出發點，且以他的作品為依歸，在最大自由度之下，反映每人對余老師的慕想，這種論文集的作法，不一定是創舉，但定然在中文的知識界和學術界是全新的嘗試。在西方的傳統裏，對成名的大家往往會編有「個案紀錄冊」(casebook)，作為對單一作家綜合或入門研究之用。但本書和個案紀錄冊有些許貌似，卻不盡相同。

首先，這不是一本傳記，事實上我們盡量減低寫傳記的色彩，因為這方面有很多其他人在做。我們希望本書文章可以成為日後研究余光中作品的必備參考，最少，這是一個目標，但因為要配合余光中九十冥誕前出版的時程，大家只能盡力而為。其次，本書和西方個案紀錄冊最大的差別，就是所有的文章都有溫度感，不是冰冷硬繃繃的學究文章，這點絕不是余老師喜歡的風格。在徵稿和催稿過程中，因為多種原因，有些朋友的大作未能收輯到，引為憾事，惟希望他們在別的場合，再締造對余老師的謳歌。

本書訂名為《望鄉牧神之歌》理由很簡單。《望鄉的牧神》原本就是余光中早年一本散文集的書名，原句出自英國文藝復興時期大詩人約翰・彌爾頓之手，大有以自己的悼亡詩把摯友化為不朽的對象，然而《望鄉的牧神》殊非輓歌之流，但卻有西望神州憂思的慨嘆和滿懷浩然之氣的激盪，以之作為余光中大半生的寫照，雖不中，不遠矣。在這本散文集裏中西文學的傳統和影子，大略可見。因此，借用詩人自己的文辭正好替我

們這本論文集臉上貼一點金。至於加上「之歌」兩個字，是因為我們論文集的涵蓋面包括了詩，因以為名。

　　從祝賀到悼念，我們謹願獻上《望鄉牧神之歌》給已羽化升天的余光中老師。

蘇其康 謹識

鳴謝

　　《望鄉牧神之歌：余光中作品評論與研究》一書從二〇一七年中開始籌編，能在今年秋天達成出版任務，特別要感謝九歌出版社的陳素芳總編輯全力支持，九歌除了出版李瑞騰教授編的《聽我胸中的烈火：余光中教授紀念文集》之外，還願意出版這本學術性的評論集，以彰顯余光中創作、評論與翻譯的成就，十分令人感動。在編輯過程中，三位編者定時商聚、分工，其間也蒙黃瑋琳助理聯絡各位作者，定期催稿，才有這本書的雛形。而在論文集的最後收稿與編輯階段，中山大學人文研究中心許雁慈助理與出版社編輯部的鍾欣純小姐共同努力，在很緊迫的時限之內把書編出來，這裏要向她們致謝。最後還是要謝謝各位賜稿作者的支持。另外要說明的是，陳幸蕙的余光中訪談錄原刊《文訊》no. 332 (Jun. 2013): 40-50。

回到藍墨水的上游（緒論）

張錦忠

壹

　　在余光中教授去世前半年左右，蘇其康老師發起籌編一本論余光中作品的文集，預計二〇一八年出版，既為詩人重九九十華誕祝壽，也為余學累積研究彙編。這個心意顯然因余光中於去年底辭世而落空了一半。不過，我們幾位編者覺得原本的心意還有一半可以實現，如果原先答允撰稿邀稿的文友與學界同人多數能夠如期供稿，編一本研究余光中的人無法繞過的論文集還是很值得做的事。

　　世人所知道的余光中，當然是當代中文文學世界的重要詩人與散文家。在戰後臺灣文壇開啟「現代詩紀」的一九五〇年代初期，詩人們像崛起的星群，在文學的夜空中競相放光，到了五〇年代中葉，藍星、現代詩社、創世紀三分詩壇天下，爾後才有笠詩社冒現，三分變成四方，於是臺灣現代詩風從超現實到鄉土，都有所表現，各自展顏。現代詩能在彼時成為臺灣文學的主要能動力量，余光中、覃子豪、紀弦、洛夫等前行者為現代詩搖旗，在寫詩，交出作品之外，編詩刊、釋詩、譯詩、論詩，乃至論戰，為當時的現代詩運動推波助瀾，居功至偉，余光中更是其中的重要代言人。余光中以其外文系背景，熟悉西方現代文學，詩尤其是他的「第一興

---

* 論文初稿承單德興學長提供若干修訂建議，受益良多，特此致謝。

趣」，一方面取法英美詩歌以鍛鍊詩藝，另一方面向英詩傳統與演變取經以論述中文現代詩的表現與語言，頗多建樹，可謂詩與詩論左右開弓，阿波羅與繆思分別在他雙掌上呼風喚雨，各顯神通。

可是這不表示余光中乃全盤西化的擁護者。他寫新詩，[1] 認為「新詩是反傳統的」、「新詩應該大量吸收西洋的影響」，但也認為新詩「事實上也未與傳統脫節」，西化的新詩「仍是中國人寫的新詩」(1968: 123)。傳統與反傳統乃五四以降新詩運動乃至新文學史的重要議題，新詩的求變求新（龐德[Ezra Pound]所說的 "make it new"），總已是從傳統出發又反傳統的，同時也是傳統與個人才力之間的拔河。用這個觀點來看余光中的新詩志業，應該也是合宜的。余光中投入新詩的長河，早在一九五〇年夏天經香港橫渡臺灣海峽在「美麗的島」上吟唱望鄉牧神之歌之前，當他還是廈門大學外文系大二學生時，就已在廈門的報紙發表詩作了。

一九五〇年代的中文新詩，格律派的高峰或見諸力匡在香港-南洋的表現，但更有詩學實驗野心的吳興華早在四〇年代就踐行了，雖然夏濟安主編的《文學雜誌》要到五〇年代中葉才發表他署名梁文星的〈致伊娃〉及〈現在的新詩〉等詩文，余光中在那個時代起步寫詩，難免要經過這場格律風雨的洗禮（他彼時所讀的卞之琳與馮至也寫格律詩）。這可以從他早期的幾本詩集見出端倪。在余光中的詩路旅程中，從格律新詩過度到現代主義感性並不成問題，甚至是順著新詩運動之必然趨勢。而這時的余光中所反的是那個五四的白話新詩傳統，先是降下五四的半旗，然後「扎起現代文藝的大蠹」，翻開現代文學史的第二章。

我所謂順詩運之勢指的是一九五〇年代中葉的臺灣現代詩潮流向，尤其是余光中在一九五八年留美返國、發表長詩（或組

1　「新詩」是當時的用語，夏濟安、周棄子、林以亮、吳興華（梁文星）他們討論現代詩，用詞也都是「新詩」。

詩）〈天狼星〉、引發論戰那期間臺灣現代詩的表現。我們不妨從余光中形容為「那正是臺灣現代詩反傳統的高潮」(1976: 153)的一九六一年往前回顧那五年間的大事記：一九五六年，紀弦的現代派成立，主張「新詩乃是橫的移植，而非縱的繼承」；一九五七年，藍星與現代二詩社展開「現代主義／新現代主義」論戰；一九五九年七月，蘇雪林發表〈新詩壇象徵派創始者李金髮〉指象徵詩幽靈來臺、十一月言曦發表〈新詩閒話〉指責新詩晦澀，遂掀起一場新詩筆戰；同年四月《創世紀》（第十一期）改版，提倡詩的世界性與超現實性，第十二期（七月號）發表洛夫長詩《石室之死亡》；一九六一年，張默與瘂弦主編《六十年代詩選》（高雄：大業書店）出版；同年《現代文學》先後刊出的余光中的〈天狼星〉與洛夫的長篇評文〈《天狼星》論〉，引發余洛二人筆戰，余光中後來發表〈再見，虛無〉回應。那段期間，一九五八年秋至翌年夏，余光中赴美留學，新大陸的生命經驗與美學感知顯然有助與他闊步邁向現代主義，但是在論戰衝鋒陷陣之餘，也令他反思臺灣現代詩以及他自己的詩志業的出路。[2]

　　那出路就是轉進「新古典主義」；於是便有了一九六四年出版的詩集《蓮的聯想》，以及細究古典詩藝的長文〈象牙塔到白玉樓〉。《蓮的聯想》詩題很難不令人聯想到漢詩樂府的「江南可採蓮，蓮葉何田田」，何況文星版詩集序一開頭就是「身為一半的江南人……」(2007: 17)。蓮固然是古典的象徵（「古典留我」[2007: 44]），也是東方的意象（「是以東方甚遠，東方甚近」[2007: 52]、「東方／有一支蓮[2007: 130]」），四十多年後他回顧那年夏

2　早在一九五七年，藍星與現代同人論戰時，余光中便已在十月出刊的《藍星詩選：天鵝星座號》譯了史班德(Stephen Spender)的〈現代主義的運動已經沉寂〉("The Mondernist Movement is Dead," 1952)一文。洛夫的〈《天狼星》論〉可說是促使他動念告別現代主義的「最後一根稻草」。

天的靈光一現(epiphany)，自承彼時他「正倦於西方現代主義之飛揚跋扈，並苦於東歸古典之無門。天啟一般，忽有蓮影亭亭，荷香細細，引我踏上歸途」(2007: 9)。「拒絕〔向西方〕遠行」的詩人找到了他的「比特麗絲」(Beatrice)（「甄甄／真真」），於是《蓮的聯想》類似但丁的「新生於焉開始」，[3] 然而這卷詩集並非但丁的《新生》那樣的愛情絮語，而是一卷以「新古典主義」對抗現代主義的寓言(allegory)之作，寫的是「詩情」，而非「情詩」。因此，新古典主義勢必也只是過渡。這也是為甚麼在集中的〈燭光中〉有「現代和古典猶未定邊疆」(2007: 152)這樣的句子，以及〈第七度〉裏的「這裏／是現代的邊境，……//……現代／狹窄的現代能不能收容我們？」(2007: 136-138)。換句話說，那年夏天在臺北植物園小蓮池畔第一次看見蓮的詩人，雖然不是打江南走過，很可能跟鄭愁予詩中的說話者一樣「不是歸人，是個過客……」（鄭愁予115），儘管他自己認為那是「歸人心情」(2007: 9)。

這麼說其實合乎「正反合」的辯證思維：現代（現代主義）為「正」，古典（新古典主義）為「反」，「合」是彼時隔霧的未來（「古代隔煙，未來隔霧……」[2007: 137]）。余光中的詩文背後的思維其實相當符合辯證法，我們甚至不妨說其詩文的機智趣味也是辯證思維的產物。這一點當年熊秉明(1966)論余光中的《蓮的聯想》中的三聯句時也曾指出。至於那隔霧的未來，余光中自己也在九歌版的新序上說，《蓮的聯想》出版三個月後，

> 同年九月我便二度去了美國，對李賀與李商隱的耽溺也就在新大陸漸漸「解魅」了。等到一九六六年回臺前夕，〈敲打樂〉的重金屬響起，我的詩情已因現實的壓力而進

3　語出楊牧譯《新生》，但丁著（臺北：洪範書店，1997），頁1。

入了《在冷戰的年代》，場景全換了……。(2007a: 10)

一九六〇年代中葉，美蘇冷戰對峙，美越戰爭如火如荼，中共的文化大革命正鋪天蓋地展開，美國民權運動方興未艾，彼時人在美國的余光中「獨在異鄉為異客」，難免要「感時憂國」一番。與此同時，余光中也見證了現代詩在美國的典範轉移，維廉‧凱樂士‧威廉斯(William Carlos Williams)已取代艾略特（一九六四年過世）成為詩壇要角，余光中在一九五九年首度赴美時見到的佛洛斯特(Robert Frost)重新受肯定，痞世代(Beat Generation)詩人的冒現，在在代表明朗、口語、主感才是王道。對某些文學史家來說，那正是美國後現代主義詩潮的臨界點。

如果我們同意余光中自己說的，寫完〈天狼星〉，他「已經暢所欲言，且已生完了現代詩的痲疹，總之〔他〕已經免疫了。〔他〕再也不怕達達和超現實的細菌了」(1968: 184)，那麼，寫完《蓮的聯想》，他也告別了他所自詡的新古典主義，從江南回到南國鯤島──「走下新生南路，在冷戰的年代」(1970: 106)或走在「廈門街的那邊有一些蠢蠢的記憶的那邊」(1970: 46)。《在冷戰的年代》開啟了余光中的「中期」詩路，此後他果真「暢所欲言」，儘管詩觀繼續變化。在詩集出版後接下來四十七年的歲月裏，他出版了從《白玉苦瓜》到《太陽點名》十一部詩集，交出了〈白玉苦瓜〉、〈九廣鐵路〉、〈蜀人贈扇記〉、〈五行無阻〉、〈大衛雕像〉等無數名篇，其詩力的續航能耐不可謂不強大。

夏志清曾說，余光中自承其詩成就高於散文，但他卻認為「後世讀者可能歡迎他〔余光中〕的抒情散文，有甚於他的詩」(156)。余光中在散文上的努力有三個方向：即他名之曰「自傳性的抒情散文」(2008: 116)的抒情散文、評論散文（或文藝批評）與專欄隨筆

及雜文。在為現代詩搖旗吶喊的同時,他就鼓吹散文革命了。[4] 當年在《文星》刊出的那篇〈剪掉散文的辮子〉今天仍為人所津津樂道。[5] 他指出彼時「學者」、「花花公子」、「浣衣服」三款散文類外的第四款散文才是「新散文」——「現代散文」。這種現代散文——於他其實就是他的抒情散文——「講究彈性、密度、和質料」(2000: 56)。寫現代散文的余光中,顯然是將自己視為文字的煉金術士,就像他自己說的:「我倒真想在中國文字的風火爐中,煉出一顆丹來。……我嘗試把中國的文字壓縮,搥扁,拉長,磨利,把它拆開又拼攏,摺來且疊去」(2000: 262)。後面這句話早已成為他的散文論述名言。這類「字字計較」的抒情散文的典型例子有〈鬼雨〉、〈逍遙遊〉、〈萬里長城〉、〈聽聽那冷雨〉、〈登樓賦〉、〈地圖〉、〈我的四個假想敵〉、〈記憶像鐵軌一樣長〉等,名篇繁多不及備載。這些抒情散文的題材或感性也許多是「陰柔」的,但卻以陽剛的文體展現,可以說是余光中的「陰陽並濟」獨家散文風格,頗能反映他自己說的「心裏有猛虎在細嗅薔薇」(203)。

余光中早期的散文集多是抒情散文與評論散文兼收。他的首三本散文集中,第一本《左手的繆思》出版於一九六三年,裏頭的〈記佛洛斯特〉、〈石城之行〉與〈塔阿爾湖〉應屬自傳性抒情散文(〈猛虎和薔薇〉算是初試美文身手),但其他的大都可歸入批評文章類。第二本《掌上雨》,卻是一本評論與雜文集,並沒有收入抒情散文。其實,余光中認為他的抒情散文與詩頗為接近,「就連論評的散文也不時呈現詩的想像」(2008: 116)。他的評論散文多

---

4 余光中自己也認為當年他的散文論述乃發動散文革命運動,尤其是〈剪掉散文的辮子〉一文,「可以說是現代散文革命的一篇宣言」(2000: 5)。

5 例如,黃錦樹近日發表的〈會意:隱喻與轉喻的兩極〉仍舉余光中此文為例談中文文字的問題,黃文見《中山人文學報》no. 45 (2018): 21-45。

涉及現代詩與當代詩人，以其批評文字之犀利，堪稱當年文壇第一健筆，在那烽火連天的年代，為現代詩開疆闢土立功不小。就臺灣現代詩史而言，他的詩論散文，尤其是析論方旗、方莘、方娥真的「三方論」，以及重新勘繪現代詩版圖的〈新現代詩的起點〉等篇或序，既有伯樂之先見與洞見，復為臺灣現代詩把脈，點出七〇年代現代詩論戰之後的路向，可以說已是建立現代詩典律的文獻。這類評論散文包括他的藝評文字，以及他為其他作家所作的序，甚至是他的自序文。不過，他的評論散文論述對象除了現代詩人外，古典詩人與歐美詩人也在他的視野裏。他的古典論述之作中，〈象牙塔到白玉樓〉與〈龔自珍與雪萊〉尤為重要篇甚，後者也屬比較文學研究。歐美詩人評介則是他《左手的繆思》時期的主要關注，那些年他也在如火如荼譯介英美詩人。

儘管余光中說到了《分水嶺上》，他的抒情散文與評論散文在結集時分道揚鑣，但即便是純抒情散文集如《記憶像鐵軌一樣長》裏頭也有說理多於抒情的〈橫行的洋文〉，甚至晚年出版的《粉絲與知音》也還是冶抒情、敘事、小品、雜文於一爐。從他早期的抒情散文如〈石城之行〉與〈塔阿爾湖〉開始，旅遊抒懷敘事就是其中重要元素。他在旅途中領悟人、山水與環境的時空交應關係。另一方面，藝術與藝術家評論在余光中的散文類裏頭也佔了重要的一席之地。他於一九五八年赴愛荷華國際作家工作坊進修時，修了藝術史的課，藝術知識相當專業。《左手的繆思》的藝術評論散文即有四篇之多。其中關於梵谷的那篇寫於一九五四年底，當然，那是因為彼時他在翻譯《梵谷傳》。藝評——以及遊記——後來幾乎取代了詩評詩論，成為他中、晚期寫得最多的散文類別，兩者在《從徐霞客到梵谷》這樣的集子裏頭交會。

余光中的另一類散文為專欄隨筆、小品或雜文。他早年在《文星》刊出的雜文不少，筆鋒犀利，頗有盛氣。一九七二年，余光中

在《中國時報‧人間副刊》寫了半年專欄。同年，《皇冠雜誌》發行東南亞版新刊，余光中即發表〈聽，這一窩夜鶯〉系列文字，每月一篇，不妨以專欄文字視之。一九七五年至一九七七年，長達兩年之久，他在香港的《今日世界》闢有專欄，每月一文，其中月旦五四新文學名家文章不少，自己下筆也講究遣詞用字，可以視為他談語文的文章的「批評實踐」(practical criticism)。這些隨筆雜文頗能發揮說理散文的社會效用。雜文有如匕首，這是陳年舊喻了，但余光中的雜文的確是銳利的匕首。在第一波現代詩或中西文化論戰時，借句西諺說法，他的鋼筆猶勝匕首。專欄文章有時間、字數限制，庸手恐怕難以發揮自如，余光中教書寫詩之餘，還有餘力寫專欄，顯然正是高手。

余光中談語文，早年多聚焦於西化與純正問題，近年則維護文言教育，其實都是他對文字一以貫之的態度。他與文字的拔河固然是因為他是詩人，與文字搏鬥本來就是一生的志業，但跟他很早就接觸翻譯也很有關聯。他在《掌上雨》的〈後記〉說自己的「第一興趣是詩，第二興趣是翻譯」(1968b: 222)。他早年的翻譯，主要是《老人和大海》、《英詩譯註》、《英美現代詩選》，林以亮編譯的《美國詩選》他也貢獻良多，此外還有臺灣新詩英譯。中年以後則以王爾德的四部喜劇最為世人所知；《錄事巴托比》與《土耳其現代詩選》的流通雖不算廣，但卻是翻譯精品。他晚年專譯濟慈，自己的《守夜人》也有不同的修訂版。我認為余光中的翻譯影響深遠，恐怕不在他的創作之下。在臺灣的域外文學翻譯史上，他的《梵谷傳》、王爾德喜劇與英美詩譯乃他的三大貢獻。《梵谷傳》的原著未必是嚴肅文學作品，但余光中的中譯卻是文學翻譯的經典之作，主要是他示範了「精譯求精」的譯功。

在諸文類當中，余光中以詩與散文傳世，唯獨沒有小說或戲劇，不過他倒是寫了不少小說評點的文章，也為當代小說家作序，

而翻譯的文類除了詩，還兼顧了小說與戲劇。當然，他也不完全對小說創作不感興趣，[6]《焚鶴人》裏頭的〈焚鶴人〉與〈食花的怪客〉就是短篇小說；〈食花的怪客〉甚至可說是一篇科幻小說。[7] 不過，就他在詩、散文、評論、翻譯這四大書寫空間的表現而言，在超過一甲子的筆耕生涯中，無不令人刮目相看，正是名符其實的現代中文文學巨匠。

貳

這本《望鄉牧神之歌：余光中作品評論與研究》收入港臺的中外文學學門專家學者十篇評論與研究余光中作品的文章，另收訪談錄一篇。全書分為三輯：首輯討論余光中的詩作，尤其是詩人的晚期風格；第二輯聚焦於余光中的散文，既有論述其專欄隨筆的長文，也有探討其山水遊記之短論，讀後當可一窺余光中的散文變貌。輯三的譯評娓娓分析余光中的中詩英譯，頗能彰顯其象寄妙功。所附錄訪問為詩人夫子自道，「聽」他暢談創作也談人生，頗有助於我們讀其詩文而知其人。

余光中生前出版的最後一本詩集題為《太陽點名》，集中長詩不少，李有成的〈晚期風格：論余光中的長詩《秭歸祭屈原》〉即分析其中一首，以詮釋詩人的晚期風格。「晚期風格」當然是薩依德(Edward Said) ╱ 阿多諾(Theodor Adorno)論藝術家晚年階段的作品與思想表現的說法；薩依德並將晚期風格分為兩種（新的詩藝、新

6　單德興在訪問范我存女士時，師母提到余光中早年寫過小說〈劉家場〉。見單德興(2018)〈守護與自持：范我存訪談錄〉，《中山大學學報》no. 45: 104。

7　余光中在接受陳幸蕙的訪問時說他的這兩篇小說「發表後沒甚麼迴響，後續就沒有再從事類似的創作」。其實不然，《蕉風月刊》的科幻文學專號就曾刊出迴響，見賈世源，〈食花怪客的廬山面目〉，《蕉風月刊》no. 313 (Mar. 1979): 52-53。

的和解／矛盾、疏離、不和諧）。儘管薩依德所獨鍾的第二種風格的「負面影響現象可能隱含正面意義」，[8] 李有成認為余光中這本詩集裏頭的長詩所表現的晚期風格屬第一種：流露出成熟、肅穆、寬容的心胸。李有成舉〈秭歸祭屈原〉為例，認為詩表面上寫祭屈原與賽龍舟，其實正是一首回應現實政治之作，呈現了詩人「力求和解與寬諒」的心境。

　　無獨有偶，陳芳明的〈余光中詩學的晚期風格〉也是從薩依德／阿多諾的晚期風格論述來探討余光中步入晚年後的詩境與心境。余光中晚期的詩作詞藻清簡、意象精確，可以說是一種超越。十年前，陳芳明編《余光中六十年詩選》以為余光中八十壽慶，重新閱讀詩人八十歲以前的詩作一過，「隨著詩人一起年輕、一起成熟、一起跨入中年，最後也與他一起蒼老」，對余光中的詩路歷程也另有一番體會。談余光中晚期風格的同時，陳芳明也點出詩人作品中書寫「生命詩」者不少；詩人既跟自己的靈魂對話，也跟時間拔河，到了晚年，依然是「一顆不肯認輸的靈魂」（余光中自己的說法是：「可見得詩心仍跳，並未老定」[2015a: 253]），故能寫下像〈大衛雕像〉這樣長達二百〇五行的長詩。

　　〈洛陽橋〉是余光中另一首晚期詩作。二〇〇四年夏余光中二訪泉州，在洛陽橋橋頭看橋，寫了四行詩句，七年後，二〇一一年，他終於走過洛陽長橋，於是續寫「四行絕句」為四十行長詩，收在《太陽點名》裏。李瑞騰的〈《洛陽橋》注及賞析〉是一篇文本分析的評文，有汑有解，雖說是「賞析」，其實是細讀，可說是中式新批評。「賞析」為文本內部詮釋，「注」為詩的外延知識，既涇渭分明，復交相為用。洛陽橋不在洛城，洛城在太平洋彼岸美西，余光中亦有詩寫沒有洛陽橋的洛城。張錯的〈春天從洛杉磯登

8　以下引述本書收錄諸家評論文章的文字不另注明，所引篇甚也不列為徵引文獻。

陸：兼論余光中詩集《五行無阻》二詩〉即分析了余光中的〈洛城看劍記：贈張錯〉與〈木蘭樹下〉，也可以視為一篇文本分析的批評文章。一九八〇年代末，余光中已定居高雄，住在中山大學校園的學人宿舍，張錯應邀前來中山大學外文研究所暑期客座時也寄寓西灣，常與詩人觀星論英雄。彼時的「臺灣經驗」，也讓張錯興起鮭魚返鄉的念頭，可惜後來因故作罷。二詩人交往同遊頗有些唱和之作，若干私人典故，只有當事人最清楚。張錯解讀二詩，其實也是為二詩作注。「春天從洛杉磯登陸」當然是借用余光中「讓春天從高雄出發」的典故。

早在一九七九年，黃維樑就已編有《火浴的鳳凰：余光中作品評論集》，為早期余光中研究重要資料，一九九四年，復編有《璀璨的五彩筆：余光中作品評論集》，顯然黃維樑已成為最重要的余光中研究者。後來陸續編或撰有不少余光中研究相關論著。輯一的末篇〈「有一首歌頌我的新生」：余光中的作品和生活〉即以「壯麗」來形容詩人的一生，這個關鍵詞跟他二〇一四年的專著《壯麗：余光中論》一脈相傳。

本書第二輯四篇文章論述余光中的散文。單德興的〈青青邊愁，鬱鬱文思：析論余光中的《今日世界》專欄散文〉評點的不是余光中的抒情散文，而是他一九七〇年代中葉在香港為《今日世界》專欄而寫的隨筆。《今日世界》為冷戰時代美新處在香港傳播「美國之音」的綜合性雜誌，在東南亞廣為發行。通俗雜誌而有像余光中這樣的名家的隨筆專欄，頗能吸引讀者每月追蹤。另一方面，專欄文章受到字數限制，難以長篇大論，不是人人都有本事寫。單德興指出好專欄文章條件為「迴旋於方寸之地，悠遊其間，從容自在」。讀余光中的這批小品，尤其是〈哀中文之式微〉、〈詩魂在南方〉、〈尺素寸心〉等篇，當發現他的確是個專欄高手。

余光中除了抒情散文、文藝評論、專欄隨筆之外，還寫幽默雜文，足見其散文書寫空間之廣闊。他的幽默雜文多收入二〇〇五年出版的《余光中幽默文選》書中，並在序中寫道；「論者常說我的散文多為我詩藝的延伸，卻較少論析我散文的諧謔傾向」(2005: vi)。樊善標的〈笑人與自笑：從幽默諧趣看余光中散文創作與理論的變遷〉可以說填補了這方面的不足。樊善標的論文首先分辨幽默、諧趣、諷刺之別，然後追溯余光中的現代散文論述及其提倡「剪掉散文辮子」言論，並指出余光中後來調整了「揚詩抑文」的看法，因寫專欄文章而「取材於平常生活的『小品』，由此而有趨近雅舍文風的契機」。這也是余光中的散文理論的轉折契機。

　　余光中的「自傳性抒情散文」之中，遊記的比例甚高，他最初的幾篇這類散文如〈石城之行〉與〈塔阿爾湖〉其實都是旅遊紀行，描景寫人抒情敘事，令讀者對文章與文中的景物印象深刻。他幾部散文集中的這類遊記抒情散文多是北美之行的產物，不過，王儀君的〈測繪地景：余光中旅遊記事中的人文地圖〉分析的是余光中歐遊之作，尤其側重余光中筆下的西班牙與法國地景，指出他在旅途中勘繪地理景觀裏頭的文化、歷史情境，寫成人文色彩濃郁的山水遊記。余光中在一九八〇年代中移居高雄之後，南臺灣的地景也在他的視野裏，鍾玲的〈印證余光中筆下的山水〉即為余光中三篇描繪墾丁國家公園一帶景點散文（及一首詩）作注解。鍾玲彼時也應邀前來中山大學客座，後來更在高雄任教多年，經常與余光中夫婦、文友同遊，自己也時有詩文章紀行，甚至成為余光中遊記中的人物，實乃見證或核實他這幾篇山水詩文脈絡與場景的不二人選，故能在文中指出作者的恆春半島記遊散文裏頭的巧思妙喻與獨特風格。

　　正文第三輯的主題為余光中的翻譯，實際上僅收論文一篇，即蘇其康的〈中詩英譯：余光中的水磨妙功〉。余光中的翻譯向為

世人所稱頌，從早期的《梵谷傳》與英美詩譯到中期的《不可兒戲》等，都以英譯中為主，雖然他早年也選譯了一冊中譯英的《中國新詩集錦》(*New Chinese Poetry*)。蘇其康的論文探討的是余光中的英譯詩集《守夜人 / *The Night Watchman: A Bilingual Selection of Poems, 1958-2016*》，分析詩人如何把自己原來的中文詩譯成自己的英詩。嚴格說來，《守夜人》呈現的不僅是中詩英譯，而且還是「自譯」(auto-translation)文本。一九六〇年代臺灣現代詩人頗流行在詩集卷末附錄若干詩作英譯的風氣，例如余光中的《在冷戰的年代》即附有「作者英譯四首」，瘂弦的《瘂弦詩集》則附錄整卷*Salt: Poems by Ya Hsien* （鹽：瘂弦詩選），星座詩社同仁的不少詩集也莫不如是。《守夜人》在余光中作品中是一個典型「文本生成」的案例，有「前身」(*Acres of Barbed Wire*, 1971)，有三個不同的版本(1992, 2004, 2017)，後兩個版本各有所增刪。〈中詩英譯：余光中的水磨妙功〉一文析論的是二〇一七年版。論文作者觀察入微，指出「這個詩集譯作的排序也和余光中近六十年來生活以及居所的地理環境緊扣」，研究者不難從中見出詩人的題材、風格、世情關注等面向。論文的結論是余光中的英譯成功「轉化譯文使之具有補遺式的創思，更添加上含有注釋感的選辭」，意在「把譯詩變成寫詩」。我認為這正是「自譯」的特色。

本書卷末附錄訪談為陳幸蕙二〇一三年訪余光中談文學創作與生命經驗的記錄〈變成一個更高明的你：春訪余光中先生談創作與人生〉，原刊《文訊》雜誌。余光中在訪談中頗多如珠妙語，字裏行間充滿人生的智慧。這當然也是一種「晚期風格」。

徵引文獻

夏志清 (1977)。〈余光中：懷鄉與鄉愁的延續〉。周兆詳（譯）。《人
　　的文學》（臺北：純文學出版社），153-161。

熊秉明 (1966)。〈論三聯句：關於余光中的《蓮的聯想》〉。余光中
　　2007: 171-190。

余光中 (1968)。《掌上雨》[1964]。港壹版（香港：文藝書屋）。

余光中 (1968a)。〈新詩與傳統〉[1959]。余光中 1968: 115-123。

余光中 (1968b)。〈後記〉[1963]。余光中 1968: 221-223。

余光中 (1970)。《在冷戰的年代》（臺北：純文學出版社）。

余光中 (1976)。〈天狼仍嗥光年外：《天狼星》詩集後記〉。《天狼星》
　　（臺北：洪範書店），147-165。

余光中 (2000)。〈剪掉散文的辮子〉[1963]。《逍遙遊》[1965]（臺北：
　　九歌出版社），45-58。

余光中 (2005)。《余光中幽默文選》（臺北：天下文化）。

余光中 (2007)。《蓮的聯想》[1964]（臺北：九歌出版社）。

余光中 (2007a)。〈蜻蜓點水為誰飛？——九歌最新版序〉。余光中
　　2007: 9-13。

余光中 (2008)。〈六千個日子〉[c.1967]《望鄉的牧神》[1974]（臺北：
　　九歌出版社），108-121。

余光中 (2015)。〈猛虎和薔薇〉[1952]。《左手的繆思》[1963]（臺北：
　　九歌出版社），199-203。

余光中 (2015a)。〈後記〉。《太陽點名》（臺北：九歌出版社），251-
　　253。

鄭愁予 (1974)〈錯誤〉[1954]。《鄭愁予詩選集》（臺北：志文出版社），
　　115。

輯 一

晚期風格：

論余光中的長詩〈秭歸祭屈原〉

李有成

余光中生前出版的最後一部詩集《太陽點名》收詩八十二首，共分三輯。第三輯收入長詩四首。在詩集的〈後記〉中，他對這四首長詩有以下的說明：

> 除〈秭歸祭屈原〉是應靈均出生地的縣政府之邀請而用心創作之外，其他三首都是因為美加上宗教的感動而自動揮筆。〈花國之旅〉是詠臺北市花博會之盛況，開頭的一段用披頭迷魂恍神的聲韻，希望能追摹翩如飛(groovy)的快意。〈大衛雕像〉寓抒情於敘事與玄想，並且不刻意押韻，〈盧舍那〉亦然。（余光中 2015: 253）

在總結上述的說明時，余光中顯然頗為自得，欣喜其詩藝並未因邁入老年而顯露疲態或停滯不前。因此他說：「老來還能鍛鍊新的詩藝，可見得詩心仍跳，並未老定」（余光中 2015: 253）。

余光中一生的詩作超過千首，已出版的詩集就有二十種，即使年至耄耋，仍然志氣克壯，創作不輟。在這千餘首詩作中，長詩數量不多，其實他並非不擅此道，一九六〇年代中期前後，他就創作了幾首長詩，譬如後來收入詩集《天狼星》(1976)裏的〈大度山〉與〈憂鬱狂想曲〉等都完成於一九六〇年代初。此外，余光中還視與詩集同名的〈天狼星〉為一首長詩，儘管在我看來，〈天

狼星〉是組詩的成分高於長詩。這組詩共有十首（余光中稱之為「章」），一九七六年的修訂版合計近六百行。後來在題為〈天狼仍嗥光年外：《天狼星》詩集後記〉的長文中，他對〈天狼星〉組詩作了相當深刻的反省，他說：「以我當年的那點功力，無論如何苦心醞釀，反覆經營，也寫不出一首較好的〈天狼星〉來的」（余光中 1976: 156）。

初稿完成於一九六六年的〈敲打樂〉詩長一百五十二行，創作此詩時中國大陸文化大革命初起，詩人則在「另一種大陸」，駕著「乳百色的道奇」，帶著「三千哩高速的暈眩，從海岸到海岸／參加柏油路的集體屠殺」（余光中 1981: 213）。他從新大陸回頭看舊大陸，在幻想與現實之間，遙想中國的過去與眼前所發生的一切，詩人喃喃自語，不斷重複的是：「不快樂，不快樂，不快樂」（余光中 1981: 208）；他甚至藉此感嘆自己的離散命運：「你是猶太你是吉普賽吉普賽啊吉普賽／沒有水晶球也不能自卜命運／沙漠之後紅海之後沒有主宰的神」（余光中 1981: 213）。〈敲打樂〉應屬余光中所謂的民謠時期的作品，統攝了《敲打樂》、《在冷戰的年代》及《白玉苦瓜》諸詩集中眾多作品的主題與關懷。

其後余光中並非沒有嘗試較長的詩作，只是以規模而言，這些詩作不僅無法與〈敲打樂〉之類的作品相匹比，也難與《太陽點名》中的長詩一較長短。舉例言之，像詩集《隔水觀音》(1983)中的〈湘逝：杜甫歿前舟中獨白〉、〈第幾類接觸？〉；或像《藕神》(2008)中的〈入出鬼月：to Orpheus〉、〈千手觀音：大足寶頂山摩崖浮雕〉等，都是小有規模的製作，只不過去長詩還有一段距離。這麼說來，《太陽點名》中那幾首余光中稱之為長詩的作品就顯得與眾不同了。這幾首長詩體積可觀，為余光中上千詩作所少見，而其所展現的詩人心境，又與其早期之長詩者大異其趣。這樣的心境，無以名之，或可稱之為晚期風格(late style)。

眾所周知，晚期風格一詞因薩依德統一的著述而廣受注意，這個用詞其實源於阿多諾(Theodor W. Adorno)對貝多芬音樂的評論。在《論晚期風格：反常合道的音樂與文學》(*On Late Style: Music and Literature Against the Grain*)這本遺著中，薩依德開宗明義，在第一章就很盡責地追溯這個用語的阿多諾根源，並且反覆論證阿多諾對晚期貝多芬音樂風格評論的得失。薩依德認為，依阿多諾的看法，「晚期作品裏的貝多芬似乎是一種悲憫的人格，他留下尚未完成的作品或樂句，作品或樂句被突兀地丟下不管，例如F大調或A小調四重奏的開頭。這拋棄的感覺與第二階段作品充滿驅力而毫不放鬆的特質相形之下，特別尖銳，第二階段的作品，像第五號交響曲，到第四樂章結尾之類時刻，貝多芬仍似欲罷不能」（Said 2006: 11-12；薩依德 2010: 90-91）。[1]

　　薩依德的論證主要在指出阿多諾如何刻意突出晚期貝多芬音樂風格與前不同之處。在薩依德看來，「這位逐漸老去、耳聾、與世隔絕的作曲家形象成為阿多諾心服口服的文化象徵」（Said 2006: 8；薩依德 2010: 87）。顯然，在眾多有關「晚」(lateness)這個概念的界定因素中，時間或生理因素——「逐漸老去」——相當重要，因此薩依德說，「晚」字「當然包含一個人生命的晚期階段」（Said 2006: 13；薩依德 2010: 92）。他自承這也正是《論晚期風格》一書的主題：

> 人生的最後或晚期階段，肉體衰朽，健康開始變壞；即使是年輕一點的人，這些或其他因素也帶來「終」非其時(an

1　隨文註中第一個頁碼指英文原著，第二個頁碼指中譯本。此外，本文無意討論阿多諾的觀點，因此這裏不再申論。其觀點主要見《貝多芬：阿多諾的音樂哲學》(*Beethoven: The Philosophy of Music*)一書。本書有彭淮棟的中譯，請參考Adorno (1998)；阿多諾(2009)。

untimely end)的可能。我討論的焦點是偉大的藝術家，以及他們人生漸近尾聲之際，他們的作品和思想如何生出一種新的語法，這新語法，我名之曰晚期風格。

（Said 2006: 6；薩依德 2010: 84）

薩依德此處所說的「新的語法」，我以為與余光中在詩集《太陽點名》的〈後記〉中提到的「新的詩藝」，可說異曲同工，相互輝映。

薩依德論晚期風格，有紹續阿多諾的高見，也不乏自己的發明。他基本上將晚期風格粗分為兩種。關於第一種晚期風格，薩依德的說法是這樣的：

在一些最後的作品裏，我們遇到固有的年紀與智慧觀念，這些作品反映一種特殊的成熟、一種新的和解與靜穆精神，其表現方式每每使凡常的現實出現某種奇蹟似的變容(transfiguration)。……這些作品流露的與其說是睿智認命的精神，不如說是一種更新的、幾乎青春的元氣，成為藝術創意和藝術力量達於極致的見證。

（Said 2006: 6-7；薩依德 2010: 84-85）

在薩依德心目中，索福克利斯(Sophocles)的《伊底帕斯在科勒諾斯》(*Oedipus at Colonus*)、莎士比亞的《暴風雨》(*The Tempest*)或《冬天的故事》(*The Winter's Tale*)，乃至於威爾第(Giuseppe Verdi)的歌劇《奧塞羅》(*Othelo*)與《佛斯塔夫》(*Falstaff*)均屬這類作品。依《論晚期風格》一書的譯者彭淮棟的說法，在薩依德所列舉的這些作品中，「一切獲得和諧與解決，泱泱有容，達觀天人，會通福禍，勘破夷險，縱浪大化，篇終混茫，圓融收場」（彭淮棟 2010: 53）。

儘管薩依德讚揚這類作品為作家與樂人「畢生藝術努力的冠冕」（Said 2006: 7；薩依德 2010: 85），他的興趣卻是第二種晚期風格——阿多諾論貝多芬時所看到的若干現象或特質。與第一種晚期風格截然不同的是，第二種晚期風格展現的是矛盾、疏離，缺乏秩序或無法調和。薩依德這麼問道：「如果晚期藝術並非表現為和諧與解放，而是冥頑不化、難解，還有未解決的矛盾，又怎麼說呢？如果年紀與衰頹產生的不是『成熟是一切』（"ripeness is all"）的那種靜穆」（Said 2006: 7；薩依德 2010: 85）？薩依德特意以易卜生(Henrik Ibsen)最後若干劇作為例，表示這些劇作「完全沒有呈現問題已獲解決的境界，卻襯出一位憤怒、煩憂的藝術家，戲劇這個媒介提供他機會來攪起更多焦慮，將圓融收尾的可能性打壞，無可挽回，留下一群更困惑或不安的觀眾」（Said 2006: 7；薩依德 2010: 85）。換句話說，第二種晚期風格「涉及一種不和諧的、非靜穆的(nonserene)緊張，最重要的是，涉及一種刻意不具建設性的，逆行的創造」（Said 2006: 7；薩依德 2010: 85）。這一切彷彿是晚年薩依德在面對病痛與死亡時揮之不去的重要關懷，因此單德興認為，《論晚期風格》一書其實「是處於自己生命晚期的薩依德由親身的體驗出發，以生命來印證音樂家與文學家晚年之作的風格與特色，並坦然接受其中的不和諧與不完美，視缺憾為人生與天地間難以或缺的一部分」（單德興 2010: 12）。

二

　　就薩依德所規劃的兩種晚期風格而言，詩集《太陽點名》中的長詩明顯地偏於第一種，余光中藉這些長詩所展現的「新的詩藝」，無論如何並未見薩依德論第二種晚期風格所說的種種負面現象：矛盾、疏離、不協調、不和諧等等不一而足。薩依德的《論晚期風格》全書旨在論述第二種晚期風格，對第一種反而著墨不多。

他對第二種晚期風格的論說無非在突出若干文學和音樂作品中負面現象可能隱含的正面意義。譬如《論晚期風格》第四章論法國劇作家尚・惹內(Jean Genet)，薩依德首先敘述他與惹內邂逅的經過，並兼及劇作家如何介入阿爾及利亞與巴勒斯坦的反殖民鬥爭，讀來令人動容。薩依德在惹內後期作品中發現某種絕對性(the Absolute)，他視之為「不安頓、不受納編、拒絕馴化的那個東西」。他在總結其討論時表示，「甚至我們闔上他的書，或演出結束而離開劇場之際，他的作品也教導我們把歌停掉，懷疑敘事與回憶，別理會為我們帶來那些意象的審美經驗」（Said 2006: 90；薩依德 2010: 192-93）。換句話說，正是那個不調和的、拒絕順從的東西賦予惹內的作品激切而強烈的不肯妥協的解放力量。薩依德甚至因此這樣讚譽惹內：「二十世紀末沒有第二個作家筆下，災難帶來的宏壯危險，與細膩抒情的情感如此宏偉、無畏並立」（Said 2006: 90；薩依德 2010: 193）。

　　我特意引述薩依德論惹內的例子目的在說明，《論晚期風格》一書所論都是類似的例證；而與這些例證相較，余光中最後的長詩展現的則是晚期風格的另一個面向，不但形成強烈的對比，更是薩依德所謂的第一種晚期風格的適切例子。以下我想以〈秭歸祭屈原〉一詩為例試加說明。這首詩全長八十六行，分六節，每節行數不等。余光中一生以屈原為創作題材的詩文不在少數，像早年的〈淡水河邊弔屈原〉、〈水仙操〉、〈競渡〉、〈漂給屈原〉、〈憑我一哭〉等都與屈原或龍舟競渡有關；近作除〈招魂〉、〈秭歸祭屈原〉外，尚有《藕神》中的〈汨羅江神〉與其姊妹作的散文〈水鄉招魂：記汨羅江現場祭屈〉，收入與《太陽點名》同時出版的散文集《粉絲與知音》(2015a)中作為第一輯之首篇。最後這幾篇應該都是二〇〇五年端午余光中應邀赴汨羅江參祭屈原並參觀國際龍舟賽的產品。詩長二十四行的〈汨羅江神〉正是詩人出發前夕傳

去長沙給湖南衛視的。散文〈水鄉招魂〉敘述詩人親臨祭屈儀式與國際龍舟競賽現場觀禮的經過。其中以寫三百青衣童男與三百紅衣童女齊聲朗誦〈離騷〉中的名句與詩人之〈汨羅江神〉一詩最為壯觀動人（余光中 2015a: 20）。

〈秭歸祭屈原〉的主要內容從散文〈水鄉招魂〉中已可管窺一二。詩第一節共八行，形式近乎詩的序曲：

> 莽莽草木，滔滔仲夏
> 日在畢宿，人在三峽
> 大江東去，烈士淘不盡遺恨
> 又是劍掛菖蒲，香飄角黍
> 鼓聲將起，龍舟待發
> 翼然欲飛，兩舷的排槳
> 只等令旗一揮，就破浪潑浪
> 去迎接遠去的孤臣還鄉（余光中 2015: 203）

詩第一句顯然出自屈賦〈懷沙〉：「滔滔孟夏兮，草木莽莽。」其目的應該在召喚讀者對端午的文化記憶，並連結這首詩與屈賦的關係。不過第一節詩的主要用意也在一一點明全詩涉及的時、地、人、事等各種要素：時在仲夏端午，地在三峽，人指烈士孤臣的屈原，而事與龍舟競渡有關。整節詩節奏明快，畫面清晰，頗富即臨感。對一般華人讀者而言，不論身處何方，這一節詩所呈現的節日細節應該耳熟能詳，因此很容易就被帶進全詩刻意經營的民俗世界。

第二節十五行與第三節二十行暫時離開龍舟競賽當下，回返歷史或傳說現場，詩人嘗試以第三人稱演繹〈離騷〉的部分內容，既指出屈原的字號，也描述屈原行吟澤畔的落拓形象：

他佩的是長劍之陸離

戴的是高冠之崔嵬

他手拈蘭花，翩然雨袂

亂髮長髯，任江風拂吹

眼神因不勝遠望而受傷（余光中 2015: 204）

　　屈原沉吟傷痛的原因詩中也作了交代：「國破城毀，望不見郢州／遑論上游更遠的秭州」。下一節則大量用典，余光中復以中國歷史上不同時代與不同形式的流放者，在不同情境下或徬徨無依，或走投無路的共同命運類比屈原的不幸遭遇，並且藉鮭魚洄游的意象暗示屈原最後的抉擇：「你是鮭魚，逆泳才有生機／孤注一躍才會有了斷」（余光中 2015: 206）。

　　第四節是全詩重要的轉捩點。詩人從屈原的流放聯想到自己的離散命運，甚至覺得自己的詩「〈鄉愁〉雖短，其愁不短於〈離騷〉」，只是與屈原的命運不同的是，詩人「浮槎渡海，臨老竟回頭／回頭竟有岸」（余光中 2015: 206）。在與屈原對比之下，詩人慶幸自己尚可親臨故園，盡遊故國山河。下一節語氣與話鋒一轉，「把一生的悲憤倒收起來」，詩人特意突出屈原所具現的氣節與傲骨，此時氣憤與悲情退去，原先落魄行吟澤畔的三閭大夫一變而為「不朽的江神」：

不懈的背影高冠巍巍

為我們引路，引渡，告訴

我們，切莫隨眾人共濁合汙

你才是天問的先知，年年

踏波為我們帶路，指路（余光中 2015: 208）

　　〈秭歸祭屈原〉是一首敘事與抒情兼具的應景詩(occasional

poem），出入於過去與現在、歷史與現實，因時空的變化，孤臣孽子的屈原在詩中被尊奉為先知或江神，不僅啟迪眾生，遺世獨立，提示我們「切莫隨眾人共濁合汙」，亦且「為我們帶路，指路」，指明未來的方向。[2] 在〈秭歸祭屈原〉一詩中，祭屈與觀賞龍舟競渡雖然始於個人參與，甚至一度指涉詩人的身世（如詩的第四節所示），不過全詩結束時整個活動仍然回歸到公共領域，環繞著屈原的眾多活動與象徵性細節最後也昇華為「無人不信的民俗」。終篇時詩人傚效屈賦〈招魂〉的修辭，透過祭儀「亂曰」：「歷史的遺恨，用詩來補償／烈士的劫火，用水來安慰」（余光中 2015: 209）。遺恨終於因詩而獲得消解，劫火也為江水所撲滅，對步入暮年的詩人而言，創作直如蕩滌心胸，最終能夠釋然以對所有的誤解、衝突、怨懟與傷悲。〈秭歸祭屈原〉一詩不只見證余光中在詩境上「新的詩藝」，在心境上更是趨於恬適平和，因詩藝的成就而能超克世俗恩怨，追求圓融與和解。這樣的晚期風格應該隱含薩依德所說的「新的和解與靜穆精神」。孫過庭《書譜》中說的「不激不厲，而風規自遠」，容或近乎這個意思。

英國批評家伊格頓(Terry Eagleton)論詩，一向視詩為某種社會建制(social institution)，詩因此「與我們文化實存的其他部分具有複雜的親和關係」(Eagleton 2007: 39)。伊格頓的簡單聲明其實主要在突出詩的現世意義，即詩與文化和社會的可能關連，或者再用他的話說，「實用的與詩的(the pragmatic and the poetic)並非總是互相排斥的」(Eagleton 2007: 41)。薩依德更早於伊格頓以現世性(worldliness)與環境性(circumstantiality)等用辭來描述文學如何介入

2　《太陽點名》詩集另收有一首寫於二〇一四年的〈招魂〉，可能是余光中最後一首有關屈原的詩作。詩結束時大抵重複〈秭歸祭屈原〉一詩的題旨：「你高瘦的背影請一回顧／眾人皆昏唯獨你清醒／這時代尤其要你帶路。」見余光中(2015)，頁151-152。

現實人生的複雜現象(Said 1983: 3)。余光中的〈秭歸祭屈原〉一詩表面看只是一首有關祭屈與龍舟競渡的詩，往深一層分析，整首詩可被視為對紛擾的政治現實與文化環境的批判性回應。當黃鐘毀棄，瓦釜雷鳴，〈秭歸祭屈原〉終篇時力求和解與寬諒，其實在我看來，這樣的心境多少隱含實用的解放意義。

徵引文獻

Adorno, Theodor W. (1998). *Beethoven: The Philosophy of Music*. Trans. Edmund Jephcott (Stanford: Stanford University Press).

Adorno, Theodor W. [阿多諾] (2009)。《貝多芬：阿多諾的音樂哲學》(*Beethoven: The Philosophy of Music*) [1998]。彭淮棟（譯）（臺北：聯經出版公司）。

Eagleton, Terry (2007). *How to Read a Poem* (Oxford: Blackwell).

彭淮棟 (2010)。〈譯者序：反常而合道：晚期風格〉。Said 2010: 47-62。

Said, Edward W. (1983). *The World, the Text, and the Critic* (Cambridge: Harvard University Press).

Said, Edward W. (2006). *On Late Style: Music and Literature Against the Grain* (New York: Pantheon Books).

Said, Edward W. [艾德華·薩依德] (2010)。《論晚期風格：反常合道的音樂與文學》(*On Late Style: Music and Literature Against the Grain*) [2006]。彭淮棟（譯）（臺北：麥田出版）。

單德興 (2010)。〈未竟之評論與具現〉。Said 2010: 7-23。

余光中 (1976)。《天狼星》（臺北：洪範書店）。

余光中 (1981)。《余光中詩選，1949-1981》（臺北：洪範書店）。

余光中 (2015)。《太陽點名》（臺北：九歌出版社）。

余光中 (2015a)。《粉絲與知音》（臺北：九歌出版社）。

余光中詩學的晚期風格

陳芳明

在文學史上，很少有作者在身後持續發表作品，也在身後出版他的新書。這是因為他的創造力非常旺盛，在他跌倒躺在病床之前，其實陸陸續續寫出新的作品，並且也寄給報紙雜誌等待發表。病與老，是脆弱的身軀所難抵禦。接近九十歲的余光中，開始面對眼力衰退、聽覺遲緩的挑戰。終其一生他與他的時代、家國、社會持續不斷對質叩問，到達時間的峰頂時，他反而開始與自己的生命作戰。縱然已經躺在病床，對於自己的書寫仍然念茲在茲。在臺灣文壇上，他可能是少數在身體倒下時還繼續不斷工作，想必他擁有傲慢的靈魂，在病神、死神之前從未有過任何的退卻。這種與生俱來的戰鬥力，曾經在他的青年時期、壯年時期、中年時期、晚年時期持續不斷散發出來。他所展現出來的不屈服身段，已經成為臺灣文壇的榜樣。他以最生動的姿態向文學史宣告，如果要開拓屬於自己的藝術版圖，就不能有任何的懈怠。他做到了，而且也立下了典範。

甚麼是晚期風格？

余光中臻於八十歲的時間峰頂時，政治大學特地為他舉辦「余光中八十大壽學術研討會」。那天他在大會發表主題演講〈不朽與成名〉，在演講過程中他語帶詼諧，有時也不免自我調侃。當時他

並未準備完整的演講稿，而是在一張白紙上寫下幾個關鍵詞。在前後將近三十分鐘的演講過程中，不時引起聽眾的會心微笑。他的活潑語調，緊緊扣住演講廳的每隻耳朵。一位八十歲的教授，畢生投入文學藝術的追求，縱橫在詩、散文、評論的三個區塊，同時還擁有相當廣大的翻譯版圖。橫跨在中文與西文之間，他畢生所展現出來的格局，似乎不是朋輩與後輩的創作者所能追趕。他是少有的創作者，對於時間感與空間感總是保持高度敏銳。他旅行過多少城市，總是可以在遷徙過程中留下詩文。他跨過七十歲之後，似乎未曾留下任何倦怠與疲態。與他的同輩詩人相較之下，他仍然具備充沛的創作力量。能夠與他同時較勁的詩人，唯洛夫而已。兩個人都出生於一九二八年，同樣屬龍。從年少時期出發之後，余光中與洛夫便再也沒有停頓下來。這兩位勁敵都選擇在臻於九十歲的時刻離世，為臺灣詩壇留下無盡的想像。

在他漫長的生命過程中，從來沒有感覺到老之將至。余光中在一九九六年出版詩集《安石榴》，其中收了一首六十歲的作品〈後半夜〉。在詩行之間，似乎透露了自己對時間的叩問。整首詩的最初五行，似乎表達了強烈的宿命感：

> 四十歲時他還不斷地仰問
> 問森羅的星空，自己是誰
> 為何還在這下面受罪
> 難道高高在上的神明
> 真的有一尊，跟他作對？（余光中 1996: 84）

在他畢生的作品中，很少提出這樣的質疑。凡熟悉余光中作品的讀者都非常明白，他不時與命運之神展開爭辯。尤其他中年時期所寫的〈火浴〉，相當鮮明展現他赴湯蹈火的強烈性格。那種自我詰問的身段，似乎在他生命的每個階段常常浮現。那是一種冥想，

也是一種反思，更是一種自我檢驗。命運與自我往往以對峙的姿態出現，似乎很少出現過和解狀態。當他發表〈後半夜〉時，激烈的內在衝突顯然已經歸於平淡。閱讀這首詩時，隱約感覺到余光中漸漸進入他的晚期風格。所謂晚期風格，不僅僅放下了與命運的爭辯，同時對生命的解釋視為一種圓融狀態。如果拿來與〈火浴〉相互比較，便可窺見他特別在乎生命的得失勝負，而且一定要在兩種價值之間選擇一個具體答案。[1]

甚麼是余光中的晚期風格？凡熟悉他早期的作品當可發現，他在遣詞用字之間，總會刻意處理文字的聲音與象徵。特別是他跨過三十歲之後的作品《在冷戰的年代》與《敲打樂》，遣詞用字之際都會照顧到聲光效果。當他處在開創生命格局的時刻產量特別豐沛，並且盡情釋放生命的光與熱。那種上升的姿態，絕對不是命運之神所能左右。〈後半夜〉這首詩出現時，他反而顯示一種豁達的姿態，不再與命運之神爭辯，甚至以這樣的詩行來定義自己：

> 此岸和彼岸是一樣的浪潮
> 前半生無非水上的倒影
> 無風的後半夜格外地分明
> 他知道自己是誰了，對著
> 滿穹的星宿，以淡淡的苦笑
> 終於原諒了躲在那上面的
> 無論是哪一尊神（余光中 1996: 87）

詩人不再藉由命運之神來為他定義，而且也不再與上面的星宿進行辯論。當他非常明白自己的生命軌跡，而且也具備了充分智慧

---

1 有關〈火浴〉這首詩的討論，參見陳芳明(1977)，〈拭汗論火浴〉，《詩和現實》（臺北：洪範書店），頁101-122。

來定義自己。仰望滿天星空，他終於與「躲在那上面的無論是哪一尊神」取得了和解。所謂和解(reconciliation)，其實是以一種同理心來看待自己所處的世界。當他到達七十歲時，不僅以超越的態度自我詮釋，也以同樣的態度來詮釋他所處的世界。這種參透，這種超越，顯然不是中年時期以前的余光中所能到達。

晚期風格一詞的提出，來自薩依德(Edward Said)所寫的《論晚期風格》(*On Late Style: Music and Literature Against the Grain*)。他受到阿多諾對貝多芬晚年音樂的詮釋之影響，而進一步擴充解釋作家晚年時期的文學風格。時間的斷限很難劃分，何時進入中年、何時進入晚年，在不同生命的跨度往往有不同的定義。有些人的青春期比較早到，在朋輩之中也有人遲到。同樣的，有些人進入六十歲就出現早衰跡象，也有人跨過八十歲的峰頂，依然精神奕奕。在文學風格上，有些詩人一直維持穩定不變的狀態，也有些詩人每過一段時期就開出全新的風格。所謂風格，往往是依照創作者的氣質修養、技巧變化、文字氣象、人生態度而彰顯出來。余光中的詩學建構絕對不是在一個時期完成，而是窮畢生之力逐漸建構起來。他在一九六一年發表〈天狼星〉的組詩時，可以說是他全速投入現代主義的高峰。一九六二年他與洛夫發生「天狼星論戰」，才使自己的詩觀穩定下來。當年他所寫出的一系列詩論〈再見，虛無〉與〈在古董店與委託行之間〉，正好顯示他創作方向的一個轉折。這一場論戰不僅使他個人的現代化速度放緩，而且也預告了他開始轉換軌道，回到東方的古典。[2]

天狼星論戰標誌著余光中開始他最成熟的時期，不僅他的詩觀有了重要調整，身為一位外文系教授，他並不偏廢中國的文學傳

---

2 有關〈天狼星〉及其論戰，參閱陳芳明(1989)，〈回望天狼星〉，《鞭傷之島》（臺北：自立晚報），頁89-126。

統。當時他已經非常熟悉美國詩人佛洛斯特(Robert Frost)的作品，也熟悉英國詩人艾略特(T.S. Eliot)的詩風與詩觀。經過那場論戰之後，他開始有了深刻覺悟。所有詩的內容與精神，無論是西方或東方，其實都可以相互會通。所謂會通(comprehension)，其實是一種全面掌握的「懂」。從作品的形式到內容，都可與詩人的靈魂相互對話。當時他在《文星》雜誌為許多封面人物介紹了西方詩人，不僅熟悉他們的傳記，同時也表達他對這些詩人作品的理解程度。余光中曾經多次公開承認，艾略特對他的影響至深且鉅。尤其艾略特所寫下的重要詩觀〈傳統與個人才具〉("Tradition and the Individual Talent")，對余光中的影響可謂終其一生。這篇詩論傳達了一個重要觀念，亦即每個時代的重要詩人，他們背後都有一個龐大的傳統在支撐。這是一個頗具關鍵性的論點，當詩人在追求現代時，並不必然要與傳統決裂。恰恰相反，過去詩人所完成的任何重要作品，是因為他們都太熟悉過去創作者的優點與缺點。在傳統詩人的成就上，創作者可以在他們的肩膀上繼續追求卓越。因為太熟悉傳統的內容，他們也警覺到如何避開前人的失敗經驗。這樣的詩觀顯然影響了余光中往後的創作，尤其在天狼星論戰之後，他開始寫出一系列的《蓮的聯想》作品。

在論戰中，洛夫曾經批評余光中的詩太過傳統，這反而刺激了許多重要作品的誕生。當年在《文星》雜誌、《現代文學》、《藍星詩刊》，余光中發表了許多傑出作品。沒有這些具有傳統傾向的作品誕生，余光中就不可能到達《在冷戰的年代》與《敲打樂》。那時他甫入中年，不僅在詩藝上找到出口，同時也在散文技巧上更上層樓。從《望鄉的牧神》到《焚鶴人》、《聽聽那冷雨》，幾乎每篇散文都是上乘之作。詩化的語言濃縮時就變成詩，放開時就變成散文。穿梭在他的詩行之間，幾乎可以感受到起落有致的節奏。往往在不經意之間，讀者可以感受到行首韻、行內韻、行尾韻。似

乎有一個聲音，在山谷之間產生回應。無論是音樂性或節奏感，跨過四十歲的余光中，對於詩的收放之間已經可以掌控得恰到好處。這也可以印證詩人在後來所承認的，在他的文學生命裏，擁有一個從詩經以降的大傳統，也擁有一個自五四以降的小傳統。

當臺灣文學史逐漸進入加速現代化的階段，他與許多朋輩詩人背道而馳。他並沒有放棄追求現代，只是採取一種自反而縮的身段。在傳統與現代之間，他上下其手。在東方與西方之間，他左右開弓。當時的詩壇，「現代」一詞已經變得神聖不可侵犯。余光中已經在尋找混搭(mix and match)的可能性，對於當時的詩壇風氣，有些保守派認為現代詩過於西化，而有些激進派則認為他的文體中不中、西不西。余光中的回答是，他不覺得自己是屬於西化，而是在技巧上「西而化之」。同樣的，他果敢地嘗試「文白夾雜」的技巧，特別強調在創作中恰當地置入文言文，反而可以節制鬆懈的白話文。與朋輩詩人相互比並，幾乎可以發現余光中的膽識與勇氣。現在回頭觀察他在四十歲以後的作品，無論是詩或散文，很少出現失手之作。他勇於嘗試也勇於實驗，終於為他開啟了極為開闊的景觀。

當他的文字技巧臻於峰頂，他出入於詩文之間，似乎沒有任何扞格。在香港時期，前後十一年(1974-1985)。他似乎為近代的教育體制破了先例，一位外文系的教授，受邀擔任香港中文大學中國語言與文學系主任。對於一位產量豐富的創作者，這樣的待遇可以視為一種殊榮。在處理行政之餘，他的文學創作似乎更加活躍蓬勃。香港時期在他的創作生涯裏，具有相當特殊的意義。那段時期香港仍然是英國的殖民地，而且也緊鄰著正在發生文化大革命的中國，整個政治環境對他的詩與散文自然頗有影響。那時他在香港所展現出來的詩風，顯然又比臺北時期的作品還更成熟。那時他已經跨過五十歲，身處殖民地香港反而可以抽身而更客觀地回望臺灣。他在

一九八二年所完成的〈橄欖核舟：故宮博物館所見〉，如果拿來與〈白玉苦瓜〉相互比並，似乎還更成熟圓融。〈白玉苦瓜〉完成於一九七四年，亦即他離開臺北的前夜。相形之下，同樣都是以故宮博物院的收藏作為詠物的對象，〈白玉苦瓜〉反而顯露斤斧鑿痕。而〈橄欖核舟〉在遣詞用字之際顯得更加天衣無縫，在一只不及二寸的橄欖仁上，清代的鐫刻家陳祖章不僅刻出了舟上有八人，情態各異，甚至還把蘇東坡的〈赤壁賦〉也全文刻上。那是相當傑出的鬼斧神工，詩人看了也不免驚嘆而留下這首詩。在最後十行表現了詩人觀後的訝異：

> 九百年後回味猶清甘
> 看時光如水盪著這仙船
> 在浪淘不盡的赤壁賦裏
> 隨大江東去又東去，而並未逝去
> 多少的豪傑如沙，都淘盡了
> 只剩下鏡底這一撮小舟
> 船頭對著夏口，船尾隱約
> （只要你凝神靜聽）
> 還嫋嫋不絕地曳著當晚
> 那一縷簫聲（余光中 1986: 49-50）

　　這是詩人功力之所在，企圖以靜態的文字去描摹小小的靜物，在有限篇幅裏展現了無窮的時間感。這是余光中最擅長的功夫，往往可以藉由濃縮的意象，牽引讀者舒展廣大的想像。在塑造時間感之餘，又繼之以空間感的表現。那種渾然天成的技巧，在他跨過盛年之際反而更加穩定而成熟。或者更精確地說，他總是在挑戰從前的自己，企圖在既有的格局基礎上能夠繼續突破局限，而帶給讀者全新的感覺。見微知著，以小觀大，一直是余光中詩學的核心。在

詠物之際，其實也是對自己的詩藝精益求精。在故宮博物院有太多豐富而巨大的古董，詩人卻獨鍾於一枚小小的橄欖核仁。當他下筆時，顯然就已經展開自我挑戰。如何把他所鍾愛的藝術品引渡到他的詩行之間，這首詩可以說是他盛年時期的傑作之一。

在同一時期，他的另外一首詩〈你仍在島上：懷念德進〉，相當生動地展現了他對友情的紀念。整首詩圍繞著畫家的風格，而勾勒了他個人的心情：

> 只覺得暮色來時
> 每一片水田漠漠
> 都宛然有你的倒影
> 誰要喊你的名字
> 南部那一帶的青山隱隱
> 都會有回聲（余光中 1986: 14-15）

短短幾行既懷念畫家，也懷念他的畫風。晚年的席德進，總是以水彩筆觸彰顯臺灣農村的風景。他的畫筆越來越簡單，呈現出來的風景卻又那樣生動。嘉南平原的青山綠水、紅瓦白屋，都成為席德進晚期最令人懷念的景象。余光中也以最簡單的文字，藉由短短詩行寫出故人之情。這是香港時期的余光中最動人之處，他所調動的文字並不多，所呈現的懷思也不複雜，卻能夠畫龍點睛讓席德進的人格彰顯出來。這個時期余光中的風格，顯然慢慢放棄太過華麗的技巧，而精確抓住人、事、物的精髓。這種放棄並非是遺棄，而是為了抓住客觀事物的核心觀點，使他自己的文字精神更貼近畫家的生命。

或者說，這可能也是他晚期風格的一個徵兆。隨著歲月的成長，他有意無意放棄早年華麗的辭藻。過多或過剩已經不再是他的追求，只要能夠抓住一個意象，就能夠揮灑成篇。外在環境的變

化，內在生命的演化，往往決定他文學風格的轉折。一九八五年他回到高雄定居時，開啟他創作生涯的最後階段，整個美學實踐也隱隱發生變化。他的生產力依舊維持不變，進入晚境之際，他對生命的體會顯然與中年以前有顯著不同。尤其他目睹朋輩的逐漸凋零，他更加體會到時間的緊迫感。一九八七年散文家吳魯芹去世時，他寫了一篇追悼文章〈愛彈低調的高手：遠悼吳魯芹先生〉。從題目的命名，可以看出他文字藝術的功力依然不減。但是閱讀內文之際，不免流露一種悽愴。其中他特別提到老病之苦：

> 今年六月，我倉皇回臺灣侍奉父疾，眼看老人在病榻上輾轉呻吟之苦，一時悲愴無奈，覺得長壽未必就是人生之福。吳魯芹說走就走，不黏不滯，看來他在翡冷翠夢見徐志摩，也可算是伏筆。（余光中 1987: 95）

那種說走就走、不黏不滯的態度，竟是詩人的一種嚮往。當一位作家開始討論生死的態度，無疑是一種典型的晚期風格。藉由朋輩離去的事件，反身檢討自己對生命的一種看法，絕對不會發生在年少時期或中年時期。生死的界線永遠模糊不清，余光中在進入晚境之際，眼見許多親朋好友逐漸離去，不免有一種徹底的覺悟。當他不怕討論生死，正好顯示他個人的超越態度。對太多的作家來說，青春是永遠回不去，而死亡也永遠過不去。余光中選擇緊緊抓住當下，盡情發揮他的創作欲望。夾在生死之間，余光中顯然慢慢發展出屬於自己的生命哲學。

一個更強烈的生死對比，出現在另一篇散文〈仲夏夜之噩夢〉。這篇文章的開頭是如此敘述：「去年八月在溫哥華，高緯的仲夏寒夜裏，先後接到兩通長途電話，一通來自紐約，報告我孫女降世的佳音，一通來自臺北，報告我朱立民先生謝世的噩耗」（余光中 2009）。死神如惘惘的威脅，隨時在友朋的身上降臨。在中

年時期他無需面對如此挑戰的議題，但是年紀漸長之後，不時會有噩耗從海外、從國內次第傳來。像他這樣繼承抒情傳統的詩人，對於生死問題不能不有所感觸。當死神的陰影以這樣那樣的形式出現在他平靜生活中，如果說他沒有受到任何影響，那麼他一定是神，而不是凡人。對於一輩子不斷在開拓全新版圖的創作者來說，余光中其實沒有所謂的晚期風格。從一些跡象來看，他或許出現了晚期風格的徵兆，但是在靈魂底層仍然還是與時間頑抗著。那種晚期風格，應該是看待世間事物更加豁達，對生命境界也看得更加開闊。隱隱之間，他意識到終結的時刻隨時都會到來，但只要他還能夠舉起筆來，就不可能放棄任何創作的機會。至少他的幽默感，以及他的自我嘲弄，在到達終點之前還是保持活潑的狀態。在內容上與形式上，他依舊維持一定的彈性與密度。但在詩意上，顯然與他的成熟之作開始出現絲毫落差。

生命最後階段的創造力

　　二〇〇八年余光中跨入八十歲之際，我為他編輯兩冊選集。一是《余光中六十年詩選》，一是《余光中跨世紀散文選》。身為詩人的私淑者，覺得有義務為這位臺灣的重要詩人做一次作品的完整回顧。在我的閱讀史上，那年對詩人的畢生作品進行全集式的閱讀，可能是相當稀罕的愉悅經驗。面對這位生產力旺盛的創作者，似乎有一種在高山攀爬的嚴峻挑戰。到那時所展現出來的畢生藝術高度，在選擇之際頗覺困難。在完成編輯《余光中六十年詩選》時，才更清楚辨識他的風格多變，他的創造頗富潛能。身為後輩，從二十歲就開始追隨他的作品。當我在那年暑假獨自閉門閱讀他的詩行與散文，才察覺自己對詩人的理解仍然徘徊在他的宮牆之外。詩選編輯完成之後，又繼之以散文作品閱讀。終日孤獨地在他的字裏行間梭巡徘徊，才驚覺自己毫不疲倦。那是我生命中難得的一次

閱讀經驗，自己隨著詩人一起年輕，一起成熟，一起跨入中年，最後也與他一起蒼老。終於編輯完成時，我對著窗外的星空發出喟嘆，深深覺得自己是何等幸運，可以與這位重要的創作者生活在同一塊土地上，也同樣呼吸著受到汙染的空氣。他的感覺曾經是我的未知，畢竟在藝術追尋的道路上，詩人是我的先知。通過作品的閱讀，我彷彿經過了一場重要的文學教育。他終於讓讀者知道，如何避開失敗的創作。而且也與讀者一起分享，如何在自我鍛鍊中到達完美的境界。

　　長期熟悉他的作品風格，也相當習慣他的創作不輟，事實上很難區隔他晚年與中年之間的界線。由於長期書寫，偶爾有失手之作，也是毫不影響他整體的風格。對於生死的問題，必須要到他生命的最後階段才開始嚴肅去面對。進入晚年之後，他已經超脫那種自我紀律的局限。凡是他想要處理的，隨時都可以變成一首詩或一篇散文。許多詩人總是會有一些禁忌的題材，但是余光中卻能夠以幽默的手法來處理。當他臻於六十歲那年，他寫了一首〈夢與膀胱〉：

> 無論是綺夢而迷
> 或者是惡夢而囈
> 無論是夢見了熊
> 或是夢變了甲蟲
> 或者是夢蝶而栩栩
> 當靈魂升向星際
> 或是在月光裏仰泳
> 只要有四百西西
> 向膨脹的膀胱
> 施這麼一點壓力

就把你遠召了回來
無論是天國之行
或者是地獄之旅
都在破曉前的惺忪裏
隨著水聲淙淙
一瀉而去（余光中 1990: 134）

　　很少有詩人處理老年的泌尿問題，畢竟那是非常私密，而且也很難拿上檯面的議題。詩人是少有的創作者，對於自己開始進入晚境所面對的生理問題，他毫無禁忌。較諸他早年的叱吒風雲，意氣風發，他終於還是要迎接衰老的年齡。敢於把膀胱作為一種詩的意象，放眼文壇，大約也只有余光中勇於處理。當他發表這首詩時，其實也意味著他的生命開始進入超越的階段。超越或超脫，是人生非常困難的境界。許多人鮮少面對如此難言的議題，當他發表這首詩，其實也揭開他個人非常私密的部分。他確實已經到達自由進出的階段，毫不擔心引起世人的議論，也不牽掛是否觸及私密的禁忌。當他發表這首詩時，其實也宣告進入了一個全新的境界。

　　他在六十五歲那年，發表了〈抱孫〉這首詩。當他以這樣的詩行來形容懷抱中的孫女，已經強烈暗示自己的生命又升格了：

你仰望著歷史，看滄桑
已接近封底，掀到了六十五頁
幾時，你才會從頭讀起呢？
當你長大，從母親的口裏
會聽到其中的幾章，幾節？
我俯窺著未來，看謎面
天機未洩，故事正等待破題
一對小巧的瞳人，滴溜圓滾

幻象和倒影所由孳生

要轉向怎樣的廿一世紀？（余光中 1998: 112-113）

面對懷抱中的新生命，詩人的心情轉化得特別慈祥，甚至在注視孫女的眼睛時，他好像能透視自己的一生。他用「封底」來形容自己的晚年，也形容嬰孩所看到的祖父是「仰望著歷史」。這是他人生境界的重要轉折，當他面對下一代的誕生，似乎也強烈感覺自己就要進入歷史。對於懷中的新生命不斷展開自問自答，尤其他說：「我俯窺著未來，看謎面／天機未動，故事正等待破題」。一個精彩的詩人，對於生命與時間永遠抱持著高度好奇。在嚮往歲月迎接下一代的到來，詩人竟然可以使用最精簡的詩句來表達最複雜的感覺。因此，如果要定義詩人的晚期風格，就應該優先觀察他的內心變化。這些詩行不能出現在青年時期，也不可能出現在中年時期。他的一生都是在與自己的生命對話並對質，卻在孫女誕生的瞬間才面對了他與未來生命之間的遙遠距離。

他坐在中山大學校園的樓頭，面對蒼茫的西子灣，也面對更為渺茫的臺灣海峽。內心湧起複雜的情緒，彷彿在面對自己波瀾壯闊的一生。他終於寫下了〈高樓對海〉這首詩：

高樓對海，長窗向西

黃昏之來多彩而神祕

落日去時，把海峽交給晚霞

晚霞去時，把海峽交給燈塔

我的桌燈也同時亮起

於是禮成，夜，便算開始了

燈塔是海上的一盞桌燈

桌燈，是桌上的一座燈塔

照著白髮的心事在燈下

起伏如滿滿一海峽風浪

一波接一波來撼晚年

一生蒼茫還留下甚麼呢？（余光中 2000: 153-154）

　　這首詩可能是余光中第一次用晚年來形容自己，這也是他最
擅長的「生命詩」。所謂生命詩，便是詩人與自己的靈魂，進行一
場辯論或自問自答。他早年所寫的〈火浴〉，其中有太多的自我拷
問，也有太多激烈的鞭笞。在一九六〇年代的詩人行列裏，余光中
的作品最能表達強烈的歷史感、生命感、時間感。這是他一生的主
題，在每一個階段都可以看見他憤怒的姿態。那種在靈魂深處進行
無窮盡的自我詰問、自我辯論，已經構成他個人的特殊風格。如果
說這些生命詩其實就是〈火浴〉的變形與延伸，亦不為過。他從來
沒有感嘆自己老，而且也從來沒有表現過老之將來。但是進入六十
歲後，身體開始出現老化現象，而且也開始迎接孫兒的到來，他都
必須面對自己正逐漸臻於生命峰頂。

　　因此他終於開始浮現晚期風格之際，在相當程度上他還是不
願意向時間俯首稱臣。在他去世後，竟然又出版一本新書《從杜甫
到達利》，確實使他的讀者起了震動。這份遺稿是由他的女兒余幼
珊教授編輯整理，卻是詩人自己事先規劃好的一本著作。書中所收
的一篇文字〈新儒林外史：悅讀錢鍾書的文學創作〉，確實令人感
到驚喜。在大學三年級時，那時我還是一位歷史系的學生，就開始
出入余老師在臺北廈門街的住處。那時他曾經推薦私藏的錢鍾書作
品，一是他的小說《圍城》，一是他的散文《寫在人生邊上》。在
文學追求的道路上，余老師一直是扮演著心靈導師的角色。他不僅
借給我錢鍾書的作品，也推薦給我許多當時最流行的新批評書目。
那已經是半世紀以前的記憶，卻在余老師去世後出版的新書裏發現
這篇文章，許多複雜的記憶再次洶湧襲來。這篇文字應該也是屬於

晚期風格的一種特質，詩人對於難以忘懷的書籍不僅重新閱讀，而且還下筆寫出個人的強烈感覺。那是他對生命裏的重要作家所呈現的致敬儀式，也是對自己閱讀史上無法放下的一個徵兆。余光中在閱讀錢鍾書之際，似乎也是在閱讀自己。尤其最後一段他這樣結束：

> 頗有一些讀者覺得，錢氏嘲諷人性，下筆嫌太刻薄。我有時也有此感。醋少可養生，醋多則傷胃。任何時代都應該有一位諷刺家，給我們一面照妖鏡，讓我們嚇一跳，清醒一下。不過區別在於：錢鍾書像王爾德，甚麼都可以諷刺，不像某些意識掛帥的作家，只單向諷刺某一地區，某一職業，某一階級。（余光中 2018: 64）

舊書重讀應該也是一種晚期風格，對於前半生難以忘懷的重要作品，必須等到臻於晚年之際不僅進行再閱讀，而且還落筆寫下內心真實的感覺。他對錢鍾書小說的深刻評語，事實上也是他個人對自己的某種期許。在相當程度上，這段文字其實也是在定義自己的文學觀。因為他已經到達融會貫通的地步，對於不同作家的某些風格，已經可以全面掌握。尤其他把錢鍾書與王爾德相提並論，恰恰就在表現他對兩位作者的具體把握。

他在二〇一四年所完成的〈析論我的四度空間〉，是對自己的詩學進行最完整的剖析。[3] 這樣的文字在年少時期或中年時期，他從來沒有試探過。當他的作品產量相當足夠，他站在時間的峰頂可以清楚看見自己的內在變化。而那樣的變化，可能不是他的讀者可以清楚看見。他對自己生命中所運用過的各種創作技巧，已經看

3　余光中，〈析論我的四度空間〉，《從杜甫到達利》（臺北：九歌，2018年），頁110-128。

得非常透明而透徹。正是站在歲月的高度，當他進行自我解剖，都能夠精確顯露他曾經動用過的各種藝術奧妙。在這篇文章，他公開承認：「我自己詩中的意象，上承古典詩詞，旁採西洋詩歌，有單純的比喻，也有較為繁富的意象結構(imagery)。」那麼短的陳述，就足夠概括他自己的文學底蘊。具有中國古典文學的傳統，也有西方詩學的傳承，更有他個人所開展出來的文學格局。在這段文字後面，他以兩首短詩來自我詮釋：

水

水是一面害羞的鏡子

別逗她笑

一笑，不停止

海峽

早春的海峽

那麼大的一塊藍玻璃

風吹皺（余光中 2018: 116）

　　這是他出神入化的技巧表演，有些年輕讀者也在私底下傳抄。余光中謙稱這是單純的比喻，但是那種高度想像，似乎不是其他詩人所能追趕。第一首〈水〉，其實是柔弱無物的流體，卻在詩人筆下化成一面害羞的鏡子。加上「害羞」一詞，整個想像就立體起來。他又追加「別逗她笑」，又使鏡子化為動態。最後又補上一行「一笑，不停止」，整首詩就站起來了，而且充滿了只可意會的靈活畫面。對余光中而言，這是牛刀小試。對讀者而言，竟是驚奇的發現。同樣的，第二首〈海峽〉，把整個寬闊的水域轉換成一塊藍玻璃。那種轉喻之快，迅雷不及掩耳。然後又填上最後一行「風吹皺」，再次使靜止的藍玻璃還原為波浪微湧的水面。在最小的格局

裏，嘗試著最龐大的實驗，正是余光中詩藝的最佳表演。

余光中在晚年常常抱怨的一件事情，便是對岸的詩壇常常稱他為「鄉愁詩人」。只因為中國總理溫家寶公開朗讀過他的〈鄉愁〉一詩，卻從此成為中國讀者重複傳誦的名號。這是因為隔著海峽，他們無法窺見余光中生命的全部成就。二〇一三年他到達八十五歲生日之際，完成了一首二零五行的長詩〈大衛雕像〉。整首作品所展現的氣象，顯然不是一般垂老的作者所能企及。當他在歌頌雕塑家米開朗基羅時，在相當程度上頗有自況的味道。在藝術史上所完成的這座巨大作品，誕生於西方文藝復興時期正要展開之際。這首詩發表於《印刻》文學雜誌，頗引起讀者的議論。身為他的讀者，我終於也情不自禁為他寫下一篇長文〈一座雕像的完成〉（收入陳芳明《美與殉美》）。這首長詩的誕生，在一定的意義上就是屬於晚期風格。詩中所流動的歷史感與時間感，特別沉重而濃厚。當他親眼面對這座藝術史上的重要作品時，似乎帶著一種相互比並之況味。這是余光中生命中最後的一首長詩，他顯然是要挑戰自己的生命力與續航力。

米開朗基羅從一塊巨大的頑石中，呼喚出一具生動的靈魂，那是藝術家一生中最大的挑戰。余光中在瞻仰這龐大的藝術作品時，顯然也是要從一座靜態的作品中，呼喚出一個活潑的生命。在規模上，一首詩顯然很難與一座雕像相提並論。但是在整首詩的營造過程中，他已經站在年齡的高峰。在他鍛鑄這首詩的過程中，顯然有意要把他一生的創作技巧都匯集在這首長詩裏。站在高達五百一十七公分的雕像前，余光中在創作之際顯然還停留在震懾的狀態。他依照米開朗基羅曾經有過的創作軌跡，也是從一塊毫無生命的頑石開始下筆。在真正的藝術誕生之前，一塊石頭就是一塊石頭，毫無任何靈魂可言。米開朗基羅企圖從石頭內部開挖出一座生動的作品，而余光中則企圖從一座已經完成的雕像，開挖出另外一

種形式的藝術生命。

　　雙軌思維(twin way of thinking)與雙重視野(double vision)，一直是余光中畢生創作時最擅長的漂亮手法。他投入這首長詩的創作時，既要照顧西方藝術史的流變，也要照顧如何去評估一座藝術作品。前者是時間感，後者是空間感。當他進行詩的創作時，不時照顧著如此的雙軌思維。同樣的，一首詩無法與一座雕像並置在一起，但是詩人則企圖以有限的文字來包容一座雕像。在某種意義上，這是一種跨藝術的結盟。在米開朗基羅之前，也曾經有兩位雕塑家嘗試動工，最後都頹然而退。在某種意義上，那塊巨大的頑石正在等待知音的出現。同樣的，這座雕像要接受謳歌，也必須等待一個恰當的詩人出現。一位來自東方的詩人，對西方藝術史瞭若指掌，終於在到達生命最成熟的階段，出現在大衛雕像之前。並沒有人委託余光中必須寫出這首長詩，而是他對自己自我承諾了前所未有的挑戰。一座藝術雕像的完成，必須把一塊沒有生命的巨大石頭劈出多餘與剩餘，終於把一具生動的靈魂化為具體形象，呈現在世人面前。

　　晚年的余光中，顯然也為自己找到一份相當困難的工作。如何把一座碩大無朋的藝術作品，轉化成一首升降起伏的長詩，正是他晚年所面對的自我挑戰。在下筆之前，他重新閱讀相關的藝術史料，也讓自己熟悉了米開朗基羅的生命過程，同時也理解了當時的藝術環境。當米開朗基羅完成這項艱難的開鑿工作，余光中以這樣的景象，來面對這樣巨大的作品：

> 成熟的青年，胸肌坦陳
> 塊壘多健碩，肺活量驚人
> 脊椎把腰身挺得多神氣
> 臍眼，丹田，鼠蹊，凝聚著元氣

最令人訝異是三角洲頭

傳後的殖民地毫不惹眼

只低調垂著一對私囊

唯有一撮駭俗的恥毛

似經過精心梳刷，有意呼應

你終將帶上金冠的鬢髮（余光中 2013）

很少有詩人能夠動用如此的文字，去形容裸體的雕像。尤其是最後四行「只低調垂著一對私囊／唯有一撮駭俗的恥毛／似經過精心梳刷，有意呼應／你終將帶上金冠的鬢髮」，余光中創造了聲東擊西的效果。尤其是最後三行，他把「駭俗的恥毛」轉移到「金冠的鬢髮」，而成為平行的意象，從容化解了某些尷尬的焦點。這正是於余光中最為關鍵的藝術表演，非常體貼地為保守的東方讀者讓出一個恰當的欣賞空間。[4]

身為他的讀者，從年輕時期到向晚歲月，未曾須臾偏離對詩人作品的注視。在我二十七歲時，曾經為他寫過一篇長文〈一顆不肯認輸的靈魂〉（收入《鏡子和影子》，一九七四年出版）。撰寫這篇紀念文章之際，仍然還是覺得余光中到達生命的最後階段，依然保持著不肯認輸的靈魂。他敢於在高齡之際創造那麼長的史詩，正好對照出他的努力不懈可謂終其一生。撰寫這篇文字時，許多記憶洶湧而來，在某些時刻顯然無法自持。如今終於完成時，仍然對余光中老師的懷念無窮無盡。

4　詳陳芳明(2015)，〈一座雕像的完成〉，《美與殉美》（臺北：聯經），頁181-196。

徵引文獻

陳芳明 (1977)。〈拭汗論火浴〉。《詩和現實》（臺北：洪範書店），
　　101-122。

陳芳明（編）(2008)。《余光中六十年詩選》（臺北：印刻文學）。

陳芳明（編）(2008a)。《余光中跨世紀散文》（臺北：九歌出版社）。

Said, Edward W. [艾德華‧薩依德] (2010)。《論晚期風格：反常合道的
　　音樂與文學》(*On Late Style: Music and Literature Against the Grain*)
　　[2006]。彭淮棟（譯）（臺北：麥田出版）。

余光中 (1986)。《紫荊賦》（臺北：洪範書店）。

余光中 (1986a)。〈你仍在島上：懷念德進〉。余光中 1986: 13-15。

余光中 (1986b)。〈橄欖核舟：故宮博物館所見〉。余光中 1986: 48-51。

余光中 (1987)。〈愛彈低調的高手：遠悼吳魯芹先生〉。《記憶像鐵軌
　　一樣長》（臺北：洪範書店），93-101。

余光中 (1990)。〈夢與膀胱〉。《夢與地理》（臺北：洪範書店），
　　134-135。

余光中 (1996)。〈後半夜〉。《安石榴》（臺北：洪範書店），84-87。

余光中 (1998)。〈抱孫〉。《五行無阻》（臺北：九歌出版社），111-
　　114。

余光中 (2000)。〈高樓對海〉。《高樓對海》（臺北：九歌出版社），
　　153-155。

余光中 (2009)。〈仲夏夜之噩夢〉。《日不落家》（臺北：九歌出版社），
　　151-156。

余光中 (2013)。〈大衛雕像〉。《INK 印刻文學生活誌》no. 121 (Sept.)。

余光中 (2018)。《從杜甫到達利》（臺北：九歌出版社）

余光中 (2018a)。〈新儒林外史：悅讀錢鍾書的文學創作〉。余光中
　　2018: 47-64。

余光中 (2018b)。〈析論我的四度空間〉。余光中 2018: 110-128。

余光中〈洛陽橋〉注及賞析

李瑞騰

刺桐花[1] 開了多少個春天
東西塔[2] 對望究竟多少年
多少人走過了洛陽橋[3]

---

1 刺桐，根據植物辭書的解釋，它是豆科，落葉中至大喬木，樹皮淡灰色，具瘤狀黑刺，有凹凸；葉為複葉，有長柄，葉柄基部有蜜腺一對，多數樹葉叢生在頂端；總狀花序，花期二月至四月，先開花再長葉，頂生，橙紅色，蝶形；莢果成念珠狀，種子深紅色。刺桐原產於印度和馬來西亞，唐宋以來，福建不少地方就引種了，但種得最多的還是泉州。泉州位於福建南部，東瀕浩瀚的東海，北、西、南三面環山，晉江穿過城市南部，注入東海。自秦至初唐，先後屬閩中郡、閩越國、建安郡、晉安郡、南安郡、豐州、武榮州地。唐景雲二年(711)改武榮州為泉州。開元六年(718)，州治由南安遷至今泉州市地。後十二年建城郭。五代時，節度使劉從效擴城，環城及巷陌中遍植刺桐，因此別稱刺桐城。刺桐也是臺灣低海拔常見的樹種，許多地方以「刺桐腳」為名，雲林縣有莿桐鄉。

2 東西塔是中國現存最高的一對石塔，位於福建省泉州市區開元寺內。東塔在大雄寶殿前東側，名鎮國塔。西塔在前西側，名仁壽塔。它表現了宋代泉州石構建築和石雕藝術的高度成就，成為泉州古城獨特的標誌。

3 洛陽橋位於泉州城東北十三公里處，是中國現存第一座跨海石橋，因洛陽江入海處相當遼闊，且水深浪急，當時的洛陽江來往兩岸只能靠渡船，每逢大風大潮，常有危險，為了祈求平安，遂將此渡口稱為「萬安渡」，後來建橋就稱為「萬安橋」。據《泉州府志》記載，萬安橋最初為北宋慶曆初年李寵首先建造浮橋，後來由泉州太守蔡襄主持改建成石橋，蔡襄撰有〈萬安橋記〉，其中記載：泉州萬安渡石橋，前後花了六年零八個月的時間。洛陽橋長七百三十公尺，寬四・五公尺，船形墩四十五座，全是由花崗岩石砌築，橋上東西兩旁原立有五百根欄杆石

多少船駛出了泉州灣[4]

現在[5]輪到我走上橋來
從橋頭的古榕[6]步向北岸
從蔡公祠[7]步向蔡公石像[8]
一腳踏上了北宋年間[9]

當初年輕的父親[10]或許
也帶過我，六歲[11]的稚氣

柱，二十八隻石獅，兩側還建有七亭九塔，南北兩端介立四尊石將軍，橋心島還
有大量的石碑、摩崖石刻，都是難得的歷史建築和雕刻藝術作品。

4　泉州灣為福建省泉州市的一個海灣，北起惠安縣，南至石獅市，為晉江的入海
　　口，與北面的湄洲灣、南面的圍頭灣並稱為「泉州三灣」，原本經濟發展較慢，
　　但隨著泉州行政中心往東海區域遷移，開發泉州灣已是泉州市工作重點，陸續建
　　設的泉州灣跨海大橋及環城高速公路已經通車。

5　余光中走過洛陽橋是在二〇一一年四月二十二日，寫成此詩是五月四日，五月
　　二十六日在洛陽橋橋中亭有一發表儀式，惟余光中並未出席。六月二十日刊於臺
　　灣《聯合報・副刊》，收入余光中詩集《太陽點名》(2015)。

6　蔡襄在宋仁宗嘉祐年間兩次擔任泉州太守，曾倡植榕。洛陽橋頭確有參天老榕。

7　在洛陽橋南端有一座蔡忠惠公祠，是後人為紀念蔡襄建洛陽橋有功而造，今為蔡
　　襄紀念館。該祠始建於北宋，現存為清代建築形式，為坐北朝南的三開間三進殿
　　堂。忠惠為蔡襄諡號。

8　在蔡公祠前。

9　蔡襄(1012-1067)正當北宋真宗到英宗年間。

10　余光中的父親余超英(1896-1992)，福建永春人。一九二〇年在馬來亞倡辦肯民、
　　益智學校，兼任校長。一九二四年返國，任永春縣教育局局長。北伐軍入閩，任
　　新編第一師政治部副主任。南京國民政府成立後，任中國國民黨中央海外部第
　　一、二處處長。一九三二年返閩，任安溪縣縣長。後調任僑務委員會委員，來臺
　　後一直從事僑務工作，發起創辦臺北永春同鄉會，連任四屆理事長，去世
　　（一九九二）後，葬於碧潭永春公墓。母親孫秀君，江蘇武進人，師範學校畢業
　　後分配到永春工作，在此與余光中父親結成姻緣。

11　余光中生於南京，六歲時曾隨父母回永春，住過半年。

溫厚的大手牽著小手
從南岸走向石橋的那頭

或許母親更年輕，曾經
和父親一同將我牽牢
一左一右，帶我在中間
三個人走過了洛陽橋

想必蔡公，造橋人自己
當年曾領先走過此橋
多感動啊，泉州人隨後
逍遙地越過洛江[12] 滔滔

越過洛江無情的滔滔
弘一的芒鞋[13]，俞大猷的馬靴[14]
惠安女繡花鞋的軟步[15]
都踏過普渡的洛陽橋

潮起潮落，年去年來
匆匆過橋，一代又一代

---

12 洛陽江之簡稱，為泉州第二大河流，注入泉州灣。

13 弘一大師(1880-1942)即李叔同，生於天津，晚年在泉州十四年，最後亦圓寂於泉州。芒鞋用芒莖外皮編織而成，亦泛指草鞋。弘一大師後半生芒鞋布衲，苦修律宗。今開元寺內原尊勝院已改為弘一法師紀念館；清原山麓有他的墓和塔。

14 俞大猷(1503-1580)是泉州晉江人，武進士出身，為明代嘉靖年間的抗倭名將，與戚繼光齊名，有「俞龍戚虎」之稱，今惠安縣東南部崇武古城（泉州灣和湄州灣之間）為二人操練水師之所。

15 惠安，泉州三邑（惠安、晉江、南安）之一，在福建東南沿海。惠安女，特指惠東幾個小鎮的漢族婦女，能吃苦耐勞，服飾奇特，極富色彩之美；她們足下的繡花鞋，又稱「踏轎鞋」，富民俗文化意義。

有的，急急於趕路，有的
在扶欄與望柱間徘徊[16]

最後是我，晚歸的詩翁
一千零六十步[17]，疊疊重重
想疊上母親、父親的腳印
疊上泉州人千年的跫音

但橋上的七亭九塔[18]，橋下
的石墩[19]，墩上纍纍的牡蠣[20]
怎認得我呢，一個浪子
少小離家，回首已耄耆[21]

刺桐花開了多少個四月
東西塔依舊矗立不倒
江水東流，海波倒灌
多少人走過了洛陽橋

---

16 洛陽橋兩側有五百個石雕扶欄。余光中這裏也提「望柱」，我猜想，他寫作的當
　下，或許連接了蘆溝橋的記憶（蘆溝橋兩側石護欄共有281根望柱，柱頂上刻有
　石獅，計501隻）。

17 余光中於二〇一一年四月二十二日上午首次踏上洛陽橋，「那天薄陰，細雨初
　歇，正宜放足踏春。儘管人多口雜，鏡頭焦聚，我卻始終攝住心神，不望記數，
　抵達北岸的橋頭時，大叫一聲：『一千零六十步！』」詳見〈走過洛陽橋〉，收
　入余光中散文集《粉絲與知音》(2015a)，頁267-269。

18 洛陽橋上有石亭七座，石塔九座。

19 洛陽橋的石墩，全用大長條石交錯疊砌，兩頭尖形，以利分水。

20 洛陽橋種蠣固基，利用牡蠣外殼附著力強和繁生迅速的特性，在橋下大量繁殖，
　使橋基和橋墩牢固膠結，被視為生物學用於橋梁工程的先例。

21 古稱八、九十為耋，七、八十為耆，耋（音冒）耆（音迭），指年紀很大的人。

* 以上注釋，旨在協助讀者增加對於詩之背景的了解，有關史地方面的資料斟酌，
　取自中文維基百科、百度百科及相關網站，特此致謝。

【賞析】

余光中〈洛陽橋〉詩，是一首分行自由體，它由最初的四行擴充而成四十行，每段四行，全篇十段的形式。最初的四行如下：

刺桐花開了多少個春天？

東西塔還要對望多少年？

多少人走過了洛陽橋？

多少船開出了泉州灣？（余光中 2015: 59）

詩人自己說這是「四行絕句」，正是句絕而意不絕，不盡之意讓人咀嚼再三，「刺桐花」、「東西塔」、「洛陽橋」、「泉州灣」四個地理的、空間的意象，組成深具時間和群體活動意義的歷史世界。但裏面的空間太大，且是無法用想像加以填補的，因之而必須鋪展，必須演義，從四行到四十行，就是把「人」擺進去，包括「我」、「造橋人自己」（蔡襄）、橋所在的泉州人（我父我母、弘一大師、俞大猷、惠安女及一代又一代的泉州人）。

從創作題材上考察，因洛陽橋是極有歷史的古蹟，是著名地景，寫的時候，和它有關的歷史掌故、空間景觀，必然會成為創作元素；另一方面，洛陽橋是余光中家鄉景物，有童年記憶，有親情、鄉情。二者交會融裁，構成此詩內在世界。

首段即最初四句，原有的句末問號去掉了，但提問的本意沒變：問花、問塔，問的是時間；問橋、問灣，問的是人是船。花是刺桐花，是泉州的市花，古泉州也稱刺桐；塔是開元寺大雄寶殿前的東塔西塔，高度在中國第一，歷史之久遠也不遑多讓，藝術性強，提到它就想到泉州；橋是洛陽橋，洛陽江將注入泉州灣，有了這麼一座跨海石橋，工法先進，宏偉壯觀，是泉州地標；至於泉州灣，或者放大說「泉州三灣」（加上北邊的湄州灣、南方的圍頭灣），擁有的港群，被稱為海上絲路的起點。

把洛陽橋放進這樣的時空結構中，詩從這裏開展，可想見會有三條主線：一條是「我」的生命史，一條是「橋」的發展史，另一條是泉州人如何「逍遙地越過洛江滔滔」、他們「千年的跫音」，以及泉州所見證的「多少船駛出了泉州灣」？因之，第二段寫我過橋的當下，接著寫父親（三段），寫母親（四段），再回寫北宋造橋的蔡襄（五段），寫在泉州的弘一大師、泉州人俞大猷以及美麗且吃苦耐勞的惠安女，全聚焦在足下（芒鞋、馬靴、繡花鞋）（六段）。到這裏有所承轉（七段），歸結一代又一代匆匆過橋者的二種情境：一是「急急於趕路」，一是「在扶欄與望柱間徘徊」，然後回到過橋的「我」，一個「晚歸」的「浪子」，「少小離家，回首已耄耋」（八、九段），像是已經過了橋，本該收筆，但情感仍然波動，特別是景物依舊，人事卻有不盡的滄桑變化，詩人回映首段，以橋作結。

　　余光中走過洛陽橋本是一件普通的事，在兩岸關係中卻成了大事；走過洛陽橋寫一首詠懷古蹟的詩，對詩人來說是極平常的事，當地卻辦一場活動，到橋中亭去發布，成了一件新聞。除了一首四行詩、一首四十行詩，余光中另就此寫了散文〈走過洛陽橋〉(2015)，再配合早些年的〈八閩歸人〉(2005)，則洛陽橋之於余光中，除親情、鄉情外，更有深刻的文化意義。

徵引文獻

余光中 (2005)。〈八閩歸人〉。《青銅一夢》（臺北：九歌出版社），245-251。

余光中 (2015)。〈洛陽橋〉。《太陽點名》（臺北：九歌出版社），59-62。

余光中 (2015a)。〈走過洛陽橋〉。《粉絲與知音》（臺北：九歌出版社），267-269。

春天從洛杉磯登陸：

兼論余光中詩集《五行無阻》內的兩首詩

張錯

前言

　　余光中曾於一九九一年、二〇〇六年先後兩次前來洛杉磯演講及詩朗誦活動。一九九一年六月是應「美西華人學會」邀請作個人專題演講並接受學會頒發「文學成就獎」，另一個活動在蒙特利公園市的長青書局做一場詩朗誦。余先生朗誦（包括背誦）經驗豐富、技巧嫻熟、詩心活潑，該夜亦不例外，除了例行聽眾爆滿，整場高潮迭起，無一冷場。那次誦詩活動稱之為「春天從洛杉磯登陸」，熟悉余光中詩作的人自會會心微笑，余光中一九八六年另有名詩〈讓春天從高雄出發〉，家傳戶曉，是為高雄市「木棉花文藝季」所寫的主題。高雄市花是鮮紅燦爛的木棉花，所以余詩這樣說：

> 讓春天從高雄登陸
> 這轟動南部的消息
> 讓木棉花的火把
> 用越野賽跑的速度
> 一路向北方傳達
> 讓春天從高雄出發（余光中 1990: 37）

　　因為余氏在美國這兩場活動均由我安排，他賦詩贈詩，我心存

感激，藉這本論文集之便，提供兩首詩的創作背景及詮釋，也算是另一種新批評吧。

洛杉磯位在南加州，也就是加州的南方，雖然很少木棉花和鳳凰木，它就像高雄之於臺北，春天的訊息也是先從南部洛杉磯傳到北部的舊金山。余光中蒞臨，就像一樹歌唱的木棉，把洛杉磯夏天燃燒起來。

這次他到訪一共寫了三首詩，收在詩集《五行無阻》(1998)，分別為〈東飛記〉、〈洛城看劍記：贈張錯〉、〈木蘭樹下〉，詩集封底書介指出《五行無阻》是他的第十七本詩集，選在七十歲重九生日出書以自壽，主題十分廣闊。

余光中在洛期間，曾南下墨西哥邊界小鎮帝娃娜(Tijuana)遊玩，及一訪開滿木蘭花樹的南加州大學校園，〈木蘭樹下〉一詩就藉賓主兩人的對話與花香，「步過南加大初夏的悠閒／一陣風來把行人牽引」，帶去過往在西子灣的回憶：

> 「三年前的仲夏，該還記得
> 那時是你在西子灣作客
> 貪饞荷葉新煮的粥香
> 一清早沿著夢的邊緣
> 衝著滿湖的鳥聲和霧氣
> 只為跟高島向無窮的翠碧
> 採一張荷蓋罷了，一腳踏空
> 陷進了，喔，多肥的軟泥」
>
> 「那晚的荷葉粥是一生最香」
> 他仰嗅著木蘭花，笑說
> 「在高雄，該又是荷香滿湖了」
> 花香是最難忘最難抵抗的

醺醺的花氣，淡淡的葉香

一縷記憶把主客牽回

那年的仲夏之晨，⋯⋯（余光中 1998: 19-21）

　　從南加大的木蘭花，牽引到澄清湖的翠荷葉，所謂三年前仲夏來西子灣作客，指一九八九年夏，我在政大客座後，應邀前來中山大學外文研究所暑期客座，住在校內的教授宿舍，余光中夫婦住四樓，我住五樓，黃碧端就住在我對面。那年余佩珊剛好返臺，也住家裏，一星期總有幾個晚上，四人漫步登武嶺看星星，余先生諳熟天文地理，夜觀星斗，細說天象，侃侃而談，指出如從位在寶島西南方的高雄出發，如果眼睛成垂直線，就會碰到香港及海南。那些觀星晚上，雖未煮酒，也曾縱論天下英雄。

　　余詩所謂「貪饞荷葉新煮的粥香／一清早沿著夢的邊緣／衝著滿湖的鳥聲和霧氣」詩句，是指有天由攝影家王慶華一早開車前來帶同大家去澄清湖採幾張新鮮荷葉，據云荷葉煮粥，翠綠清香，我和慶華兩人一腳高一腳低沿著荷塘小徑揮刀割下幾片荷葉，我一時情急，欲割新荷，結果「一腳踏空／陷進了，喔，多肥的軟泥」。

　　余氏伉儷曾經前往帝娃娜，余光中未去過，雖此小鎮僅是墨美兩國的邊界小鎮，卻十分興奮，沿途大秀西班牙文，他對外語敏感，語言天資聰穎。但他去帝娃娜，卻無詩作。

　　十五年後，二〇〇六年二月，余光中再應洛杉磯黃美之的德維文學協會及世界日報邀請，重訪洛杉磯，分別作兩場演講。第一晚「余光中之夜」朗誦會，仍在長青書局舉行，曉亞曾有文〈讓春天從洛杉磯出發：余光中訪洛記〉記述，其中一段如下：

　　　　兩場活動總計吸引了超過六百名文藝粉絲齊聚一堂，這在有著「文化沙漠」之稱的洛城可以說是極為罕見。其中有人開了數個小時車程跨越半塊加州甚至從外州遠道而來，

只為一睹這位詩壇祭酒的風采，在兩場詩歌與文字魔幻時空中，領略了中國詩文的瑰麗與浩瀚。

記得當時不論是詩朗誦會或是演講會，早在活動開始前個把小時，座落於蒙特利公園市的長青書局及世界日報大樓便湧入大批人潮，將現場擠得水洩不通，後來者乾脆席地而坐。這些人裏有慕其名而來者、有故舊同學友朋、有多年死忠讀者、有藝文界作家畫家藝術家及桃李滿天下的學生……，大家彷彿都化身為小粉絲，以期盼沸騰的熱情歡迎這位集新詩、散文、評論及翻譯於一身的詩文大家。在朗誦會上余光中先生以感性的語調或緩慢或激昂一口氣朗誦了自己從七零年代橫跨三十餘年的十八首新詩作品，明顯地看出在不同時期階段語言、題材與詩風的轉變。他朗誦了〈江湖上〉、〈白霏霏〉、〈民歌〉、然後是〈盲丐〉、〈搖搖民謠〉、俏皮的〈踢踢踏〉及紀念結婚三十週年的〈珍珠項鍊〉，還有描述洛城寄宿張錯教授家中對其古董兵器珍藏之印象的〈洛城看劍記：贈張錯〉，及二〇〇〇年詩人回到了誕生地南京，循著兒時記憶足跡寫下的〈再登中山陵〉……等中文詩作品。之後以英文朗誦了英國浪漫詩人雪萊的十四行詩〈阿西曼達斯〉("Ozymandias")、曾得過四次普立茲獎的美國詩人羅勃·佛洛斯特(Robert Frost)的〈全心的奉獻〉("The Gift Outright")，以及文藝復興時期英國詩人湯姆斯·納許(Thomas Nashe)的〈甜蜜的春天〉("Spring, the Sweet Spring")。

余光中先生曾說，詩的生命具備兩個部分：一為意象，一為節奏與音調。因此詩作如果不加以想像力大聲念出來，

詩的生命便死了一半。於是，這些不管是自身作品或英文、西班牙文詩作在其抑揚頓挫、或高昂或低迴的語音情感詮釋下，注入了更廣闊豐沛更能觸動心弦引起共鳴的生命力。（曉亞 2006: 69-71）

以上報導，大致已勾勒出余光中在洛杉磯活動的輪廓與內涵。至於他選誦的〈洛城看劍記〉，倒是出乎意料，事前沒有告訴我，好像要給我一個驚喜，倒讓我有點不好意思，他兩次來洛杉磯，活動完畢均住敝宅，每晚聊至深夜，各自就寢。詩是這樣說的：

洛城看劍記：贈張錯

洛城溶溶的月色裏，昂藏那主人
口帶南腔而貌若北相
文名播於海內，而武功
在海外傳於西岸的江湖
只可惜俠而不飲，詩而不狂
無酒可醉也無燈堪挑
卻有青霜與紫電，一夕伴我
看遍壁爐的周遭倚滿了古劍
或雙刃而削薄，或合刃而共鞘
或短鋒而匕首，或厚背而彎刀
縱鯊鱗剝落，把柄鏽蝕
亮刃之際仍錚錚仍鏦鏦
歷劫而不減古英雄的氣概
烈士的肝膽，未隨風沙而消磨
也不甘深鞘歲月的寂寞
沿著驚心的血漕，一寸接一寸
從舊小說第幾章第幾回

從國恥第幾條第幾款
從隱隱的低嘯聲中
把金屬的剛烈，赤裸裸，抽出
那手勢，似乎正抽出自己的病情
罪過或自譴，遺恨或自責
鋼，不說謊，讓惡夢曝光
幻覺是歷史在握，令人扼腕
他順勢一揮，護手鏗朗朗地震響
把虛空挑出個碗大的劍花
對憧憧或是冥冥的甚麼
也算是一種蕭然致敬了
然後鄭重地歸劍入鞘
歸隊於爐邊森森的武庫
再取出雙鉤帶戟，手杖藏劍
雙鐧帶棱角，軟鞭帶錘鏈
紅纓的長矛帶著風霜
直看到烏龍茶冷，壁鐘無聊
主客才各自去就枕，一任

七彩燒陶的眾羅漢
在架上坐臥都入定
小鸚鵡蹲棲在籠中
丹麥種的大黑犬
披一身棕影月色
奄耳蜷睡在池畔
聖璜山的這一邊萬籟俱寂
只留下我不安的耳朵

被祟於蠡蠡的刀魂劍魄

不知隱隱的鏗鏘究竟

是來自深鞘的掙扎呢還是

梯頂主人的書齋

那些任俠而尚武的詩句？（余光中 1998: 9-13）

　　余光中文質彬彬，但對壁爐旁擺放的兵器甚感興趣，這些兵器擺放並非炫耀，有真有假，當然余先生無暇分辨，總之他覺得琳瑯滿目就是了。真的兵器是明清兵器，假的是平常練習的運動器材。真兵器放置一起可以隨時撫觸掂量，感覺標準重量與厚薄，運動兵器因為用作練習或表演，較為輕便趁手，和真兵器感覺不一樣。

　　「口帶南腔」是指我的彆腳國語，我因在省港澳地區長大，第一母語是粵語，第二語言是英語，第三才是來臺學的國語。余光中在香港中文大學任教多年，竟也說得一口流利粵語，雖有腔調，在所難免。離美時，我們送他去洛杉磯機場航空公司登記，有婦人用廣東話向余先生詢問一些機場程序問題，余先生回以廣東話對答如流，辭盡達意，據聞他幾個年長女兒也因曾在香港長大，說得一口廣東話，這倒有點像在香港念完小學才來臺灣的蒙古人席慕蓉，她的廣東話字正腔圓，非常道地。

　　「貌若北相」不敢當，我籍貫客家，宋代自河南濮陽遷徙江南入江西，再南下廣東，所以也算得是準(quasi)北方中原人士吧。「俠而不飲」，本來酒量不好，屬於楊牧所謂無趣共飲之人，自然無法讓余先生醉裏挑燈看劍。其實余先生酒醉與挑燈都是假，看刀劍是真，也想把玩。明朝自戚繼光始，刀劍常被倭寇精鋼倭刀砍斷折落，遂把原來沉重厚身的大朴刀改製成精鋼微彎窄長的柳葉單刀或雙刀，輕薄易使。清代緊追前朝刀制，方便騎兵馬上砍殺揮削，刀身較步兵厚長，此外更有雙刃精鋼長劍，白鯊皮劍柄，綠染魟魚

(stingray)魚皮劍鞘（一般看作是綠染鯊鱗），就是余詩說的：

> 或雙刃而削薄，或合刃而共鞘
> 或短鋒而匕首，或厚背而彎刀
> 縱鯊鱗剝落，把柄鏽蝕
> 亮刃之際仍錚錚仍鏦鏦
> 歷劫而不減古英雄的氣概（余光中 1998: 10）

　　凡雙刀必共鞘，一手抽出共兩把，再分執左右各一。劍則不一樣，貌似輕靈實則莊重，拔劍有兩種，一為賞劍，另一為擊劍，後者擊劍無甚麼可說，僅側身退馬，抽劍而出。前者則講究如何捧劍、執劍、抽劍、抖劍，一環一節都有程序，才能臻達挑燈看劍初衷，不然抽劍看劍，一兩分鐘便看完了。

　　至於雙鉤帶戟，手杖藏劍，雙鐧帶棱角，軟鞭帶錘鏈，紅纓長矛帶著風霜，都是余先生雅詩美言，雙鉤帶戟是虎頭雙鉤，屬奇門兵器，兩邊護手皆有月牙利刃，尾部亦各有一枝尖銳利刃，一下不慎，未傷人便先傷已。手杖藏劍則是假兵器，只是一枝普通手杖(cane)，很容易買到，杖柄嵌鑲尖刃藏在杖內，可以抽出防身，但不實用，用來驅惡犬可以，用作他途，則畫虎不成反類犬了。

　　雙鐧帶棱角倒是真的，鐧無刃無鋒。鐵鐧有兩種，一種頭帶小錘，錘常作瓜棱型，可敲擊，另一種長直如鐵鞭，頗為沉重，揮舞起來，可以裂肉斷骨，鐧的招數有點像舞動棍棒，宋太祖當年一棍平天下，千里送京娘，揮舞棍棒招數也是無鋒無刃，棍隨身轉，力道渾厚，殺傷力強。雙鐧或單鐧亦是如此，所不同者棍棒為木製長兵器而已。

　　軟鞭帶錘鏈為九節軟鞭，屬軟兵器，可摺疊，握在手裏，九節成一節，施展出來，一節變九節，我的是運動器材，但不同手杖藏劍虛浮，九節軟鞭舞動起來，虎虎生風，利用頸、肩膊、腿彎、下

足脛作轉折點，改變舞動方向，花樣百出，十分好看，稱為鞭花。錘頭用來敲擊敵方，被擊中重則人骨折裂，輕則皮開肉綻，頭破血流。

　　大陸佛山石灣陶偶（石灣「公仔」）及福建德化白瓷(Chine de Blanc)菩薩佛像，天下聞名，余詩中提到的七彩燒陶羅漢，應就是擺放在壁爐上的石灣羅漢，包括降龍伏虎羅漢，惟塑工不及入定羅漢。

　　至於小鸚鵡與大丹犬(Great Dane)，均為當年豢養，大丹狗體積碩大，憨厚可愛，據說心臟不能負荷龐大身軀而壽命不長。但小鸚鵡卻對余光中有特別意義，熟悉余氏散文的人，當知他的〈花鳥〉一文有關在香港中文大學時飼養稍通人語的小鸚鵡藍寶寶。最有趣還是要把牠暫寄養給宋淇太太鄺文美時，余光中交代的備忘錄字條內列四項，其中第四項寫：「智商彷彿兩歲稚嬰。略通人語，頗喜傳訛。閨中隱私，不宜多言，慎之慎之。」高雄余家裏也有過另一隻小藍鸚鵡，同樣不畏生人，同樣室內飛翔或歇息在肩膀或手背。

　　他深夜未寢，並非長劍龍吟，也無任俠詩句，縈繞在他不安耳邊的，不過魂牽夢繫藍寶寶的啁啾呢喃吧。

徵引文獻

曉亞 (2006)。〈讓春天從洛杉磯出發：余光中訪洛記〉，《文訊》no. 246：4, 67-71。
余光中 (1990)。〈讓春天從高雄出發〉。《夢與地理》（臺北：洪範書店），37。
余光中 (1998)。《五行無阻》（臺北：九歌出版社）。
余光中 (1998a)。〈洛城看劍記：贈張錯〉。余光中 1998: 9-13。
余光中 (1998b)。〈木蘭樹下〉。余光中 1998: 18-21。

「有一首歌頌我的新生」：

余光中的作品和生活

黃維樑

「為了追光，光，壯麗的光」

　　最後兩次我與余光中先生相聚，都在高雄，一次在去年（二〇一七年）六月，一次在十月。十月二十六日下午，中山大學為先生舉辦九十歲（虛歲）慶生會，兼有《余光中書寫香港紀錄片》發布儀式。兩項活動既畢，余先生請會場眾人到樓外看著名的西子灣落日。詩翁呼聲雖小，回應卻大；逾百個來賓中，多人紛紛外出觀景。我在詩翁身邊，看著落日，看著他看著落日；腦海中出現詩翁的詩，〈西子灣的黃昏〉和〈蒼茫時刻〉等篇的意象都來了，我感觸最深的句子是：「看落日在海葬之前／用滿天壯麗的霞光／像男高音為歌劇收場」。看落日的詩翁已不再是「男高音」，但他眼前所見，是「滿天壯麗的霞光」；他心中所存，也是這樣的景象吧。這一刻，落日快將海葬。

　　早一天（二十五日）晚上在餐廳下樓梯時，詩翁左右有人攙扶，卻輕聲說道：「為甚麼這裏這麼黑？」語氣帶著驚恐。詩翁身體瘦弱，行動遲緩，和六月時所見差不多。二〇一四年八十六歲的詩翁在西安，仰視著大雁塔，躍躍欲登，導遊說：「很抱歉，六十五歲以上的老人不准攀爬。」老者如童稚般不聽話，放步登高，塔外的風景不斷匍匐下去，終於抵達塔頂。二〇一六年七月這

位健者跌跤受傷住院，想不到後遺症竟如此嚴重。日月逝於上，往昔清瘦而健朗的詩人，體貌衰於下，有如是者。可幸他頭腦還是清醒的，二〇一七年秋天還寫詩。

與西子灣觀落日相隔，時間只有一個半月。太陽西沉，沉得太快了；十二月十四日噩耗傳來，我措手不及，錐心不安。不知道詩翁彌留之際，腦中是否有海葬前那滿天壯麗的霞光。無論如何，「壯麗」是理解余先生一生作品的一個關鍵字。

余光中一生「壯麗」。一九九〇年他有散文寫梵谷，題為〈壯麗的祭典〉；同年有詩詠這位荷蘭大畫家，題為〈向日葵〉，有這樣的句子：「為了追光，光，壯麗的光。」一九九一年有詩〈五行無阻〉：「你豈能阻我／回到光中，回到壯麗的光中」（余光中1998: 53）。此前此後，余氏詩文中用了「壯麗」一詞的還有很多很多，簡直可編一個語句索引。

我讀大學時（一九六五—六九年）開始閱讀、評論余光中作品，開始和他交往。由我編著，一九七九年出版的《火浴的鳳凰：余光中作品評論集》說他的「筆鋒剛健壯麗」；由我編選，二〇〇一年出版的《大美為美：余光中散文精選》，所撰前言題為〈壯麗的光中〉，我這樣寫道：「余光中的大塊文章，如大鵬、如騏驥、如名山大川，充滿了陽剛之美，氣度恢宏，是朗介納斯說的 sublime 風格，安諾德所說的 grand style」(2001: 1)。這也就是《文心雕龍・體性》所述八體之一的「壯麗」。二〇〇九年所撰拙作〈余光中詩園導賞〉說：「詩教詩藝俱備，德智體群美五育俱全，從〈鄉愁〉至〈五行無阻〉，余光中詩園（在高雄）沐在一片溫柔而壯麗的光中」（黃維樑 2014）。二〇一四年拙著專書，書名即為《壯麗：余光中論》。

「長安矗第八世紀的紐約」

　　壯麗就是雄壯美麗。雄壯必與時空的長遠廣大相關。我大學時期讀他的〈逍遙遊〉、〈登樓賦〉諸文，眼界大開，驚訝其博麗雄奇。當時的喜悅，自信比英國詩人濟慈(John Keats)初窺蔡譯荷馬史詩要大得多。下面是〈逍遙遊〉的幾個片段及我的評說。「怒而飛，其翼若垂天之雲，搏扶搖而上者九萬里，噴射機在雲上滑雪，多逍遙的遊行！」（余光中 2000: 199）句子裏噴射機這現代發明，與古代《莊子》逍遙之遊聯結在一起，氣勢宏壯。同一篇中：「曾經，我們也是泱泱的上國，萬邦來朝，皓首的蘇武典多少屬國。長安矗第八世紀的紐約，西來的駝隊，風砂的軟蹄踏大漢的紅塵」(199)。寥寥幾句就繪畫出漢唐盛世。除了風格壯麗之外，還因為蘇武、長安、大漢這些古代名字的出現而添了《文心雕龍‧體性》說的「典雅」之氣。長安是當時的國際大都會，就如今之紐約、倫敦、北京、上海、香港。「矗」字用得簡勁，形象鮮明。劉勰如果起於九泉之下，一定稱妙。余光中寫留學生生活，中國壯闊的歷史時空隱隱含著中華兒女「離散」(diaspora)異鄉的悲哀：「曾何幾時，五陵少年竟亦洗碟子，端菜盤，背負摩天大樓沉重的陰影。而那些長安的麗人，不去長堤，便深陷書城之中，將自己的青春編進洋裝書的目錄」(199)。

　　一九六六年在美國寫的長詩〈敲打樂〉，一貫其壯麗的本色，不過壯麗中有莫名的悲痛。一九七二年的〈民歌〉極言中華民族即使在非常艱困的環境裏，仍然會唱出雄壯的歌聲；寓意這個民族生生不息，興旺發達。詩裏面，黃河和長江滔滔響亮。一九七四年的〈鄉愁四韻〉中，鄉愁的滋味，是通過長江水來讓讀者體會的；還有海棠紅、雪花白和臘梅香。長江雄壯，海棠紅、雪花白和臘梅香則美麗；「壯」和「麗」合在一起：

給我一瓢長江水啊長江水／酒一樣的長江水／醉酒的滋味／是鄉愁的滋味／給我一瓢長江水啊長江水／／給我一張海棠紅啊海棠紅／血一樣的海棠紅／沸血的燒痛／是鄉愁的燒痛／給我一張海棠紅啊海棠紅／／給我一片雪花白啊雪花白／信一樣的雪花白／家信的等待／是鄉愁的等待／給我一片雪花白啊雪花白／／給我一朵臘梅香啊臘梅香／母親一樣的臘梅香／母親的芬芳／是鄉土的芬芳／給我一朵臘梅香啊臘梅香（余光中 1985: 158-160）

在一九八七年的〈歡呼哈雷〉中，余光中的民族感情再一次壯麗昂揚起來：這一年哈雷彗星經過地球，下一次則要在七十六年後——

下次你路過，人間已無我
但我的國家，依然是五嶽向上
一切江河依然是滾滾向東方
民族的意志永遠向前
向著熱騰騰的太陽，跟你一樣（余光中 1990: 36）

國家民族經歷長期的苦難，但他對這個他深愛的國家及其文化，有不渝的信心。

「晶瑩、溫潤而飽滿」

余光中的詩文，可以壯麗，也可以柔麗、婉麗、巧麗。早期四方傳誦的情詩如〈等你，在雨中〉不用說，一九八六年他五十八歲了，寫給妻子的詩如〈珍珠項鍊〉就有無比的溫婉：

滾散在回憶的每一個角落／半輩子多珍貴的日子／以為再

也拾不攏來的了／卻被那珠寶店的女孩子／用一只藍瓷的盤子／帶笑地托來我面前，問道／十八寸的這一條，合不合意？／就這樣，三十年的歲月成串了／一年還不到一寸，好貴的時光啊／每一粒都含著銀灰的晶瑩／溫潤而飽滿，就像有幸／跟你同享的每一個日子／每一粒，晴天的露珠／每一粒，陰天的雨珠／分手的日子，每一粒／牽掛在心頭的念珠／串成有始有終的這一條項鍊／依依地靠在你心口／全憑這貫穿日月／十八寸長的一線姻緣（余光中1990: 61-66）

這個婚姻這首詩，「晶瑩、溫潤而飽滿」。當年此詩發表後，余光中在多倫多的文友和校友聚會間朗誦，誦畢，大家鼓掌之餘，在座的太太們，紛紛埋怨其夫君：就只會送結婚紀念禮物，卻不會寫出這樣的詩，多美麗多珍貴的詩啊！我愛讀其詩，除了感其情之外，還賞其藝，本篇是個例子。婉約晶瑩的小詩，乃以大手筆寫成。紀念三十年的婚姻，夫妻的感情生活就用「每一粒，晴天的露珠／每一粒，陰天的雨珠／分手的日子，每一粒／牽掛在心頭的念珠」來概括；全首詩只有兩個句子，句子綿長而句法嚴謹，不冗不亂，這是何等功力。

「創出令世界刮目的氣象來」

余光中作品繁富，是博大型作家。生老病死、戰爭愛情、國家社會、藝術文化、宇宙間的事事物物，都在他的興趣和書寫範圍之內；反映和批判現實的環保詩有多篇，諷刺詩自青年到老年層出不窮。大品小品，品品皆能。如果是在唐代，他一定從五絕到七律，從古風到排律，體體皆精，而且還有他新創之體。在西方，則是從輕鬆五行體(limerick)到商籟體(sonnet)到無韻體(blank verse)，式式上

乘，而且還有他的新體式。其作品之繁富，其創作力之健旺，其於文壇學界之活躍，持續直至晚年，世間罕有其匹。以下做個抽樣陳述。

二〇一三年，余光中八十五歲了，該年發表的詩作如下。〈唐詩神遊〉組詩短章二十首，包括（以下不用篇名號）：讀八陣圖、北斗七星高、楓橋夜泊、泠泠七弦上、登鸛鵲樓、江雪、問劉十九、尋隱者不遇、登樂遊原、下江陵、山不見人、夜雨寄北、寄揚州韓綽判官、桂魄初生、應悔偷靈藥、大漠孤煙直、聽箏、隴西行、新嫁娘、遣懷。另有長短不一的詩十三首：盧溝橋、我的小鄰居、問答、題趙無極少作、黃金風鈴、阿里朝山、誰來晚餐、哭碑、大衛雕像、蒙娜麗莎、記憶深長、天兔、拔海。還有譯詩兩首：絲帳蓬、指路（兩者皆為佛洛斯特原作）。

此外，他發表了散文、論文、雜文共十一篇：眼到，手到，心到，神到：序柯錫杰〈奇幻之旅〉攝影展、詩史再掀一頁、顯極忽隱，令人惆悵：弔顏元叔、反怪為妙：論達利的藝術、龍尾臺東行、參透水石：林惺嶽回顧展觀後、文學老院，千里老師：記英千里教授、小論韓劇：以《馬醫》為例、選美與割愛：李元洛《唐詩三百首新編精讀》序、反常合道之為道：《王爾德喜劇全集》總序、吐露港上中文人：中大中文系五十週年。無論詩歌散文，余氏所寫，都屬佳篇。

這一年，余光中先後在香港、阿里山、高雄、佛光山、廣州、臺北、上海、臺南、澳門有各種文學活動，兩岸四地是他多情的文學舞臺。他為了鼓勵人把中文寫得好寫得妙，經常擔任種種寫作比賽的評判。臺灣近年有機構舉辦手機短信寫作比賽，不用手機（也不用電腦）的余光中擔任其評判多年，二〇一三這一年依然。他評選參賽作品，頒獎時致辭，講詞往往是篇雋永的詩話。有一年他還做了示範，其創作的短章為：「不要再買了。LV 只是 Love 的

一半。」在此之前，有一次他告誡青年說：「多讀名著，少買名牌。」其短信範文的意義，與此一脈相承。一九九二年以來，余光中數十次到內地，大型小型文學活動一個接一個，其詩文集子出版了幾十種；出場費和稿費賺了不少，他笑言自己是個「臺商」。好一些活動，他的文章和詩中有記述有感想。對整個中國大陸呢，二〇〇二年的〈新大陸，舊大陸〉一文末段這樣寫道：「一個新興的民族要在秦磚漢瓦、金縷玉衣、長城運河的背景上，建設一個嶄新的世紀。這民族能屈能伸，只要能伸，就能夠發揮其天才，抖擻其志氣，創出令世界刮目的氣象來。」

「中國最浪漫的一條古驛道」

我在一九六五年考入香港中文大學中文系讀書，在課外開始讀其作品，愛其作品；大四時首次聽他在香港演講，聽講後與十多個文藝青年拜訪他。相交至今半個世紀，一九七六年至八五年，以及一九九一年秋天，更先後與他是兩個「中大」──香港中文大學和高雄中山大學──的同事。他生活簡樸，從來不為美衣美食操心，不菸不酒，生活非常清教徒（這裏仿效他「星空，非常希臘」的句法）。操心的是美文：美麗的中文，和優美的文學。他讀書教書寫書之外，最感興趣的「課外活動」是開汽車。一九六四年他在美國當客座教授，考到駕駛執照，自此學了西部牛仔「咦呵」一聲，讓座騎奔馳起來，「過州歷郡親身去縱覽惠特曼和桑德堡詩中體魄雄偉的美國」。那時我在香港讀到他馳騁美利堅合眾國的雄奇散文，一九六九年到美國留學，翌年秋天考到駕照，就單騎一千公里，遠赴科羅拉多州拜訪余先生；路上讓新買的嬌美老爺車 Covair Monza 累得壞了一次又一次，最後魂斷歸途。我欣賞欽佩余先生那種大氣魄的逍遙遊。

一九七四年他到香港出任中文大學中文系教授，開的車，是

「日產」的 Laurel 轎車，車牌號碼是 CP7208。我看到車款和車牌，對詩人說：「這牌子和號碼加起來，不正是中國的桂冠詩人(Chinese Poet Laureate)的座駕嗎？」這位沒有戴上冠冕的桂冠詩人，也是一位柴可夫斯基。來自臺灣的故舊、來自大陸的新朋到訪，他往往親自開車到大學火車站迎接來賓。路不長而多斜多彎，不容他肆意驅馳，他懷念在美國高速公路的日子。他想啊想的，一九七七年寫的〈高速的聯想〉中，想到在臺灣，工程已展開，正在「鋪一條巨氈從基隆到高雄，迎接一個新時代的駛來」。他更大的願望是在「中國最浪漫的一條古驛道」馳騁：

> 最好是細雨霏霏的黎明，從渭城出發，收音機天線上繫著依依的柳枝。擋風玻璃上猶浥著輕塵⋯⋯甘州曲，涼州詞，陽關三疊的節拍裏車向西北，琴音詩韻的河西孔道，右邊是古長城的雉堞隱隱，左邊是青海的雪峰簇簇，白耀天際，我以七十英里高速馳入張騫的夢高適岑參的世界，輪印下重重疊疊多少古英雄長征的蹄印。（余光中 1997：142）

近年「一帶一路」倡議引起貿易和文化交流的熱潮。余先生二〇一六年七月跌跤受傷，可說自此一蹶不振。在此之前，如果有人邀請他擔任陸上絲綢之路的文學大使或文化大使，我想他一定樂意；也擔任海上絲綢之路的？他是泉州人，又寫過關於海的多篇詩文，又喜歡旅行，我想也會欣然接受這個榮譽。

余光中詩文題材的廣闊，使初識的讀者吃驚。老讀者如我，則只有無條件俯首欽佩。他旅遊過的優勝美地，往往有文章為記。〈山東甘旅〉、〈古堡與黑塔〉即其中篇名或書名。全球五大洲的遊歷，催生了他數十篇的遊記美文，情采燦然可觀，享譽文苑，陳幸蕙說他可能是「遊記之王」──說「可能」，是個保守的估算。

「與永恆拔河」

　　七十年的筆耕，留下一千多首詩和數百篇長短的散文和文學評論，還有大量的翻譯和可觀的編輯作業，還有教學、演講、評判等等活動。他是怎樣達成如此龐大的名山事業，或者說「赫九力士」(Herculean)大業呢？作品如此豐富紛繁，問他哪得多如許？為有源頭活水來！源頭是他的健康身體、非常勤奮和絕頂才華，是他的熱愛文學、熱愛中華，是他的「酬謝」知音與粉絲，是他的「與永恆拔河」。他的才華使人欽羨，他的勤奮使人不忍心。他寸陰必競。在香港時，「桂冠詩人」定時開車承載太太去街市買菜；到了街市，他在車裏等待時，就讀書、構思或者寫作。有一段日子，等待時，方向盤上擱著一九五七年他翻譯的《梵谷傳》原版，加上此書原文，他就修改起來（準備推出修訂版），書頁上多有密密麻麻的「紅字」──這不是美國小說中羞恥的 Scarlet Letter，而是象徵了求美求善的努力。

　　一九七四—八五他任中文大學中文系教授，所授現代文學一科，選修的學生往往過百人，每年用於批改學生「學期報告」的時間，多達一個星期。某年余先生、我和其他一兩位教授，擔任香港某學院的校外考試委員，諸委員閱卷後撰寫報告，某教授寫了八行書一頁，余先生一寫是整整八頁（他的字體比較大）。他為人寫序，總是先認真看了文稿，然後又析又評，極少作泛泛之言，其文集《井然有序》是一大證據。一九九一年我在中山大學當客座教授，文學院余院長的門上，貼的標語是「入此門者，莫存倖念」。他一生勤奮積極，力保樂觀的心態。人總有憂愁的時候，何以解憂？在以此四字為題的文章中，他說解憂之道，是誦詩、學外文、翻譯、觀星象神遊天外、旅行；對他來說，杜康只有非常消極的作用。

余光中一九六四年撰有〈象牙塔到白玉樓〉長文，暢論李賀。李賀騎驢覓句，晝夜苦吟，母親心疼，嘆息說：「是兒要當嘔出心乃已爾！」三十歲時，余母辭世，不知道余母對日夜辛勞的獨子，有沒有發出過這樣的憐惜話語（余先生倒是有好些詩追念慈母，頗為動人的）。名詩〈鄉愁〉用了十多二十分鐘揮就，很多其他詩篇卻是反覆修改、辛苦經營才完成，往往苦吟至深夜。有一次晚上寫詩，見壁虎施展輕功，來去自如，不勝羨慕；自己屬龍，龍吟細細，費盡心血；這個情景，余先生曾經寫入詩中。詩集有題為《與永恆拔河》的，比喻他用盡力氣拔河，希望「永恆」被拉到自己這一邊，贏了，作品永為人傳誦。不喜歡余光中的人，大可批評：這不是太「為文而造情」了嗎？太有目的了嗎？太「企圖心」先行了嗎？這些批評也許有點道理，不過，我們要知道的是，余光中對萬事萬物都有情，都善感，都能寫，都可憑此表現其存在。我與余先生在兩個「中大」共事的歲月，有好多次，他有詩作完成了，複印了副本，送給我先睹，有時還加一句說：「這只是初稿。」我存有他好一些詩稿，修改的地方處處。中山大學圖書館的「余光中特藏室」裏面，這類藍色筆初稿、紅色筆修改的稿本有好多頁。

　　余光中只能被標籤為「半個苦吟詩人」，他樂吟快筆的經驗也非常豐富。他的作品，有類似杜甫詩「沉鬱」的一面，有他所譯《梵谷傳》傳主悲苦的一面；也有李白詩「飄逸」的一面，有他所譯王爾德喜劇（他譯了《不可兒戲》等四部）悅樂的一面。這裏不舉沉鬱悲苦的，只隨意舉出其詩〈夢與膀胱〉、其文〈戲孔三題〉，讀者可悅讀甘嘗之。他的生活有很多快樂美滿。余太太范我存女士清麗、聰慧、賢淑，主持家務，又是丈夫的「機要」祕書，而且夫妻常常談笑論文。周遊各國，與朋友交，登山臨勝，高宴暢聚，也都是余光中人生的樂事。余光中說香港時期（一九七四──一九八五年）是一生中「最安定最自在的時期，這十年的作品在自

己的文學生命裏占的比重也極大」；作為香港人，我對此深感自豪。

成為中國當代大詩人

余光中的作品，因為兼含陽剛與陰柔、壯美與秀麗、沉鬱與飄逸、悲苦與悅樂而成其博大；這樣的博大加上其技藝卓越、數量繁多、影響深遠而成為文學大師。在一九八〇年代，梁實秋曾稱其「右手寫詩，左手寫文，成就之高，一時無兩」；臺大外文系教授顏元叔尊崇他是「現代詩壇祭酒」；四川詩人流沙河說他到香港後繼續發表卓越詩文，在此地「完成龍門一躍，成為中國當代大詩人」。其他的極高評價還有很多，最近一例是：香港的陶傑在二〇一七年的一篇文章中，稱他為「詩聖」。

也在一九八〇年代，準確地說，在一九八二年，紐約的一個中國現代文學研討會上，顏元叔和王蒙都在場的，我放言高論：「中國一直沒有作家得過諾貝爾文學獎，余光中可得此獎。」其實此獎之得，有類於中彩票；余先生則說過，這基本上是個歐洲文學獎。我更早的大言闊論是，一九六八年我這個不知天高地厚的文藝青年，讀了他的《逍遙遊》、《掌上雨》等文集後，就發表文章稱他為「最出色最具風格的散文家」。

文人相輕的多，詩人可能更甚。詩翁去年十二月十四日仙逝後，翌日臺灣一報紙報導：「同為詩壇大家的鄭愁予昨受訪時指出，論全方位的文學表現、以及高潔之人格表現，余光中是『詩壇第一人』，在華文現代詩壇『沒人可超越他』。」鄭愁予從前似乎沒有這樣高度稱讚過余光中；他這番話我充分認同之餘，感到特別驚喜。（余光中在臺灣詩壇的某個「對手」，大概就沒有鄭愁予這樣的雅量。）說余光中有「高潔之人格」，對的，認識數十年的這位詩宗文豪，我沒有察覺任何敗德的行為。某些言論可能基因於意

氣用事、情緒失控，如「狼來了」事件，但他多年後已撰文為此「向歷史自首」；某些行事可能引起爭議，但我看不到敗德。有敗筆嗎？自然不可能沒有。不過，在放大鏡之下，我發現的瑕疵，遠遠少於愈看愈多的精彩警雋。一九八〇年代初期，上海的資深作家柯靈初讀余光中散文後，驚喜莫名，自此耽讀其文，以為晚年一樂。類此的「悅讀」例子極多。

璀璨五彩筆　唱新生頌歌

余先生辭世後五日，次女兒幼珊教授告訴媒體，其父親十一月底「住院的前幾天仍在創作。月前高雄發生一起兒虐案，心痛的父親為此寫了一首詩，也許未來有機會再發表」。月前我接受多個媒體採訪，其中香港《文匯報》二〇一八年十二月十八日的標題是「黃維樑念余光中：『他鞠躬盡瘁為文學』」。是的，他為自己的、中華的文學而奉獻一生。這奉獻用一生作為代價，是值得的：他握的是璀璨的五采筆，用的是美麗的中文。

余光中用紫色筆來寫詩，用金色筆來寫散文，用黑色筆來寫評論，用紅色筆來編輯文學作品，用藍色筆來翻譯。光中先生的散文集，從《左手的繆思》開始共十多本，享譽文苑，長銷不衰。他的散文，別具風格，尤其是青壯年時期的作品，如《逍遙遊》等卷篇章，氣魄雄奇，色彩燦麗，白話、文言、西化體交融，片語與句法別具創意，號稱「余體」。他因此建立了美名，也賺到了可觀的潤筆。所以說，他用金色筆來寫散文。

詩是余先生的最愛，從《舟子的悲歌》開始出版了約二十本詩集，其詩有短有長，有淺易的，有典雅以至典奧的，如〈湘逝〉，如〈唐馬〉。綜合而言，其詩篇融匯傳統與現代、中國與西方，題材廣闊，情思深邃，風格屢變，技巧多姿，明朗而耐讀，他可戴中國現代詩的高貴桂冠而無愧。紫色有高貴尊崇的象徵意涵，所以說

他用紫色筆來寫詩。我們最要注意的是舉世晦澀難懂的現代、後現代詩風橫行，而他堅持明朗（明朗而耐讀），為新詩保住尊嚴和榮譽。這一項貢獻必須大書特書。我又曾以「情采繁富，詩心永春」概括其詩作；《余光中評傳》的作者徐學則用「巨大的藝術寶庫」形容其詩文創作。余光中毫無疑問可稱為當代的中華文學大師。幾年前我在一次演講中，即以余光中為例子，闡釋評定文學大師的標準，並說明其成就。我認為評定文學大師有五項標準：大格局、大創意、大好評、大影響、大銷量。

大師的作品應該跟「大」有關係：大氣魄，大格局；他寫國家民族戰爭存亡的大事；如寫兒女情長的事，或其他的題材，則應該有廣闊的視野或時代背景。大，甚至大到驚天地動鬼神。還要有大的篇幅。如果作品篇幅短，但有很多篇，題材不同，技巧多姿，打動人心，影響深遠，一首一首短的或者比較短的詩，加起來，像杜甫流傳到現在的詩有一千四百多首，則也是詩人中的大師。（高產、多產當然不見得就是這裏所說的大格局，就有可能成為大師。）至於大創意：你學這個作家那個作家，作品照抄這種那種風格，當然沒有創意；反過來就是有創意。還有大的、多的好評。假如一個作家獲得的好評遠多於壞評（評論者包括一般的讀者和嚴謹的學院批評家），他成為大師的可能性自然高一些。就我認識較深的文學家而言，錢鍾書是一位文學大師（他已經去世二十年了），王蒙也是（他現在八十多歲），余光中也是。他們基本上都具備剛才所說的文學大師那幾個條件。

余光中這位文學大師對中文──我們的母語──的推崇，用字不愧大師本色，他說中文乃是「倉頡所造許慎所解李白所舒放杜甫所旋緊義山所織錦雪芹所刺繡的」美麗文字；這裏精簡生動的描寫，兼含有半部中國文學史的意義。大手筆之為大手筆，而且筆色絢麗，這又是一個例子。他論自己創作的原由，這樣說：「我寫

作，是迫不得已，就像打噴嚏，卻憑空噴出了彩霞；又像是咳嗽，不得不咳，索性咳成了音樂。」這是「咳珠唾玉」一個有創意而又謙虛的說法。詩翁仙逝，兩岸三地的媒體多半有巨大篇幅的報導，正顯示他深厚的影響力。十二月二十九日高雄舉行追思會，二百多人（我在其中）向先生告別。我在香港所參與的活動，有今年（二〇一八年）一月二十一日的紀念會，有三月九日和四月十四日舉行的紀念和作品朗誦會等等。

余先生與永恆拔河，我相信必會勝利。香港中文大學前校長金耀基教授在致送給余太太的慰問卡中說：余先生「永遠留在人間，百千年後都有人朗誦他的詩，展讀他的美文」。余先生一生自信且自豪，對死亡既懼怕又無畏，一九九一年寫的〈五行無阻〉末節如此歌詠：

> 風裏有一首歌頌我的新生／頌金德之堅貞／頌木德之紛繁／頌水德之溫婉／頌火德之剛烈／頌土德之渾然／唱新生的頌歌，風聲正洪／你不能阻我，死亡啊，你豈能阻我／回到光中，回到壯麗的光中（余光中 1998: 53）

徵引文獻

黃維樑 (2001)（編）。〈壯麗的光中〉。《大美為美：余光中散文精選》（深圳：海天出版社），1-5。

黃維樑 (2014)。《壯麗：余光中論》（香港：文思出版社）。

余光中 (1985)。〈鄉愁四韻〉。《白玉苦瓜》（臺北：大地出版社），150-160。

余光中 (1990)。《夢與地理》（臺北：洪範書店）。

余光中 (1990a)。〈歡呼哈雷〉。余光中 1990: 31-36。

余光中 (1990b)。〈珍珠項鍊〉。余光中 1990: 61-66。

余光中 (1997)。《高速的聯想》（天津：百花文藝出版社）。

余光中 (1998)。〈五行無阻〉。《五行無阻》（臺北：九歌出版社），
　　50-53。

余光中 (2000)。〈逍遙遊〉。《逍遙遊》（臺北：九歌出版社），196-
　　205。

輯　二

青青邊愁，鬱鬱文思：

析論余光中的《今日世界》專欄散文

單德興

> 欄干三面壓人眉睫是青山
>
> 碧螺黛迤邐的邊愁欲連環
>
> 疊嶂之後是重巒，一層淡似一層
>
> 湘雲之後是楚煙，山長水遠
>
> 五千載與八萬萬，全在那裏面……
>
> ——余光中(1979)，〈北望〉

一、臨界香港

余光中於一九七四年八月離開臺灣政治大學西洋語文學系，前往香港中文大學聯合書院中文系任教，至一九八五年九月返回臺灣中山大學外文研究所任教，前後十一年。扣除一九八〇至一九八一年的一年學術休假，返臺擔任臺灣師範大學英語系主任兼英語研究所所長，實際在港時間十年。

余光中前往香港中文大學任教，背後有諸多因素。首先，他年少時因國共內戰，局勢不安，無法前往已考取的北京大學，只得

＊ 本文撰寫與修訂承蒙樊善標教授與須文蔚教授提供資料，李有成教授、須文蔚教授、張錦忠博士、王智明博士、王鈺婷博士提供意見，張力行小姐協助蒐集、整理資料並製表，謹此致謝。余光中的作品早年由不同出版社出版，後來統一歸由九歌出版社出版，並撰有新序，因此文中若未特別註明，均以九歌版為準。

先就讀金陵大學，後轉赴廈門大學，在前往臺灣之前，曾與家人在香港卜居一年，因此對香港並不全然陌生。[1] 其次，他在就讀臺灣大學外文系期間及畢業之後，陸續翻譯不少英美詩歌發表於報刊雜誌，並於一九六〇年出版《英詩譯註》(*Translations from English Poetry (with notes)*)。由於態度審慎，譯筆貼切，對文本、詩人、脈絡與文學史都有相當的了解與呈現，出版後得到一些好評。吳魯芹當時在臺北美國新聞處任職，並在臺大外文系兼課，遂介紹余光中給正為香港美國新聞處負責編譯出版業務的林以亮（宋淇），而成為他編選《美國詩選》的最主要譯者，並進而合作出版英漢、漢英譯作（包括為今日世界出版社翻譯《錄事巴托比》[*Bartleby, the Scrivener*]）。[2] 再者，冷戰時期，相對於中華人民共和國共產主義統治下的中國大陸，以及中華民國戒嚴體制統治下的臺灣，香港在文學、思想、出版等方面的自由開放為華人世界之冠，吸引不少臺灣作家投稿。余光中也與香港文壇維持相當密切的互動，頗具文名。須文蔚便指出，「余光中和香港文壇的互動始於六〇年代初期，他的新詩集《鐘乳石》由香港『中外畫報』出版」（須文蔚 2011: 166）。[3]

近因則是香港中文大學積極攬才。劉紹銘趁余光中一九七三年春應香港「詩風」社之邀前來演講時，延請前往崇基書院演講，再

1　有關那一年生活的細節，參閱余光中(2000)，〈雪泥鴻爪：訪余光中教授從香港往事談起〉。

2　有關余光中最早的譯詩集以及冷戰時期與美國新聞處合作的翻譯，參閱筆者〈一位年輕譯詩家的畫像：析論余光中的《英詩譯註》(1960)〉與〈在冷戰的年代：英華煥發的譯者余光中〉二文。

3　余光中在〈雙城記往〉中寫道：「早在七十年代，相對於臺北的禁閉，香港是兩岸之間地理最逼近、資訊最方便、政治最敏感、言論卻最自由的地區；而在兩岸若離若接的後門，也是觀察家、統戰家、記者、間諜最理想的看臺。」見余光中(2009a)，頁117-118。

由宋淇（時任李卓敏校長特別助理）與聯合書院主管出面，為中文系敦聘現代文學的師資。原因在於余光中既熟悉中國古典文學與英美文學，又為當代中國文學的健將，於詩歌、散文、評論、翻譯的表現有目共睹。之後聯合書院副教務長親自致函，提出月薪七一八〇港幣的優渥條件，為當時他在臺灣薪資的五倍（范我存 113-114）。[4] 有鑒於余光中當時在臺灣以一人收入獨撐八口之家，經濟壓力之大可想而知，此一提議當然是很大的誘因。然而范我存在接受筆者訪談時表示，夫婿之所以「從政大轉往香港中文大學，並非完全是薪資的關係」，校方的配套措施也有其吸引力：「中文大學的管理非常上軌道，老師不能在校外兼課，更不兼行政，只專心研究和教課，每年有兩個月的休假，可出國找資料等，從講師到教授都有這項福利，在臺灣只有正教授才有休假」(114)。此外，她也明言，「對余先生而言，從英文系轉至中文系是一大挑戰」(114)。徐學在《余光中傳》便提及余光中來到香港所面臨的挑戰「主要來自三個方面：政治環境、學術環境和地域環境」(2016: 197)。挑戰固然不小，但余光中曾隻身在美國留學與任教，具有旅居異地的經驗。此番與家人共赴香港同文同種的生活圈與教學環境，再加上個人堅定的政治立場與文學和文化理念，對移居香港已有相當充分的心理準備。

除了上述原因之外，對素以鄉愁主題聞名的作家余光中而言，香港本身也有著獨特的吸引力。他曾如此比喻自己足跡所及之處：「大陸是母親，臺灣是妻子，香港是情人，歐洲是外遇」(2009a: 189)。在他的香港時期第一本詩集《與永恆拔河》〈後記〉中，余光中對當時還在英國殖民統治下的「東方之珠」有如下的描述：

4　該毛筆信函收藏於中山大學圖書館余光中特藏室。

> 香港在各方面都是一個矛盾而對立的地方。政治上，有的是楚河與漢界，但也有超然與漠然的空間。語言上，方言和英文同樣流行，但母音的國語反屈居少數。地理上，和大陸的母體似相連又似隔絕，和臺灣似遠阻又似鄰近，同時和世界各國的交流又十分頻繁。香港，借來的時間，租來的土地，在許多朋友的印象裏，是一座紅塵室人摩肩接踵的城市，但很少人知道，廣闊的新界卻是頗富田園風味的。香港之於大陸是一例外，我山居所託的沙田，於香港又是一例外。(1979: 200)

此處詩人從政治、語言、地理等方面描述香港這個「矛盾而對立的地方」，也把寄居的沙田視為例外中的例外。換言之，余光中由中國大陸離散到臺灣，再播遷香港，居於例外中的例外的沙田，開啟人生與寫作的新頁。

余光中在該〈後記〉進一步表明自己的心境與創作的關係：「我必須指出，雖然身處例外之例外，居心卻不是如此。在這多風的半島上，『地偏心不偏』，我時時北望而東顧。新環境對於一位作家恆是挑戰，詩，其實是不斷應戰的內心記錄」(200)。他在香港「北望」的是神牽夢縈、可望而不可即的中國大陸；「東顧」的則是居住了二十六年的臺灣，他在那裏由身為人子，而人夫、人父，由大學生，而編譯官、大學教師、留學生、作家。底下的說法雖是針對詩集《與永恆拔河》，但也可用來說明余光中在其他文學領域的創作，以及香港的關鍵地位：「如果四年前我不曾越海西來〔香港〕，這本詩集的面貌一定大不相同，正如三十年前如果我不曾由此東渡〔臺灣〕的話，我生命的面貌亦必全盤改觀」(200)。他更明言香港的地理位置對寫作的適切：「在某些情況下，香港在大陸與臺灣之間的位置似乎恰到好處——以前在美國寫臺灣，似乎太遠

了，但在香港寫就正好……；以前在臺灣寫大陸，也像遠些，從香港寫來，就切膚得多」(200)。換言之，對作家余光中而言，香港有如臺灣與中國大陸之間的臨界或閾限空間(liminal space)，激發他的感思，形諸筆墨，成就獨具特色的文學創作。

因此，余光中選擇前往香港中文大學聯合書院中文系任教，固然有經濟與學院建制上的誘因，但文學、文化、歷史、地理、感情、家庭等方面的考量也扮演了頗為重要的角色。[5] 陳幸蕙綜觀余光中的詩文創作，套用作家本人的比喻，而有如下的說法：「從他『香港時期』詩文創作的豐收盛產以觀，可以看得出在這段離開『妻子』（臺灣）的時間，他對『情人』（香港）用情之真、深、專、投入、熱烈與細膩」(101)。樊善標也指出，「居港十一年，他的寫作方向和風格都發生了重大變化」（樊善標 2011b: 75）。陳芳明更表示，西渡使得余光中「開啟香港時期的詩文創作，也同時在當地創造更多的讀者。香港一地延伸出來的評論，立即跟著激增。余光中的詩風與文風，也在這段期間有了新的格局」(113)。

二、書寫香港《今日世界》專欄散文

余光中勤於筆耕，在自謂的「四大寫作空間」──詩歌、散文、評論、翻譯──都卓然有成，在香港期間由於上述的特殊地理、歷史、文化等條件，在文學創作上頗為豐收，總計有《與永恆拔河》(1979)、《隔水觀音》(1983)與《紫荊賦》(1986)三本詩集，《青青邊愁》(1977)與《記憶像鐵軌一樣長》(1987)兩本散文集，以及《分水嶺上》(1981)一本評論集。在翻譯方面，除了大幅修訂

5　須文蔚在致筆者的電郵中，進一步指出余光中在中文系所扮演的重要角色：「余光中在中文大學開設系列新文學課程，開風氣之先，其後黃維樑、梁錫華也接力開設，再加上在八〇年代開始學術圈重視香港文學，中文大學裏盧瑋鑾、黃繼持陸續開課，造就了香港文學教育的變化。」見須文蔚(2018)。

舊譯《梵谷傳》出版(1978)，並有《不可兒戲》(1983)與《土耳其現代詩選》(1984)兩本譯作，分別來自戲劇與詩歌兩個不同文類，前者為直接翻譯，後者為轉譯（根據英譯本翻譯土耳其現代詩）。此外，他在臺北出版了自己主編的文集《文學的沙田》(1981)，[6] 也在香港出版了《余光中散文選》(1975)與第一本詩文合集《春來半島：余光中香港十年詩文選》(1985)，後者列為黃維樑主編的「沙田文叢」第一號。在〈回望迷樓：《春來半島》自序〉中，余光中回顧自己的「香港時期」，寫道：「這十年，住在中文大學別有天地的校園，久享清靜的山居，飽飫開曠的海景，是我一生裏面最安定最自在的時期。回顧之下，發現這十年的作品在自己的文學生命裏占的比重也極大」(1985: ii)。

另一方面，余光中的香港歲月也並非平靜無波。在文學上，因為他卓然成家，熱心提攜後進，吸引不少年輕文藝創作者，一時景從，甚至有「余派」之說，以致樹大招風，引來本地文壇若干人士批評。[7] 此外，於文革後期來到香港的他，堅決反對發動文革、破壞中華文化、導致民不聊生的中共政權，不時以詩文批評諷刺。左派人士起先有意拉攏，統戰不成後惱羞成怒，大規模攻擊。然而他固守政治立場與文學陣營，絲毫不為所動，如往常般奮力創作，並因歷史機緣與地利之便，書寫中不少涉及香港之處，對居住的沙田用情尤深。一如臺北的廈門街因經常出現於他筆下而為人所熟知，香港的沙田若在華文文學版圖占有一席之地，余光中厥功甚偉。

余光中的文章經常於不同地方發表，結集出書時依內容分門

---

6 性喜天文與地理的余光中特地手繪〈香港地形略圖〉附於書前，以便讀者了解相關地理位置，並以文字描述。見余光中(1981)，頁114。

7 參閱古遠清編(2008)《余光中評說五十年》中「爭鳴」項下「評余群、余派」的七篇文章，頁212-256。也可參考王良和(2014)的〈拆解中心與競逐主流：八十年代香港詩壇「現代派」與「余派」的論爭〉，感謝須文蔚提供此會議論文。

別類，並都有前言或後語說明，以便讀者了解寫作的背景、作者的心境與文學的理念，發揮了歷史化、脈絡化與美學化的作用。余光中早年自稱「右手寫詩，左手寫散文」，以往相關研究大抵著重於他身為詩人的角色與成就，其次則為他的散文成就。就散文研究而言，以往或聚焦於他的散文理論，或強調其主題與內容，或著重其寫作技巧，或重視其用字謀篇，或探討其文體風格……[8] 本文擬採取另類觀點，集中於余光中於香港期間在《今日世界》期刊上發表的專欄文章，從特定的建制性與脈絡化的角度，探究這些作品及其特色，以彰顯它們在余光中的散文創作與文學志業裏可能具有的意義與地位。[9]

余光中會應邀為《今日世界》撰寫專欄，一方面因為他與今日世界出版社之間的長久文字因緣，另一方面因為他是晚近（一年三個月前）自臺灣移居香港、棲身學界的名作家，散文成就早為眾人推崇。而一向喜歡旅行、敏於觀察、感於時事、善用「地利」的余光中，顯然也樂於耕耘這塊新的文學園地。[10] 他的專欄始於第 537 期（1975年11月1日），連載至 558 期（1977年8月1日），間斷三個月後，復於 562 與 563 期刊登兩回（1977年12月1日至1978年1月1

---

8 參閱黃維樑所編的《火浴的鳳凰：余光中作品評論集》與《璀璨的五采筆：余光中作品評論集(1979-1993)》裏的評論文章，以及書末所附逐年的評論、介紹、訪問書目。陳義芝所編的《余光中精選集》摘錄了一些中英文評論文字，書末有些代表性書目。至於相關研究資料最豐富的就屬陳芳明所編的《臺灣現當代作家研究資料彙編34：余光中》。探討余光中的評論與翻譯之作則少得多，這點由陳芳明主編的研究資料彙編便見分曉。筆者校對中的書稿《翻譯家余光中》（浙江大學出版社）正是從此四度空間中較為人忽視的翻譯角度切入，以期喚起對余光中的翻譯理論與實踐的注重與肯定。

9 有關《今日世界》的肇因、發展與特色，參閱筆者〈美國即世界？《今日世界》的緣起緣滅〉。

10 筆者寓目的資料中未見提到何人邀請余光中撰此專欄。請教余夫人范我存女士，她表示並不清楚。筆者猜測可能是林以亮或當時《今日世界》的主編。

日）後告終，總共二十四期，由始至終雖為兩年兩個月，實際連載時間則為兩年。由於專欄的字數有限，大約有一半的文章為一頁，偶爾出現兩頁（如 539 期的〈師生談「代溝」〉），更長的文章則分兩期刊出（如 547 至 548 期的〈聞一多的三首詩〉，551 至 552 期的〈高速的聯想〉，553 至 554 期的〈思臺北·念臺北〉，555 至 556 期的〈花鳥〉，557 至 558 期的〈略論朱自清的散文〉），而以 562 至 563 期的最後一篇〈徐志摩詩小論〉最長，計有四頁。這些文章除了最後一篇收入評論集《分水嶺上》，其他都收入《青青邊愁》，其中一篇的題目有所更動。[11]

綜觀這些文章便會發現，該期刊有關他的身分描述主要是「名作家兼學者」，[12] 並有以下幾個特徵。首先，因為字數之限，此專欄早期文章篇幅短小，可讓人在短時間內看完，相較於他曾翻譯過的十九世紀美國名詩人、評論家坡(Edgar Allan Poe)所主張的閱讀一篇短篇小說的時間——即「一坐之間」("at one sitting," 163)——甚至更為簡省，可看出他努力配合，展現了專欄文章的齊整篇幅。後期可能為了要充分發揮，突破單期的字數限制，經常出現分刊兩期的情形。其次，《今日世界》由美新處所支持，為了達到普及與宣傳的效果，定位為一般通俗雜誌，讀者群有別於文藝期刊或同仁雜誌，因此這些文章即使用上一些詩意的譬喻，但比起余光中早年頗具實驗性的散文，已相當平易近人，卻不失其文風與特色。再者，《今日世界》的主要目標雖為港、臺讀者，但更擴及共產世界之外的廣大華文地區，讀者群繁複多元，允許作者嘗試各種不同的題材與表達方式。[13] 最後，不論就文學史或創作者的角度，余光中早就

---

11 詳見附錄。

12 有關自己的作家與學者之比重，余光中曾「自剖三分之二是作家，三分之一是學者。」見余光中(2006)，頁6。

13 余光中在後記中也提到，「我的筆有興趣向四方探索」見余光中(2010)，頁316。

認為世人高估了五四新文化運動的文學成就，對五四作家的文字更不以為然，遂趁著在中文系講授現代文學之便，仔細批閱、點評五四名家的作品，並利用《今日世界》的寬闊平臺，向廣大的華文世界抒發他的文學意見與評價。易言之，與當時海內外其他華文報刊相較，《今日世界》的出版量大（一九六五年最盛期曾高達十七萬五千份）發行管道暢通，讀者群多元，月刊也較日報的影響力更持久。然而，或許因為「逐月刊出雜文，飽受截稿日期的壓力」（余光中 2008: 9），在滿二十四期之後就未繼續。

《青青邊愁》最初由純文學出版社出版時，並未對書名有所著墨，九歌版新增的〈新版前言〉則提出了言簡意賅的說明：「因為當時我在香港，等於從後門遠望故鄉，乃有邊愁。邊愁而云青青，乃是聯想到蘇軾隔水北望之句：『青山一髮是中原』」（余光中 2016: 4）。其實，此書名已隱隱出現於〈北望〉的詩句中：「欄干三面壓人眉睫是青山／碧螺黛迤邐的邊愁欲連環」（余光中 1979: 18）。至於原先純文學版的後記取名〈離臺千日〉，顯然指涉當時臺灣著名外文系學者、雜文作家顏元叔的反共著作《離臺百日》(1977)。撰寫於一九七七年八月的這篇後記中表示，「香港三年雖為新居，亦屬重遊」，並對早年與香港的因緣描述如下：「早在廿八年前，大陸劇變，我正是大二的學生，從廈門遷來香港，在銅鑼灣道住了將近一年。港大進不去，失學更失業，那一年的流亡生活是十分苦悶的」(2010: 311)。後因故國「遍地赤土，乃隨母親東航臺灣。載我們進基隆港的海船，便是從香港啟錨的」(311)。對他而言，臺灣「是鼓勵，是安慰。香港，卻是陌生的挑戰」(312)。他列出了自己面對的四重挑戰並逐一說明——「粵語的世界」，「對立而分歧的政治環境」，「不利文藝的重商社會」，「轉系改行」(312-315)。

〈新版前言〉把余光中這第六本散文集描述為「中年的散文

集」，其中「有的抒情，有的議論，有的是長文，有的是小品，體例相當龐雜」(3)。這種抒情與議論雜陳的現象，直到《分水嶺上》之後才涇渭分明，各自出書。〈離臺千日〉中進一步說明，這三十四篇作品中，除了兩篇，其他「全是來港三年間的作品」(315)，依照性質分為四輯：第一輯八篇為「抒情散文」；第二輯十四篇為「小品雜文」，數量最多；第三輯七篇為「文學批評」；第四輯五篇則為「書評」。在前三輯中，出自《今日世界》的文章分別為六篇、九篇、兩篇，第四輯則無，總計十七篇，數量恰為全書之半。[14]

余光中在後記中提到不少文章來自《今日世界》的專欄，但也提到字數受限，如第一輯中的最後三篇──〈沙田山居〉、〈尺素寸心〉、〈從西岸到東岸：第四度旅美追記〉──「當時限於篇幅，可惜未能放手揮筆」(315)。連第二輯小品雜文「也因字數所限，未得暢所欲言」，並以〈茱萸之謎〉為例，表示「我手頭的材料原可寫成萬字長文，當俟有暇加以擴充」(316)，頗有遺憾之意。[15] 換言之，這些文章並非黃國彬所謂的「大品文章」或黃維

---

14 唯一一篇未收錄於此書的《今日世界》文章為文學批評〈徐志摩詩小論〉，後收入評論集《分水嶺上》。其他十七篇未收入此書的文章，分別為第一輯兩篇與其他三輯各五篇。第一輯中〈不朽，是一堆頑石？〉與〈卡萊爾故居〉為篇幅較長的（英國）文學遊記，筆者猶記得在臺灣報章初讀時的震撼；第二輯中的五篇與臺灣較相關，其中三篇涉及當時風起雲湧的現代民歌運動，余光中為重要推手；第三、四輯則分屬較為專業的文學批評與書評。

15 其實余光中對散文的長短並無定見，曾提到梁實秋的《雅舍小品》與錢鍾書的《寫在人生邊上》字數都在「兩千字上下，看來整齊，讀來雋永，十足是小品文的正宗」；至於自己的散文，「短者見好便收，點到為止。長者恣肆淋漓、務求盡興，皆非『計畫生產』」(2009a: 197)。他並指出散文文體可以「變化多端」，「各有勝境」，「不妨全面經營」(2009a: 198)，由此可見他對散文的看法相當具有彈性。

檗所謂的「大塊文章」，[16] 篇幅廣闊，允許作者信筆寫去，縱橫恣肆，而是必須迴旋於方寸之地，悠遊其間，從容自在。[17]

若從離散(diaspora)的角度來看，余光中撰寫這些文章時的角色與定位，是於中國大陸出生、成長、接受中學與部分大學教育，於臺灣完成大學教育，成為作家、譯者、學者，並具有於美國大陸讀書、教學的經驗，如今來到與神州故土毗鄰的香港新界擔任中文系教師，應邀成為與美新處密切相關、廣泛流行於華文世界的通俗刊物《今日世界》專欄作家。面對如此龐大而多樣的讀者群，這些專欄文章反映了作者的讀者設定與自我要求，亦即針對這個廣大的想像共同體(imagined community)，發抒在冷戰時期身處號稱自由世界領袖的美國與共產主義對抗的前線的香港，一位當代華文作家的所見所聞所思所感，顯現了其處境之複雜以及個人應對、協商之道。

三、從「詩餘」到詩文並重

余光中在〈繆思的左右手：詩和散文的比較〉一文開宗明義便指出二者「同為表情達意的兩大文體，但詩憑藉想像，較具感情的價值，散文依據常識，較具實用的功能」(2009: 253)，全文以許多古今中外文學實例加以申論。他本人固然在這兩大文類都卓然成家，卻表示「所謂『詩文雙絕』往往說來好聽，其實不然。即使是文豪詩宗，也往往性有所近，才有所偏，不能兩全其美」(258)。文中進一步指出，「兼寫詩和散文的作家，左右逢源之餘，也另有一種煩惱，那便是：面對一個新題材，究竟該用詩或散文來表達」

---

16 參閱黃國彬的〈余光中的大品散文〉見蘇其康編(1999)，頁51-81；黃維樑的〈博雅之人，吐納英華〉見蘇其康編(2008)，頁214。

17 余光中在《憑一張地圖》〈後記〉中對專欄有更明確的說法：「所謂專欄並非人人可寫。寫一般的作品，筆酣墨飽，可以放。寫專欄，筆精墨簡，卻要善收，幾乎才一騁筆就得準備收了。內行人大概都知道，寫專欄的藝術，是吞進去的多，吐出來的少」(2008: 201-202)。

(261-262)。他分析詩與散文的區別與特色,說明不同類別的散文,並說「好散文往往有一種綜合美,不必全是美在抒情,所以抒情、敘事、寫景、議論云云,往往是抽刀斷水的武斷區分」(270)。

對於詩人寫散文,余光中早年有如下的說法:「當代最好的散文,半出詩人之手」(95),並「戲稱這種散文為『詩餘派』。詩餘者,詩人之餘緒也,也可釋為:行有餘力,則以為文」(95)。他於〈詩魂在南方〉中也說,「偏偏這一派的副業,雖為無心插柳,竟比正業更受讀者歡迎」(109)。他的第一本散文集《左手的繆思》新版自序對書名有如此說法:「其實我用『左手』這意象,只是表示副產,並寓自謙之意」(2015: 9)。根據余光中有關右手、左手寫作詩、文之喻,此說法頗有自況的意味。

然而一九八六年余光中的「第一本純散文集」(1987: i)《記憶像鐵軌一樣長》〈自序〉終於正視散文的地位,表示「散文不是我的詩餘。散文與詩,是我的雙目,任缺其一,世界就不成立體」(1987: vii)。以下說法其實也不乏反省的意味:「以詩為文,固然可以拓展散文的感性,加強散文想像的活力,但是超過了分寸,量變成為質變,就不像散文了」(1987: v)。徐學所編《余光中隨筆精選》的七十餘篇選文中,來自《今日世界》專欄的就有八篇,比例不可謂不高。他在該書序言〈淡遠超然 清醇綿長〉中指出,「自香港時期,詠物寄懷和寓情於景之作明顯增加」(2016a: 6),這種現象或許可在《今日世界》的專欄看出,尤其其中內容之多元,文筆之繁富,讓人更容易接受徐學底下的論斷;「八〇年代,〔余光中〕從專才一變為通才、全才。繆思的左手,從此可以出色地抒情、寫景;也能表意、狀物、敘事、議論。出色的隨筆小品最終奠定了余光中『詩文雙絕』的文學地位」(7)。他在《余光中傳》中更指明傳主平等對待詩與散文的原因在於「沙田文友的影響」(2016: 214),「在中文系任教」(214-217),以及個人「整體美學觀的變化

和整體生活環境的變化」(217-221)。而這種轉變與余氏的香港經驗密切相關。

對《今日世界》當初的讀者而言，每月閱讀夾雜於該刊各式各樣的文章與報導中的余光中專欄，一方面身歷其境，讀到華文世界名作家的最新作品，並且領會到此專欄文章是月刊中較罕見的文學散文，另一方面也因為專欄本身的特色與限制，看到的是字數有限的單篇作品、「小塊文章」，直到這些文章結集出書時，才能將其置於作家更寬廣的脈絡，免除了見樹不見林之憾。如果說前者享受的是當下閱讀、甚或「追著看」的興趣、興奮與臨即感，後者則有更寬廣的作者脈絡以及省思回味的空間。

這些專欄文章固然有抒情散文、小品雜文與文學批評之別，貫穿其中的則是作者的經驗、學養、創作、見識、性格與才情，凡此種種皆出自精巧的結構，洗練的文字，以及不時出現的詩化的用語或譬喻，產生畫龍點睛的效果，具有獨特的「余氏風格」。簡言之，此系列文章結合了內容與文字之美，表達個人的見解，抒發一己的情懷，凸顯性情與文采，在在以實例印證了他對散文的要求，符合詩文雙傑的他對詩與散文的比喻：「散文是一切文體之根……詩是一切文體之花」（余光中 2009: 275），「散文，是一切作家的身分證。詩，是一切藝術的入場券」(276)。套用此二比喻，我們可以說，余光中的散文是根深柢固的，他的作家身分證是獨一無二的。

四、特色與關懷

這些文章的內容廣泛，題材多元，出書時雖已分輯，仍迥異於條理分明、井然有序的論述，相當程度呈現了「散」文的閒散隨意、紛雜漫逸、繁複多元。儘管如此，在這些不同性質的散文中，依然可以發現若干比較明顯的特色與關懷，而這些都與他置身香

港，面對廣大的華文世界讀者有關，並涉及他身處古今中外之間的「文學大師」與「文化大使」的角色。此處所謂的「文學大師」與「文化大使」，旨在強調他乞靈於古今中外的文學作品，自覺地扮演匯通不同文學與文化傳統的角色，形諸於詩文與翻譯。下文分項說明其中較明顯的特色，然而限於篇幅僅能約略舉例，並置於余光中本人的文學與思想脈絡。值得一提的是，這些特徵具體而微地呈現了作者一些重要的關懷，未必限於一時一地，有時甚至是多年的執念。

（一）香港意識

　　既然人在香港，描寫斯土斯情乃理所當然、順理成章，〈沙田山居〉便是明證，與後來的〈沙田七友記〉同為余光中撰寫沙田的代表作，也是收錄於自己主編的《文學的沙田》唯二之作(9-13, 15-42)。作者撰寫此文時已於沙田山居十八個月，並以「山人」形容為山海圍繞的自己：「海圍著山，山圍著我。沙田山居，峰迴路轉，我的朝朝暮暮，日起日落，月望月朔，全在此中度過，我成了山人」(2010: 61)。東邊「奇拔而峭峻」的馬鞍山，西屏「巍然而逼近」的鹿山(61)，起霧時「時在波上，時在瀰漫的雲間」的八仙嶺(62)，在他靈動的筆下彷彿都活轉了過來，無怪乎與〈高速的聯想〉、〈尺素寸心〉「都常入選散文選集，甚至譯成英文或納入課本」(3)。如果說〈沙田山居〉主要描寫外在的環境，那麼〈花鳥〉寫的則是寓所內的花鳥景緻與作者的憐愛之心。全文由「客廳的落地長窗外，是一方不能算小的陽臺，黑漆的欄杆之間，隱約可見谷底的小村，人煙曖曖」開始。接著從「陽臺而無花，猶之牆壁而無畫，多麼空虛」(53)，說起十幾盆栽如何而來，依次細數紫藤、桂苗、茉莉、玉蘭、海棠、繡球花、蟹爪蘭、曇花、杜鵑，自己與妻子則成為「空中花園」的兩個園丁(54)，悉心照料。然後由花而

鳥，描寫自己在「大埔的菜市上六元買來的」小鸚鵡「藍寶寶」，小鳥之可愛逗趣，主人對牠的關愛憐惜，並說牠是自己的「禽緣」中「最乖巧可愛的一隻」(59)。此鸚鵡在作家筆下宛如家庭的一員，作者的慈祥寵愛躍然紙上。此處的余光中，不僅「多識鳥獸草木之名」，並且細描其外形、特徵，以及人與花鳥交涉、互動的情形與情感。陳幸蕙綜觀余氏散文，表示這兩篇作品反映了作者當時的心境，「於是，如此抒情風十足的一闋生活雅歌，以及，作家散文創作生涯中難得一見的清麗小品、『不大像』余光中散文的另類之作，乃於焉誕生」(31)。徐學也認為，「〈花鳥〉是首次將筆鋒轉入閒逸，〈沙田山居〉是一幅靜觀自得的工筆畫，它們都有別於過去余光中所作的雄奇磊落氣吞山河的長篇散文，顯示其散文創作的新路向，預示作者的散文風格將有所蛻變」(2016: 201)。

〈高速的聯想〉一起筆就是香港的地景、交通的壅塞與典型的龜速：「那天下午從九龍駕車回馬料水，正是下班時分，大埔路上，高低長短形形色色的車輛，首尾相銜，時速二十五哩。……不料快到沙田時，莫名其妙地塞起車來」（余光中 2010: 39）。作者由塞車想到高速，進而聯想、發展出一篇宏文。即使是在〈思臺北，念臺北〉這樣主題明顯的抒情文，全文瀰漫著作者對臺北的深情蜜意，而以香港與臺灣的交錯糾纏來收尾：「香港有一種常綠的樹，黃花長葉，屬刺槐科，據說是移植自臺灣，叫『臺灣相思』。那樣美的名字，似乎是為我而取」(52)。此處彷彿以樹喻人，暗指移居香港的作家，也如那終年常青的樹般，就算是落地生根，成長茁壯，開花散葉，擁有了一片棲地，仍對所來自的臺灣不曾或忘，因而臺港兩地在作者身上合而為一。

至於〈詩魂在南方〉則是從文學——尤其是現代詩——的角度，來論述華文世界的現代詩作。文章以屈原開始，一語雙關：「屈原一死，詩人有節。詩人無節，愧對靈均」，既指節慶，也喻

節操。底下文字雖明言臺灣與香港，卻暗批當時的中國大陸與歷史傳統、文化中國的隔閡：「今日在臺灣，香港一帶的中國詩人，即便處境不盡相同，至少在情緒上與當日遠放的屈原是相通的」(107)。就是在這種相通的情緒基礎上，余光中建立了臺、港這個位於「中國之南的現代詩共同體」（此為筆者用語）：「若問中國的詩魂今日何在，曰在南方」(107)。他進而在這個共同體的基礎上，對比中國大陸文藝發展的落後與不自由，說明臺港現代詩的意義。他不諱言臺灣的現代詩還有相當的改進空間，如「主題仍須開拓，形式尚待改進，語言猶欠成熟」(108)。儘管如此，臺灣現代詩「比起早期的新詩來，確已朝前跨出了好幾大步」(108)，其演化與進展也有不少可供「起步比臺灣晚，環境也不如臺灣順利」的香港（引申及廣闊的華文世界）借鏡。由此可看出他對中文現代詩的總體評價與排序——臺灣居首，香港隨後，中國大陸瞠乎其後。文中對香港《詩風》月刊與「去年創刊的《大拇指》週刊」(109)的肯定，[18] 以及對若干年輕詩人的品評與期許，多少印證了因為他的到來而在香港發揮的影響，以及「余派」的存在。[19]

從這些文字中可以看到余光中如何逐漸適應香港，以沙田山居為樂，與花鳥為伍，而「沙田七友」的形成與交往情形，在他筆下有如二十世紀的世說新語，傳為佳話。等到他因「九七壓力」而

---

18 張錦忠表示應為《大拇指週報》，後來改為半月刊、月刊。此刊物一九七五年十月創立於香港，距離余光中撰寫此文僅八個月。

19 《青青邊愁》的後記提到在香港舉行的一些文藝活動，「我不免都要參加，不是擔任主講，就是擔任評判」（余光中 2010: 314），難怪予人如此印象。收錄於《分水嶺上》的〈青青桂冠〉，副題為「香港第七屆青年文學獎詩組評判的感想」，文中提到有刊物指稱近年該獎之作「頗有『余氏詩風』」，他反駁這是「印象派的批評」，指出得獎作品「風格互異」，並稱「我何德何力而左右之？」(2009: 37)。然而筆者撰寫此文時，在網路媒體上依然看到有人提到「余派」，足證此說至今不衰。

「『大限』將至」時，已然以「半個香港人」(1986: iii)自居了。

（二）臺灣情懷

余光中的臺灣情懷在後記〈離臺千日〉中有真摯感人的表露。定居香港的他回望臺灣「那東南的半壁洞天，託過我最忙碌最激昂最最快樂的半生，長街短巷，一草一木，萬般皆有情」。那片土地讓他的人生屢增閱歷，身分輪番更迭：「我曾經為人子弟與弟子，做過朋友、情人、新郎、丈夫、父親、老師、尉官，和作家」(2010: 312)。那裏既是慈母過世、火化、埋葬之地，也是四個女兒呱呱落地之處，感情之深厚不言而喻。就某個意義而言，余光中有如臺灣派駐香港的文化人，在冷戰方殷之際，努力以一介文化人的角色，促進臺港兩地以及更廣大的華文世界相互了解。

此專欄的起手式〈雲門大開〉，居《青青邊愁》第二輯之首，介紹赴香港演出的雲門舞集創辦人林懷民與十三位舞者，主要對象為香港讀者，兼及新加坡、臺灣與華人世界：「雲門大開，林懷民浩蕩南征，委蛇的雲旌過處，掌聲四起，拍響了新加坡和香港」(75)。余光中在這第一篇專欄文章中不僅介紹這個來自臺灣的著名舞團，稱讚他們「帶來了中國的現代舞」(75)，也如舞評般分析其特色及可改進之處(75-76)，並把雲門所代表的現代舞置於臺灣現代文藝發展的脈絡：「如果說，臺灣的現代文藝運動是由現代詩、現代小說和抽象畫打頭陣，則突破第二個階段的，正是現代舞與現代音樂」，進而期許第三階段的戲劇與電影(77)。文中分析了林懷民個人的優異條件，對他與十三位弟子多所期許，更希望雲門不要如謠言所傳，因經費不足而宣告解散。即使林懷民曾以余光中的詩作編舞，兩人相熟，[20] 但余光中並不因此濫賣人情，而是相當公允地

---

20 筆者就讀政大西語系時，甫自美國學成返臺的林懷民受余光中之邀開設小說課。

為香港、新加坡及華文世界介紹這個來自臺灣的代表性舞團。這種不寫應景文章、就事論事的態度，一如他為其他作家寫序的方式。[21] 數十年後讀來，他對林懷民與雲門舞集的評論與期許依然成立。

至於〈思臺北，念臺北〉，從標題就可看出定居香港的余光中對臺北的濃情厚意。文中提到住處「那一帶的市井街坊，已成為我的『背景』甚至『腹地』」(46)，而當初從香港渡海東來臺灣的他，「十年一覺揚州夢，醒來時，我已是一位臺北人」(47)，更精確地說，成了臺北市的「『城南人』」(50)。細算之下，其實他在臺北已待了「四分之一個世紀」，眼中「半田園風的小省城變成了國際化的現代立體大都市」，至於臺北也「驚見」他「如何從一個寂寞而迷惘的流亡少年變成大四的學生，少尉編譯官，新郎，父親，然後是留學生，新來的講師，老去的教授，毀譽交加的詩人，左頰掌聲右頰是噓聲」(47)。總之，臺北已與他的生命密切交織，水乳交融，而他便是帶著這樣的心境回首臺灣。

（三）故國鄉愁

在這些專欄文章中，余光中的鄉愁情懷最常出現於抒情散文，這點由《青青邊愁》的書名就可看出。他詩文中的濃濃鄉愁早已成為註冊商標，如今來到香港，與多年歌詠、描述的故國神州僅有一線之隔。即便左派人士頻頻招手，他卻基於政治認同、文化理念、人道關懷的差異，寧願選擇處於咫尺天涯、望眼欲穿的位置，而不涉足共產主義極權統治下的中國大陸。正因如此，神州故土更成為他魂牽夢繫的對象，經常出現於筆下。胡有清底下的說法雖然出現

---

21 《分水嶺上》的〈後記〉就指出，書中為金兆與張曉風所寫的序文，「雖為特殊場合而執筆，卻十分認真寫成，不是甚麼應酬之作。」見余光中(2009)，頁278。最明顯的例證就是後來的《井然有序：余光中序文集》(1996)。

於討論余氏的鄉愁詩，但也可用於散文：余光中在香港「獲得了一個新的人生體驗的位置，他的鄉愁和中國認同也獲得了一個新的角度」(48)。在〈高速的聯想〉中，余光中描述自己駕車的經驗，坦言「我愛開車」、「我崇拜速度」(2010: 39)，在一番發揮與聯想之後，文末三段筆鋒一轉，先寫「一個彎曲如爪的半島旁錯落著許多小島」的香港，接著「更念煙波相接，一個多雨的島上」(44)、「世界最美麗的島上」(45)的臺灣，而最終「更大的願望」則是在中國那塊「更古老更多迴響的土地上馳騁」，在「最浪漫的一條古驛道」上，「以七十哩高速馳入張騫的夢高適岑參的世界，輪印下重重疊疊多少古英雄長征的蹄印」(45)。

〈思臺北，念臺北〉以思念臺北為主軸，中國的魂影卻不時出現，如「曾在那島上，淺淺的淡水河邊，遙聽嘉陵江滔滔的水聲，曾在芝加哥的樓影下，沒遮沒攔的密西根湖岸，念江南的草長鶯飛，花發蝶忙。鄉愁一縷，恆與揚子江東流水競長」(47)。至於臺北市「以南方為名的那些街道──晉江街、韶安街、金華街、雲和街、泉州街、潮州街、溫州街、青田街，當然，還有廈門街」，固然是內戰潰敗、退居海島的執政者以命名／改名來滿足其故國想像的手段，但身處香港的作者「如今隔海想來，那些巷子在奧祕中寓有親切，原是最耐人咀嚼的」(51)。

即使在前往倫敦參加國際筆會的第四度旅美途中，鄉愁也是如影隨形。余光中暫居老友葉珊在西雅圖的湖畔住家，中元夜的月色「幢幢然魅著，崇著十里的湖山」，讓他在新大陸聯想到自己以往居住的舊大陸，「月，已不知是誰的魂魄，〔湖上的〕這千面碎影，更不知是誰的魂魄的魂魄？冥冥中滿座浪子都疑為古中國的魂魄吧，你到哪裏就跟你到哪裏，轉朱閣，低綺戶，金波脈脈，在每一叢樹後每一角簷底窺你，覰你」(69)。凡此種種顯示了歷史與文化中國已滲入余光中的血脈與深層意識，任何外在的景物都可能觸

動他的故國神思，而這些蘊藏心底、一觸即發的思念，因為香港緊鄰中國大陸、更容易得到故國的消息而強化。[22]

（四）文化中國

　　與鄉愁情懷密切相關的就是對文化中國的尋索，這顯見於看似應景之作的〈龍年迎龍〉與〈茱萸之謎〉，然而這兩篇文章同時也包含了自況與自祝。寫於一九七六年元月的〈龍年迎龍〉，因中國龍年的到來借題發揮，訴說了對自己本命年的看法：「見首不見尾，龍之為物充塞於中國文化之中，從文學到藝術，從哲學到迷信，到處都是牠神祕的夭矯之姿」(86)。該文接著旁徵博引，文本有《禮記·禮運》、《易經》、《莊子》、《史記》，人物有黃帝、老子、孔子、諸葛亮、龐統、顏延之、嵇康、李賀、韓愈等，讓讀者見識到龍在中國文化裏的重要地位，讓人聯想到「陽剛，雄偉而高貴的」特質，迥異於西方將龍視為「邪惡的象徵」(88)。文末將臺灣與香港並舉，指出「無論地名或地理，都得水」，祝福「龍年得水，當有波瀾壯闊之勢」，並為時值四十八、生肖屬龍的作家本人自祝(89)。

　　若說前文涉及余光中的生肖或生年，〈茱萸之謎〉就涉及他的生日。他在〈雞犬牛羊〉中寫道：「重九之日，登高避難，是中國美麗的傳說，也是詩人求之不得的題材。我的生日正值重九。詩中典故成為母難之日，於親切之外，更深感惶恐」(96)。如此說來，〈茱萸之謎〉既是身為詩人的他「求之不得的題材」，寫來也有著深藏言外的親切與惶恐。此文也如〈龍年迎龍〉般旁徵博引中國古籍與文人，惟係中國習俗，未與西方相較。文中引證的詩人有

---

22 《與永恆拔河》中的〈九廣路上〉、〈中秋月〉、〈九廣鐵路〉、〈北望〉、〈公無渡河〉、〈望邊〉等便是這種心情下的詩作。

屈原、王維、杜甫、李白、二謝、孟嘉、陶潛、張諤、趙彥伯、陸景初、李嶠、李乂、儲光羲、陸游、白居易、曹植等，提到的典籍則更為龐雜，包括了《續齊諧記》、《西京雜記》、《本草綱目》、《禮記》、《吳越春秋》等不同性質的文本，在在顯示他為了「追究」「屈原厭憎的惡草，變成了唐人親近的美飾」所下的工夫(98)。全文娓娓道來，出入於歷代典籍與詩人之間，由節慶到吟詩的傳統，到宮廷的提倡，甚至引入醫學，有如上了一節簡明的植物形象學(imagology)的課。此文刊登於一九七六年十一月一日，其說明為「名教授余光中談茱萸這種節令物品」，當天為陰曆重陽節次日，對出生於重九的余光中當有更深的感受與不同的意義。

〈從西岸到東岸〉也提到茱萸「樹以人傳」(69)，亦即定居美國西雅圖的葉珊有文提到，住處種了幾株山茱萸，被鄰翁嫌其有損湖景，有意去之，而「葉珊則認為茱萸乃神話所傳，詩人所佩，何等高貴，誰敢言伐？」(69)。余光中在一些詩文中提到茱萸，並與自己的生日重九相連，傅孟麗所撰的余光中傳記取名《茱萸的孩子》更強化了這個連結。余光中在該書扉頁題辭如下：「重九之為清秋佳節，含有辟邪避難的象徵。然則茱萸佩囊，菊酒登高，也無非象徵的意思。詩能浩然，自可辟邪，能超然，自可避難。茱萸的孩子說，這便是我的菊酒登高。」若說已有歷史傳統與文學聯想的茱萸，因為余光中的緣故而「樹以人傳」，不免誇張，但至少因而增加了現代讀者對茱萸的感受與想像，此可能性則不可完全排除。

〈雲門大開〉更是透過舞評強調古為今用，文中提到雲門舞集「最令香港文藝界人士感到意外的」，是對中華文化的現代詮釋。七個節目中有六個「來自中國的文化傳統」，既有以「一逸一狷」的方式呈現「中國讀書人的情懷與節操」的「風景」與「寒食」兩個舞作(75)，也有取材自「中國的民俗」、「民間藝術」，予以「現代精神」詮釋的「許仙」（取材《白蛇傳》）、「哪吒」（取

材《封神演義》）與「天道人心」（取材《烏盆記》）等(76)。余光中一向主張古為今用、中西融合，雲門舞集以源自西方的現代舞成功演繹傳統中國素材，會得到余氏的肯定也就不足為奇了。

（五）反共立場

由以上諸節可以看出，中國大陸實為這些文章的潛文本（subtext），臺港成為其對照組，文中不時出現對古典中國的懷念與頌讚，以及對當前共產中國的批評與嘲諷，尤其慨嘆文革的悲慘荒謬。他從山居的沙田陽臺北望大陸，「奈何公無渡河，從對河來客的口中，聽到的重重切切，陌生的，嚴肅的，迷惑的，傷感的，幾已難認后土的慈顏，哎，久已難認」(49)。[23] 〈諾貝爾文學獎〉一文感慨三十年代的中國重要作家不是「凋零」，就是「無語」，諱莫如深，「令人常興『欲祭疑君在』之感」，一語道破了身陷鐵幕之後的作家與外界隔絕、生死不明的命運，進而指出「當代中國作家最大的奢望，是在自由而安定的環境下繼續創作，以維新文學的命運於不墜」(81)。在談論朱自清的文章中，一方面惋惜他於一九四八年病逝北京時才五十一歲，為「猶盛的中年」，另一方面慶幸他「幸而避免」了「摯友俞平伯日後遭遇的種種」(221)。

〈駱駝與虎〉一文劈頭就說：「老舍之死，一度成謎。現在當

---

23 當時的詩作〈公無渡河〉、〈小紅書〉就是批評文革的代表作。《分水嶺上》收錄的〈紅旗下的耳語〉與〈斷雁南飛迷指爪〉，分別評析金兆的小說以及從張愛玲到紅衛兵（包含陳若曦）的反共作品，都明顯反映他對中共政權的不滿。余光中的〈紅旗下的耳語：評析金兆的小說〉一九八〇年五月八日至十日刊登於《聯合報・聯合副刊》，稍有刪節，很可能是華文世界第一篇有關金兆的評論。范我存在接受筆者訪談時，也明確表示當時在香港所知悉的文革悲慘世界，令他們對中共不抱任何幻想。見范我存(2018)，頁112-113。她在其他地方也提到與金兆結識的經過，以及金兆的小說經余光中穿針引線，於臺灣結集出版為《芒果的滋味》（臺北：聯經出版，1980），而余光中該文的完整版就成為序言。

可確定，他死於一九六七年紅衛兵之威迫，自殺的方式則是投水」(111)。文中表示「老舍自己一再點明」，他的《駱駝祥子》的主題是「個人主義之沒落」(112)。然而余光中指出個人主義「有正有反」，既有「一士之諤諤」、慷慨陳詞，也有「自掃門前雪」之冷漠、孤絕，並以中共現況批評集體主義的流弊：「今日正大行其道的集體主義，表面上似乎救了中國，背地裏卻苦了中國人」(112)。此說結合有關老舍死亡的真相，更可看出集體主義對文人作家與知識分子的迫害，使得一代名家走上自絕之路。這種對極權的集體主義的批判，甚至出現於抒情散文中。如〈花鳥〉中提到自己「絕對不肯」(56)為了讓他暱稱「藍寶寶」的小鸚鵡能學人語，而「施以剪舌的手術」(55)，因為「無所不載無所不容的這世界，屬於人，也屬於花、鳥、蟲、魚」，表達了民胞物與的寬容共生，繼而借題發揮，「人類之間，禁止別人發言或強迫人人千口一辭，也就夠威武的了，又何必向禽獸去行人政呢？」(56)。

　　質言之，當時的共產中國荼毒平民百姓，侮辱文人作家，既仇視文化中國，也破壞歷史中國，對悠久優良的傳統亟欲除之而後快，造成許多慘絕人寰的悲劇以及難以彌補的後果。身處香港的余光中，即便多年懷抱故國神思，也無法接受這種情況下的中國，本著諤諤一士不平則鳴的精神，發而為文，不假辭色。

（六）中西對比

　　香港為華人所居中西文化最交織錯綜的地方，余光中從小浸淫於中國古典文學，接受外文系的教育，並曾於美國留學與教學，對中西文學的品評與異文化的遭逢自有深切的感受。〈諾貝爾文學獎〉從法國學者提名巴金與茅盾為一九七五年諾貝爾文學獎正副候選人談起，指陳該獎「往往有欠公正」(79)的實例，有些在於「政治安撫」，有些「不能為文學史所欣然接受」(79)。他進而明

言：「站在中國人的立場，我認為瑞典學院的取捨，是以白人本位為標準的，未能超越人種的偏見與文化的隔閡」，因此該獎「應該視為西洋文學獎，而非世界文學獎」(80)。箇中原因除了政治因素之外，尚有「文化的因素」與「語言上的隔閡」，尤其東方作家必須以譯文之作與西方作家的原文之作一較長短，當然更為困難，因此「東方的作家大可不必去抬西方的轎子」(80)。接著筆鋒一轉，「儘管如此，果真有一位中國作家能得到諾貝爾文學獎，也還是令人高興的」(81)，並慨嘆當代中國作家最需要的是自由創作的環境，「至於得不得諾貝爾文學獎，倒是無關緊要的」(81)。質言之，余光中認為來自瑞典的諾貝爾文學獎有其歷史淵源、地理環境，也有其文化背景與語言隔閡。知道此獎背後的文化政治之後，東方作家得獎固然可喜，未得也是坦然，不必心心念念於茲，重要的是創造並維持自由寫作的環境與文學的命脈。[24]

〈師生談「代溝」〉一文出書時改採原副標題〈獨木橋與雙行道〉為名，由 "generation gap" 一詞切入，認為通行的中譯「代溝」一詞強調兩代之間的鴻溝，有些令人「觸目驚心」，因而有人主張譯為「較為溫和的『代差』」(82)。文中描述先前三度赴美時親眼目睹美國「青年人的文化」之轉變，接著把目光轉向亞洲，將兩代之間的差異連結上西化的議題，並擴及歷史與文化的層面。余光中指出，在某些地區「所謂『代差』的形成，與兩代之間接受西化的程度有關」，如中年人接受古典音樂，年輕人接受搖滾樂(84)。他綜論臺灣年輕一代接受西方（美國）文化的三個層次，如表層的服飾外形，中層的流行音樂，上層的藝文、學術等。他進而

---

24 余光中身後出版的評論集《從杜甫到達利》所收錄的〈莫隨瑞典老頭子起舞〉中再度表示，「我們應稱之為西方文學獎，不應譽之為世界文學獎」(273)。此文撰於二〇一七年一月，可見他對此獎的看法數十年未改。

擴及近代中國文化，以科學、民主、藝文為例，抒發己見，指出自五四新文化運動以來，「賽先生人緣最好，並無『代差』問題，德先生人緣較差，繆思小姐帶來的『代溝』最深」(84)。文末則表明作者的樂觀態度，強調溝通與了解的重要，兩代之間宜為雙行道，而非單向的獨木橋，並肯定「代差」往往是社會進步的動力。此文始於一個當代風行的名詞，接著以東西文化接觸為例，以西化來詮釋兩代之間觀念與行為的差異，並連結上中國的現代化進程，其中寓意值得深思。

此系列文章裏中西對比最強烈的一篇當屬〈龍年迎龍〉。余光中先就中文引經據典，印證龍在中華文化裏的崇高地位。繼而筆鋒一轉，指出「英文中的dragon一字，通常譯為龍。據說西方的龍身如巨鱷，其爪如獅，其翼如鷹，其尾如蟒。這種組合起源於巴比倫的神話」(88)。接著歷數希臘神話、日耳曼神話、基督教聖經，到英國文學的貝奧武夫，文藝復興時期拉菲爾的畫作，種種想像與再現，使其成為「邪惡的象徵」(88)，以致「同樣一條龍，西方為凶，東方為祥，對照如此，正是比較文學的好題目」(89)。此文撰於四十多年前，事涉東西傳統中的龍之形象，尤其是西方世界對中國的刻板印象，時至今日，報章雜誌上依然時有見聞，甚至因為新興媒體的出現更為遠播。因此，有些人主張以"long"來音譯中國的「龍」，以避免"dragon"一字在西方文化的負面形象與聯想，足證此一龍的形象學議題延續至今，反映出東西文化之間的差異，刻板形象的產生與難以泯滅，以及不同文化之間溝通之必要。

（七）中文西化

身為作家的余光中，早年熟讀中國古典文學，大學時代於英詩著力尤深，其「食古」、「食洋」都是為了吸收古今中外的文學菁

華，豐富自己的學養與創作。他以白話文從事創作與翻譯，但並不排斥文言，也可接受良性歐化的表達方式。他早期散文不少借助詩化的技法，成為特色，目的在於「嘗試把中國的文字壓縮，搥扁，拉長，磨利，把它拆開又拼攏，摺來且疊去，為了試驗它的速度、密度和彈性」(2000a: 262)。在香港時期的語言則漸趨自然，一如他在同時期的詩集《隔水觀音》〈後記〉所言，「在語言上，我漸漸不像以前那麼刻意去鍊字鍛句，而趨於任其自然」(1983: 178)。因此，散文中的詩化程度與實驗成分也較為和緩，但仍不時出現特殊的句法與精彩的譬喻。其實他的語言實踐介於「古今中外之間」，以白話為主，吸納文言的精華，擷取外語可用之處，以豐富中文的思維與表達。對文字高度講究的他，看到中文母語被糟蹋的慘狀，心中的焦慮急切可想而知。

〈哀中文之式微〉一文有如以孤臣孽子之心，對江河日下的中文發出哀嘆與警示。此文劈頭便以西化的「贅文冗句」為例，說明「中文式微的結果，是捨簡就繁，捨平易而就艱拗」(2010: 90)。根據他的觀察，造成這種現象的「一大原因」在於「現代的教育制度」，因為要學的項目眾多，並誤以為國文「本來就會」，於是「貶於次要地位」(91)。其他原因包括「文白夾雜」(91)，「西化的浩劫」(91)及其直接、間接的影響(91-92)，大眾傳播的「『反教育』的作用」，以及屢見不鮮的「翻譯體」，即「文言詞彙西化語法組成的一種混血文體」(92)。這些因素瀰漫天蓋地而來，使得中文日益衰微，不知伊於胡底。余光中對此現象憂心忡忡，唯恐「純正簡潔的中文語法眼看就要慢慢失傳了」(92)。

此類說法與他的創作觀、翻譯觀、文學史觀以及文學實踐都息息相關，相互印證，上承〈剪掉散文的辮子〉、〈下五四的半旗！〉等宣言，對五四與三十年代作家的重新評估（詳見下節），下接《分水嶺上》中有關白話文的三篇評論文章──〈論中文之西

化〉、〈早期作家筆下的西化中文〉與〈從西而不化到西而化之〉
——並與其他文章遙遙呼應。這些觀點也表現於他的譯論、譯評與
譯作，如翻譯中亙古存在的歸化與異化的議題。筆者曾指出：「就
余光中有關翻譯的實際批評中，歸化與異化之辯可歸納如下：在文
學翻譯，尤其詩歌翻譯中，除了意義的掌握是基本要求之外，宜盡
量維持原文的格式（即異化），但若因此導致中文生硬拘謹，則宜
加以變通，以求自如與自然（即歸化）；略言之，即在格式上異
化，文字上歸化，盡可能兼顧兩者，但若無法兼顧，則以歸化為
要」（單德興 2009: 260）。

　　總之，余光中憂慮惡性歐化會侵蝕悠久優美的中文，一向關
切中文惡化的現象，他的中文主張不僅貫穿對創作與翻譯的看法，
並且落實於自己的四大寫作空間。因此〈哀中文之式微〉一文不僅
與他討論中文程度與翻譯文體的文章相關，與後來拈出的「白以為
常，文以應變」的心得也相互輝映，具現於他在創作與翻譯上的身
體力行，並且連結到他對五四以降的文白之爭，對五四與三十年代
中國作家的評論，甚至涉及當今臺灣的國文課綱中的文白之爭與課
程比例。[25]

（八）文學評論

　　文學評論為余光中在此專欄中較晚出現且相對有系統的文章，

---

25 如《從徐霞客到梵谷》〈新版序〉(2006)就提到自己因為關心中文的母語日衰，
　　發而為文，「結果竟捲入了〔臺灣〕搶救國文教育的壯舉」（5〔其實是被眾人
　　推舉為「搶救國文教育聯盟」召集人〕），先是「文白之間爭議」，後為「繁簡
　　之際是非」(6)。可見余光中對中文的關切數十年如一日，不時高聲疾呼，不僅坐
　　而言，並且起而行。王德威（二〇一八年七月三日）在中央研究院第三十三次院
　　士會議主題演講〈臺灣：從「文」學看歷史〉中，以文學史與思想史的縱深，把
　　晚近臺灣的「文白之爭」視為中華文化圈數千年來華夷之辨的新一章。

所占比例較多，影響力也相當可觀，這與他在中文系任教，尤其講授中國現代文學有關。〈無物隔纖塵：韋應物小品淺嘗〉、〈詩魂在南方〉與〈駱駝與虎〉三文雖列入第二輯「小品雜文」且緊鄰，其實性質更接近第三輯「文學評論」。〈無物隔纖塵〉為此書唯一專論中國古代詩人之作，深入淺出地評介這位生平所知不多、史書未曾列傳，而且歷代評論中「用語頗不一致」的中唐詩人韋應物。歷代文人一致讚美他的五古，而余光中獨有所鍾，「最喜歡的韋詩，是一些意象逼真或意境玄妙的五絕雋品」(2010: 104)，並舉詩為例，表示即使「置之現代的意象派詩中，也覺得十分突出」(105)，一句話就連貫了古典與現代、東方與西方。〈詩魂在南方〉則表示現代詩在臺灣的發展，已脫離五十年代的「橫的移植」與六十年代的超現實主義，棄絕全盤西化的主張，「形成了一個活的傳統」(107)，引領華文世界的風騷。[26] 文末並寄望臺港年輕詩人能化屈原「魂乎無南」之嘆為「魂其在南」，期許之深躍然紙上。

其他四篇〈駱駝與虎〉、〈聞一多的三首詩〉、〈略論朱自清的散文〉與〈徐志摩詩小論〉聚焦於五四以來的小說家、詩人與散文家，其中老舍與聞一多的作品當時在臺灣被列為禁書，由此可見香港提供了一個更開放的空間，讓余光中得以面對廣大的華文讀者，侃侃而言，展現他身為文學評論者的見解與功力。這些文章上承〈哀中文之式微〉，因為該文對臺港的國文教材選文不以為然，認為應對中文之式微負部分責任：「國文課本所用的白話文作品，

---

26 須文蔚在致筆者的電郵中表示，「余光中與劉國松當時同在中大，透過系列畫論提倡『新古典主義』，顯然並非師法西方美學的Neoclassicism同一觀念，而是從臺灣現代主義美學狹隘的『橫的移植』觀點中，突圍而出，藉由上溯古典的抒情傳統，安置其現代性。」余、劉兩人在臺灣時不僅是舊識，而且是現代藝術的同道與捍衛者。劉國松於一九七一年應邀到香港中文大學藝術系任教，比余光中早三年。

往往選自五四或三十年代的名家，那種白話文體大半未脫早期的生澀和稚拙，其尤淺白直露者，只是一種濫用虛字的『兒化語』罷了」(91)。該文提出的是概括的說法，呼應了他早年在〈下五四的半旗！〉與〈剪掉散文的辮子〉中的強烈呼籲與宣言。[27] 這四篇評論文章則提出具體的文本例證，有如國文老師批改學生作業般，把幾位白話文學史上的典律作家，以余光中本人創作家的文字修為、批評家的犀利筆鋒，以及文學史家的後見之明，毫不留情地置於文學的解剖檯上檢視，為鞭辟入裏、剖析入微的實用批評(practical criticism)。由四文原先的發表順序可看出是先易後難，但此過程與特色後來出書時就隱而不見，〈徐志摩詩小論〉則納入四年後出版的《分水嶺上》，與其他專欄文章的關係更為疏遠、難辨。[28] 余光中這幾篇評論文章的共同特徵就是「語氣頗重」、「語氣斬截地為一些新文學大家重新定位」（樊善標 2011b: 61, 76）。

余光中先由小說著手，〈駱駝與虎〉評論的是老舍的名著《駱駝祥子》，除了指出書中若干譬喻不妥之外（身為詩人的余光中對譬喻自然重視），對主題的呈現尤為不滿，認為作者「未能把握分寸」，「一再走到幕前來」(2010: 112)，失之於顯露，尤以結尾一段「把主題點得十分露骨，略無餘味」，因此論斷「含蓄，不能算老舍的特長」(113)。然而在描寫虎妞色誘祥子之處，卻用上「一段如夢似幻的美文」加以「粉飾美化」(114)，「似乎又過於含蓄了」

---

27 《逍遙遊》〈九歌新版序〉提到〈剪掉散文的辮子〉「可以説是現代散文革命的一篇宣言」(5)，也表明該書中的批評文章「都不僅是為批評而批評，而是為了配合我當時的創作方向，在史觀與學理上不斷探討，以釐清在語言、文類、詩體各方面必須解決的問題」(4)。換言之，便是結合了批評、創作、史觀、學理的綜合之作，目標在於解決問題。樊善標將此文置於當時臺灣的文壇脈絡，指出它「其實是當時一場『文白論爭』的參戰作品」(2011c: 38)。

28 此文末註明時間為一九七七年十一月，納入後書的原因可能是《青青邊愁》篇幅已夠，而且出版在即（一九七七年十二月）。

(113)。總之，作者不必要的介入與說明，以及含蓄與表露的不當拿捏，都是老舍這部享譽多年的著作的敗筆。

　　緊接著刊出的〈聞一多的三首詩〉品評這位二十年代中國文壇「重要的詩人」以及格律詩理論的提倡者(194)。在余光中看來，聞一多當不起「大詩人」之名，因為作品的數量少，品質也值得商榷，而其格律詩的理論「太淺顯單純」，其詩的節奏「或自由而至於散淺，或整齊而陷於刻板，尚未把握到適度的彈性」(195)。他進而指出聞一多早期「頗多失敗之作」，並逐一評述三首詩：〈忘掉她〉病於「濫調」（在意象與音調兩方面）與「費辭」(198)；短詩〈國手〉的意象「十分不宜」，句法則是「散文的直陳，坦露無韻」(201)；至於副題為「題畫」的〈愛之神〉則「詩意失之於露」，「意象的結構散漫而不調和」(202)，用字「淺白而且散文化」，與同樣描寫愛情的臺灣詩人鄭愁予的〈如霧起時〉相較高下立判，並斷言「三十年間中國新詩的進步，是顯而易見的」(204)。文中「徐志摩的情詩，真能深婉的，並不多見。聞一多在這方面，更遜於徐」(200)，既是對兩人的簡要品評，也預示了後來有關徐詩的評論。

　　在討論過小說與詩歌之後，余光中把目標轉向散文。朱自清一向是華文世界公認的散文大家，作品收錄於兩岸三地的教科書與許多選集。余光中對早期白話文早已不滿，遂趁在香港的中文系任教時，重新閱讀，細品詳評。〈略論朱自清的散文〉雖分兩期刊出，卻只是「略論」，更完整的論述見於《中外文學》，即收入《青青邊愁》的版本，文長約三倍於原作。由先後版本的差異，可看出作者受限於專欄字數較難發揮，對必須長篇大論才說得清楚的題材顯然捉襟見肘。儘管只是「略論」，余光中的批判立場昭然若揭。

　　其實早在撰於一九六三年的《左手的繆思》〈後記〉中，余光中便已質問：「我們的散文家們有沒有自〈背影〉和〈荷塘月色〉

的小天地裏破繭而出，且展現更新更高的風格？」(2015: 207)。這篇翻案文章依循先前的提問方向，進一步質疑：「朱自清真是新文學的散文大師嗎？」(2010: 221)。文中舉了不少實例挑戰這位「五四以來重要的學者兼作家」(221)。面對名字已成「白話散文的代名詞」的朱自清(221)，評論起來更為審慎。朱自清雖也寫詩，但在余光中眼裏，他的長、短詩「半世紀後看來，沒有一首稱得上佳作」(222)，因此「本質上是散文家」(223)，特色在「樸素，忠厚，平淡」，但遜於「風華，幽默，腴厚的一面」(222)。他舉了若干文章加以點評，指出行文「交代太清楚，分析太切實」，「有礙想像之飛躍，情感之激昂，『放不開』」(226)，所用的譬喻「在想像上都不出色」(227)，淪於「淺白」(228)。[29] 總之，余光中的細讀與剖析，以確鑿的文本證據，幾乎解構了朱自清的散文大師的地位。

專欄最末一篇〈徐志摩詩小論〉於四年後收入他第一本「涇渭分明」(2009: 3)的評論集《分水嶺上》，且列為全書之首。其實余光中在評論聞一多與朱自清時便提到徐志摩，但僅一筆帶過。相較於對前兩人的不假辭色，他對徐志摩有不少肯定之處，可見他並非專挑毛病，而是就事論事。他指出徐志摩的小詩〈沙揚娜拉一首〉的「韻律和意象都很貼切自然」，韻味與句法都能免於西化(13)。〈偶然〉則在「格律上，句法上，取材上，是相當西化的，但是在詞藻和情調上，仍深具中國風味」。相對於其他受到西方影響、卻「歐而不化」的作家，徐志摩此詩為「歐而化之」的佳作(15)，

---

29 此文《今日世界》版上、下篇結束於此，未顧及上篇所列的六篇代表作中尚有幾篇未及討論，但此「腰斬」之實若非細讀全文，未必能夠發現。《中外文學》版接著分析朱自清「膚淺而天真的『女性擬人格』筆法。」詳余光中(1977: 230)，「自塑的家長加師長的形象」(234)，「傷感濫情(sentimentalism)」(234)，「劃地為牢」的「白話文的純粹觀」(236)，以及「惡性歐化」的句法(243)等，皆以文本細節佐證。

並指出「要在一首短詩裏調和白話，文言，歐化三種因素，並非易事」(17)。至於〈再別康橋〉，「無論在情調上或詞藻上，都頗有中國古體詩的味道」(20)，句法上則有些歐化，「但用得十分靈活」，唯在標點與押韻上略有「不美」與「失誤」(21)。他對徐志摩的總評是：「他的詩能快而不能慢，能高亢而不能沉潛，善用短句而拙於長句，精於小品而未能駕馭長篇」(21)。儘管如此，「徐志摩在新詩上的貢獻仍大有可觀」(22)，因而成為余光中難得肯定的三十年代白話文作家。[30]

　　從這些評論文章可看出，余光中藝高膽大，出入於中國古今文學以及詩歌、散文、小說等不同文類，採用精讀的方法，以文本細節為基礎，文學技巧為標準，文學史觀為依歸，綜合微觀與宏觀，針對選定對象加以解析，將作品一一攤開，細細剖析，娓娓道來，不畏揭露缺失，不吝讚賞優點，堅定且坦然面對公認的文學大家，力圖以一己的批評洞見，改寫中國白話文學史，並透過雜誌的平臺廣為傳揚。[31] 余光中曾指出，「一位令人滿意的評論家，最好能具備這樣幾個美德：首先是言之有物……其次是條理井然……再次是文采斐然……最後是情趣盎然」(2006: 10)。有關文采一項，他進一步表示：「文筆在暢達之中時見警策，知性之中流露感性，遣詞用字，生動自然，若更佐以比喻，就更覺得靈活可喜了」，而「情趣盎然」一項「當然也與文采有關」(10)。證諸余光中本人的評論，上述條件一應俱全，可謂夫子自道。

---

30 余光中對徐志摩的肯定之處往往正是自己詩作的特色，兩人詩作之間的關係值得進一步探討。

31 如夏志清在《人的文學》中就肯定余光中在《青青邊愁》中對另一位三十年代的代表性詩人戴望舒的評價，認為「實戴氏的蓋棺定論，也是重估二、三十年代中國新詩最有分量的一範〔篇〕論文」(161n5)。足證余光中的相關評論鐵證如山，難以反駁，並可能影響作家在文學史上的地位。

四、結語

　　上文綜論余光中《今日世界》專欄文章的背景與特徵，顯示他有意針對此期刊的讀者，以不同性質的文章，進行多方位的探究。由於本身的作家與學者身分，在此發言位置上所寫出的每篇文章各有旨趣，也具現了余光中寫作四大空間中的散文與評論之功力。這些文章的遣詞用字、謀篇布局、內容意旨均有特色，印證了樊善標所指出的余光中「現代散文」的三個特徵：「現代詩化的語言操作、反小品式的結構、強烈的中國意識」(2011c: 41)，如〈高速的聯想〉中的奇思以及詩化的比喻與句法；對文化中國的孺慕之情以及對共產中國的明批暗諷；評論中所展現的細讀功力、批評洞見、作家品評、文學史觀，以及出入於古今中外文學之間的逍遙自在、開闊胸襟與比較視野。其中最具小品之風的當屬〈尺素寸心〉，體現了中西小品文的特色。凡此種種都顯示了余光中寫作範圍之廣闊與深邃，逍遙其間，自得其樂。

　　當年為了避免共產主義統治而離開大陸、前往香港的余光中，在重回這個有著「東方之珠」之稱的英國殖民地後，拾起如椽巨筆，在主客觀條件配合下，於《今日世界》撰寫專欄文章。當時的他沒想到後來會因九七大限將至，再度為了反共而離開香港，東渡臺灣，定居高雄。直到中共改革開放數年之後，情勢穩定，才在闊別故土數十載，重返日夜思慕的神州大陸。此為後話。

　　余光中在《春來半島》的自序如此描寫即將離開定居十年的香港時的心情：

　　　　在這些作品裏，看得見一個詩人，在文革的後期來到香
　　　　港，因接近大陸而心情波動，夢魂難安。起初這港城只是
　　　　一個瞭望臺，供他北望故鄉；他想撥開目前的夢魘，窺探

自己的童年。一年年過去，夢魘雖然淡了，童年卻更遠
了，臺上望遠的人，唉，也老了。終於有一天，他發現連
託腳十年的這座看臺也或許會失去，才驚覺腳下所踏的原
是樂土。為了一只虛幻的蘋果，他幾乎錯過真實的樂園。
(1985: iv)

話雖如此，其實余光中在香港期間善用時機，把握地緣，奮力著
述，開拓另一批讀者群，《今日世界》專欄便是明證。他感受豐
沛，心思縝密，見解深入，文字駕御能力尤其高超，即使尋常事物
經他筆下道出也讓人覺得別有興味，而在他專長的文學領域更是能
獨抒己見，扭轉傳統觀念與世俗看法，為當時華文世界流通最廣的
《今日世界》讀者群，多元展現個人的才華、創意、學養、經驗、
見地、關懷與性情。因此，專欄提供了余光中另一個書寫場域，字
數的限制固然讓他展現了在有限空間裏表達感思的功力，但不容他
盡情發揮也是不爭的事實，這種情形到後來的評論文章更為明顯，
以致甚至出現了港／臺、雜誌／書籍等不同版本的情況。或許因為
如此，此專欄在刊登二十四期之後告終，為余光中在「真實的樂
園」之香港時期增添一段豐美的插曲。

　　雜誌與書籍不同，除了擺在圖書館供人閱覽，並且發行至書局
與報攤，普及面甚廣。美新處支持的《今日世界》所具有的多項優
勢更非一般雜誌可望其項背，為余光中提供了寬廣的平臺，讓這些
專欄文章順利完成「第一擊」。儘管月刊更迭迅速，但後來於臺北
結集出版的《青青邊愁》與《分水嶺上》則提供了「第二擊」，並
長久維持了這些文章的力道。然而一般讀者往往不知其中部分文章
來自香港的《今日世界》專欄。因此，本文特地從此一冷戰時期香
港期刊專欄的角度切入，說明余光中的赴港緣由，撰寫此系列專欄
文章的背景，指出這些專欄文章的特色與關懷，並逐篇表列相關資

訊，以期從這個另類角度，呈現余光中的另一面向。至於他在臺灣／香港／中國／華文文學史上的地位，有待以更寬闊的胸襟、歷史的視野、文化的標的、文學的標準來深入審度。

附錄：余光中《今日世界》專欄散文

說明：

（一）本表依刊登日期排列，由一九七五年十一月第537期，至一九七八年一月第563期（第559至561期未刊），共二十四期，十八篇文章。

（二）除〈徐志摩詩小論〉收入《分水嶺上》外，其餘皆收入《青青邊愁》，內分四輯，依後記〈離臺千日〉之說分別為：抒情散文，小品雜文，文學批評，書評。《今日世界》之散文收錄於前三輯（第一輯六篇，第二輯九篇，第三輯兩篇）。

（三）《青青邊愁》舊版一九七七年由純文學出版社出版；新版二〇一〇年由九歌出版社出版，增加兩頁〈新版前言〉。

（四）《分水嶺上》舊版一九八一年由純文學出版社出版；新版二〇〇九年由九歌出版社出版，增加兩頁〈新版前言〉。

（五）相關文章的說明文字出現於各期目錄。

順序	期數	出版日期與頁碼	標題與說明	後續版本與頁碼	附註
1	537	1975/11/01，頁 40	〈雲門大開〉著名作家兼學者余光中談「雲門舞集」	《青青邊愁》，純文學版 65-67；九歌版 75-77。	收入《青青邊愁》第二輯
2	538	1975/12/01，頁 42	〈諾貝爾文學獎〉名作家兼學者余光中對諾貝爾文學獎的意見	《青青邊愁》，純文學版 69-72；九歌版 78-81。	第二輯，九歌版增一注。
3	539	1976/01/01，頁 24-25	〈師生談「代溝」〉名教授余光中及其學生對「代溝」問題的看法	《青青邊愁》，純文學版 73-76；九歌版 82-85。	第二輯，標題改為〈獨木橋與雙行道〉。
4	540	1976/02/01，頁 53	〈龍年迎龍〉名作家兼學者余光中談龍的種種傳說	《青青邊愁》，純文學版 77-80；九歌版 86-89。	第二輯
5	541	1976/03/01，頁 38	〈哀中文之式微〉名作家兼學者余光中談現代學生的中文程度問題	《青青邊愁》，純文學版 81-84；九歌版 90-93。	第二輯
6	542	1976/04/01，頁 43	〈沙田山居〉名作家兼學者余光中一篇寫景抒情的佳作	《青青邊愁》，純文學版 53-56；九歌版 60-63。	第一輯
7	543	1976/05/01，頁 42	〈無物隔纖塵〉名作家兼學者余光中談章應物的詩	《青青邊愁》，純文學版 93-96；九歌版 102-06。	第二輯
8	544	1976/06/01，頁 20	〈詩魂在南方〉學者兼作家余光中談現代詩的成長及其他	《青青邊愁》，純文學版 97-100；九歌版 107-10。	第二輯
9	545	1976/07/01，頁 41	〈尺素寸心〉名作家兼學者余光中漫談朋友書信	《青青邊愁》，純文學版 57-60；九歌版 64-67。	第一輯，九歌版末段增添幾個當代文人學者之名。

10	546	1976/08/01，頁 53	〈駱駝與虎〉名作家兼學者余光中談老舍的「駱駝祥子」	《青青邊愁》，純文學版 101-04；九歌版 111-14。	第二輯
11	547	1976/09/01，頁 13	〈聞一多的三首詩（上）〉名作家兼學者余光中評介聞一多的幾首作品	《青青邊愁》，純文學版 187-96；九歌版 195-204。	第三輯
12	548	1976/10/01，頁 22	〈聞一多的三首詩（下）〉名作家兼學者余光中續談聞一多的作品		
13	549	1976/11/01，頁 18	〈茱萸之謎〉名教授余光中談茱萸這種節令物品	《青青邊愁》，純文學版 89-92；九歌版 98-101。	第二輯
14	550	1976/12/01，頁 25	〈從西岸到東岸〉名作家兼學者余光中的第四度旅美追記	《青青邊愁》，純文學版 61-64；九歌版 68-71。	第一輯
15	551	1977/01/01，頁 20	〈高速的聯想（上）〉名作家兼學者余光中從駕車談到有關高速的事物	《青青邊愁》，純文學版 29-35；九歌版 39-45。	第一輯
16	552	1977/02/01，頁 23	〈高速的聯想（下）〉名作家兼學者余光中續談高速駕車的感受		
17	553	1977/03/01，頁 19	〈思臺北，念臺北（上）〉名作家余光中教授寫去國懷鄉之思	《青青邊愁》，純文學版 37-43；九歌版 46-52。	第一輯
18	554	1977/04/01，頁 36	〈思臺北，念臺北（下）〉名作家兼學者余光中寫去國懷鄉之思		

19	555	1977/05/01，頁 26	〈花鳥（上）〉名作家兼學者余光中寫生活情趣	《青青邊愁》，純文學版 45-51；九歌版 53-59。	第一輯
20	556	1977/06/01，頁 37	〈花鳥（下）〉名作家兼學者余光中寫生活情趣		
21	557	1977/07/01，頁 47	〈略論朱自清的散文（上）〉名作家兼學者余光中談朱自清的幾篇作品	《中外文學》6.4(1977.9): 4-22。《青青邊愁》，純文學版 213-37；九歌版 221-44。	第三輯，《今日世界》版為「略論」，僅至《青青邊愁》純文學版頁 220，九歌版頁 228。《青青邊愁》所收為《中外文學》完整版，約《今日世界》版三倍。
22	558	1977/08/01，頁 19	〈略論朱自清的散文（下）〉名作家兼學者余光中談朱自清的幾篇作品		
23	562	1977/12/01，頁 20-21	〈徐志摩詩小論（上）〉名作家兼學者余光中評介徐志摩的新詩	《分水嶺上》，純文學版 1-12；九歌版 11-22。	收入《分水嶺上》第一輯「新詩」。《今日世界》下篇第 43 頁右欄首段之末少了兩句。
24	563	1978/01/01，頁 42-43	〈徐志摩詩小論（下）〉名作家兼學者余光中評介徐志摩的新詩		

製表：張力行；校訂：單德興

徵引文獻

《今日世界》(1975.11-1977.8) no. 537-558。

《今日世界》(1977.12-1978.1) no. 562-563。

陳芳明 (2013)。〈窺探余光中的詩學工程〉。陳芳明（編）：《臺灣現當代作家研究資料彙編 34：余光中》（臺北：國立臺灣文學館），107-118。

陳幸蕙 (2008)。《悅讀余光中‧散文卷》（臺北：爾雅出版社）。

陳義芝（編）(2002)。《余光中精選集》（臺北：九歌出版社）。

樊善標 (2011)。《爐外之丹：文學評論及其他》（香港：麥穗出版公司）。

樊善標 (2011a)。〈戰場與戰略：余光中六十年代散文革新主張的一種詮釋〉。樊善標 2011: 7-36。

樊善標 (2011b)。〈余光中筆下的「五四新文學」〉。樊善標 2011: 61-84。

樊善標 (2011c)。〈爐外之丹：余光中六十年代「現代散文」的歷史意義〉。樊善標 2011: 37-60。

范我存 (2018)。〈守護與自持：范我存女士訪談錄〉。單德興訪談，《中山人文學報》no. 45: 97-116。

傅孟麗 (1998)。《茱萸的孩子：余光中傳》（臺北：天下文化）。

古遠清（編）(2008)。《余光中評說五十年》（北京：文化藝術出版社）。

胡有清(2008)。〈「凡我所在，即為中國」：論余光中鄉愁詩與中國認同〉。蘇其康（編）2008: 45-60。

黃國彬 (1999)。〈余光中的大品散文〉。蘇其康（編）1999: 55-81。

黃維樑（編）(1979)。《火浴的鳳凰：余光中作品評論集》（臺北：純文學出版社）。

黃維樑（編）(1985)。《春來半島：余光中香港十年詩文選》（香港：香江出版社）。

黃維樑 (1994)。《璀璨的五采筆：余光中作品評論集 (1979-1993)》（臺北：九歌出版社）。

黃維樑 (2008)。〈博雅之人，吐納英華：余光中學者散文〈何以解憂〉析論〉。蘇其康（編）2008: 210-225。

林以亮（編）(1988)。《美國詩選》。張愛玲、林以亮、余光中、邢光

祖、夏菁等（譯）（香港：今日世界出版社）。

流沙河 (1994)。〈詩人余光中的香港時期〉。黃維樑（編）1994：134-167。

Poe, Edgar Allan (1846). "The Philosophy of Composition." *Graham's Magazine* 28.4 (Apr.): 163-167.

單德興 (2009)。〈左右手之外的謬思：析論余光中的譯論與譯評〉。《翻譯與脈絡》（臺北：書林書店），237-267。

單德興 (2015)。〈一位年輕譯詩家的畫像：析論余光中的《英詩譯註》(1960)〉。《應用外語學報》no. 24 (Dec.): 187-231。

單德興 (2016)。〈在冷戰的年代：英華煥發的譯者余光中〉。《中山人文學報》no. 41 (July): 1-34。

單德興 (2017)。〈美國即世界？《今日世界》的緣起緣滅〉。《攝影之聲》no. 20 (Mar.): 18-25。

蘇其康（編）(1999)。《結網與詩風：余光中先生七十壽慶論文集》（臺北：九歌出版社）。

蘇其康（編）(2008)。《詩歌天保：余光中教授八十壽慶專集》（臺北：九歌出版社）。

王德威 (2018)。〈臺灣：從「文」學看歷史〉。中央研究院第 33 次院士會議，2-5 July，臺北，中央研究院。

王良和 (2014)。〈拆解中心與競逐主流：八十年代香港詩壇「現代派」與「余派」的論爭〉。第六屆文學傳播與接受國際學術研討會，16-17 May，花蓮，東華大學華文文學系。

夏志清 (1977)。《人的文學》（臺北：純文學出版社）。

須文蔚 (2011)。〈余光中在一九七〇年代臺港文學跨區域傳播影響論〉。《臺灣文學學報》no. 19 (Dec.): 163-190。

須文蔚 (2018)。〈土旨〉。致單德興電郵，21 July。

徐學 (2016)。《余光中傳》（廈門：廈門大學出版社）。

徐學 (2016a)。〈淡遠超然清醇綿長〉。徐學（編）：《余光中隨筆精選》（武漢：長江文藝出版社），1-9。

顏元叔 (1977)。《離臺百日》（臺北：洪範書店）。

余光中 (1975)。《余光中散文選》（香港：文化生活出版社）。

余光中 (1977)。《青青邊愁》（臺北：純文學出版社）。

余光中 (1977a)。〈論朱自清的散文〉。《中外文學》6.4 (Sept.) [64]: 4-22。

余光中 (1979)。《與永恆拔河》（臺北：洪範書店）。

余光中 (1981)。〈山水有清音：序「文學的沙田」〉。余光中（編）1981: 114。

余光中 (1981)。《分水嶺上》（臺北：純文學出版社）。

余光中 (1983)。《隔水觀音》（臺北：洪範書店）。

余光中 (1985)。〈回望迷樓：《春來半島》自序〉。黃維樑（編）1985: i-v。

余光中 (1986)。《紫荊賦》（臺北：洪範書店）。

余光中 (1987)。《記憶像鐵軌一樣長》（臺北：洪範書店）。

余光中 (1996)。《井然有序：余光中序文集》（臺北：九歌出版社）。

余光中 (2000)。〈雪泥鴻爪：訪余光中教授從香港往事談起〉。7 May，臺北淡江大學會文館。

余光中 (2000a)。《逍遙遊》（臺北：九歌出版社）。

余光中 (2006)。《從徐霞客到梵谷》（臺北：九歌出版社）。

余光中 (2008)。《憑一張地圖》（臺北：九歌出版社）。

余光中 (2009)。《分水嶺上》（臺北：九歌出版社）。

余光中 (2009a)。《日不落家》（臺北：九歌出版社）。

余光中 (2010)。《青青邊愁》（臺北：九歌出版社）。

余光中 (2015)。《左手的繆思》（臺北：九歌出版社）。

余光中 (2018)。《從杜甫到達利》（臺北：九歌出版社）。

余光中（編譯）(1960)。《英詩譯註》（臺北：文星出版公司）。

余光中 [Yu, Kwang-chung](ed.) (1973). *University English Reader*（《大學英文讀本》）(Taipei: Department of Western Languages and Literature, National Chengchi University).

余光中（編）(1981)。《文學的沙田》（臺北：洪範書店）。

笑人與自笑：

從幽默諧趣看余光中散文創作與理論的變遷

樊善標

> 「羅馬修辭學家昆提連說過」，我的導師接腔道：「為了
> 莊嚴之故，讚詞中制止笑，但在其他情況中卻應加以鼓
> 勵。普林・楊格寫道：『有時候我會笑，會嘲弄，會玩
> 耍，因為我是個人。』」
>
> ——艾可(1983)，《玫瑰的名字》

一、引言

　　一九九一年中國大陸出版的《臺灣新文學概觀》下冊，特闢
「幽默散文」一節，其中說到「特別值得一提的是余光中，六〇年
代已有頗具諧趣的遊戲之作——〈給莎士比亞的一封回信〉，但幽
默功夫尚未圓熟；七〇年代僅有〈借錢的境界〉、〈沙田七友記〉
幾篇詼諧之作。自一九八〇年愚人節寫〈催魂鈴〉後，幽默感一發
不可收，……進入知命之年，心境更加寬厚，文字越加練達。……
其幽默文堪與抒情比美」，頗見推重（黃重添等 223）。[1] 次年，
由另外幾位大陸學者編選的《余光中幽默散文賞析》出版。七年
後，時居香港的英國學者卜立德(David E. Pollard)選譯中國古今散
文，余光中入選的是〈尺素寸心〉和〈我的四個假想敵〉。卜立
德認為余光中散文長於機智(wit)及字句錘鍊，唯後者不容易經譯

1　引文出自第九章「散文」第六節「幽默散文」。該章由徐學撰稿。

文傳達，所以選入了表現機智為主的兩篇作品(Pollard 333-334)。[2] 直至二〇〇五年，臺灣出版《余光中幽默文選》，余氏撰寫序言〈悲喜之間徒苦笑〉，自承「幽默文章」是步進中年、心境轉換的產物。[3] 此後編選及論述余光中的散文，幽默都成為不容忽略的類目，對一般讀者而言，幽默文章甚至比余氏早年大力提倡的「自傳式抒情散文」（或稱「現代散文」）更吸引。余光中向來擅長作品和文學歷程的自我評定，[4] 但這一次從類型的標舉以至創作淵源的闡述，都遠遠落在論者之後了。

有一個乍看並不重要的現象，其實值得深究。那就是同一批作品，余氏有時稱之為「幽默」，有時名之曰「諧趣」，兩個用語有沒有分別？探討下去又涉及余氏本人及論者對幽默文章的評價。但本文目的並非判斷誰是誰非，而是嘗試從作品創造和類型建立兩者之間的距離——也可說是創作和詮釋的落差——考察「幽默」、「幽默散文」在余光中散文創作和理論中的位置和變化軌跡，並衡量變化的意義。

2　余光中曾引述卜立德的話，把wit譯作「諧趣」，見〈悲喜之間徒苦笑〉（余光中 2005: 6）。

3　〈悲喜之間徒苦笑〉：「我早期的散文流露幽默的不多；諧謔的戲筆漸多，應該始於中年。所謂『哀樂中年』，其實哀多於樂，需要一點豁達，一點自嘲來排遣。中年的困境往往要用幽默來應付，不能全靠年輕的激情了。」見（余光中 2005），頁4。

4　余氏每一本詩文集都有前言或後記反思定位，中國大陸出版的重要選集也常親自撰序，此外還有多篇文學自傳性質的長文。余氏以評論家的眼光和學養來自我評量，往往形成一種「強勢」論述，研究者首先得與他的觀點「拔河」。「強勢」和「拔河」分別借用張錦忠〈「強勢作者」之為譯者：以余光中為例〉及楊宗翰〈與余光中拔河〉的說法。張文載《中國近代文化的解構與重建：余光中先生八十大壽學術研討會》（臺北：政治大學文學院，2008），頁47-55；楊文載所著《異語：現代詩與文學史論》（臺北：秀威資訊公司，2017），頁70-91。

二、幽默、諧趣，還是諷刺？

余氏在〈悲喜〉中，把自己的散文流露出幽默感，歸因於以豁達自嘲來脫出人到中年的困局。準此而言，幽默就是調整個人心態，以自信面對逆境。[5] 這也意味幽默不是用來解決外部的問題，例如衝擊社會制度或正統思想。所以文中把幽默和諷刺分開，指出「幽默比較愉快、寬容，往往點到為止，……諷刺就比較嚴重、苛刻，懷有怒氣與敵意。諷刺可以用來對付敵人，幽默，卻不妨用來對待朋友，甚至是情人」，又自認為接近「輕於鴻毛的幽默家」王爾德(Oscar Wilde)，並指出兩位中國現代作家在幽默風格上曾對他有所啟發：「梁實秋的情趣，錢鍾書的理趣都是現代散文高妙的諧趣」（余光中 2005: iv-v）。在這裏，「幽默」和「諧趣」似乎沒有分別，然而錢鍾書的文章究竟近於諷刺還是諧趣，相信不乏持異議者，事實上余氏本人的作品也有類似情況。

雷銳等賞析余光中的幽默散文，對其中兩篇提出了委婉的批評：

> 幽默雖然也揭出荒謬虛妄，但並不是尖酸刻薄，……諷刺雖然也要求對事不對人，心熱但手辣，像外科醫生操刀。幽默心熱手也暖，像外科醫生理療、針灸。在〈幽默的境界〉裏，作者將幽默比作「一個心熱手冷的醫生」，筆者覺得沒能表現出它和諷刺的細微區別，這是令我們稍嫌不足的。（雷銳等9）

> 文章〈蝗族的盛宴〉中作者的態度似乎逾了界，歷來溫和的調謔夾帶了許多冷利的尖刺，原先心熱臉「冷」的格調

5　〈悲喜之間徒苦笑〉：「一個人富於幽默感，必定也富於自信，所以才輸得起，才能坦然自嘲。」詳余光中(2005)，頁2。

為心涼臉「冷」所代替。也就是說，文中對否定事物常常
透出的幽默變成了諷刺。這是余光中散文中不常見的現
象。（雷銳等 242）[6]

這兩篇文章也收錄於《余光中幽默文選》（簡稱《幽默文
選》）中，[7]〈幽默的境界〉更見於同年出版的《寸心造化：余光中
自選集》「諧趣」一輯。[8]用〈悲喜〉的標準看，〈蝗族的盛宴〉
顯然不屬於幽默或諧趣了。更值得深思的是，〈幽默的境界〉認
為，「真正幽默的心靈」，「不但會幽默人，也會幽默自己，不但
嘲笑人，也會釋然自嘲，泰然自貶」，「真具幽默感的高士，往往
能損己娛人」（余光中 2002: 51），儘管對幽默的說明與〈悲喜〉
看來相似，但在此文中，唯一自嘲的例子出自老師吳炳鍾先生。文
末又說「其他的東西往往有競爭性，至少幽默是『水流心不競』
的」（余光中 2002: 51），然而前文以接近三分之一的篇幅詳述如
何按幽默感把人分為三等，隱見居高臨下的自負，後來寫到高手對
壘，各逞機鋒時失敗者的苦澀，較量之心也彰彰可辨。這些和「損
己娛人」的分別不待贅言。

再看余氏自溯為第一篇幽默文章的〈給莎士比亞的一封回信〉
（余光中 1968: 225-229）。[9]此文諷刺政府機關只重學歷、著作，
文學比賽評判及文學批評家欠缺眼光，一般讀者品味低下，都不能

6　雷氏等又說：「從〈蝗族的盛宴〉中我們看到幽默是如何滑過諷刺界限的。這當
　　然有悖於作者常見的風度，但也顯示了他個性之不占主要的另一面，更清楚地表
　　現出他對時下無聊『婚禮』的討厭。」詳雷銳等（編）(1992)，頁245。

7　本書沒有另外列出選篇者的姓名，可見是作者自選。

8　本書「諧趣」一輯共收八篇散文，皆重見於《余光中幽默文選》。

9　此文為《余光中幽默文選》中年代最早的一篇，他在〈悲喜之間徒苦笑〉中說：
　　「足見我的幽默文章動筆較晚，比起《余光中詩選》的第一首〈揚子江船夫曲〉
　　來，足足晚了十八年」（余光中 2005: 5）。

分辨真正的文學天才，作者站在嚴肅文學作家的立場，抨擊現存制度及通俗文化對文學的傷害。另一篇同樣收入《幽默文選》的〈如何謀殺名作家？〉，指斥的世俗人物更多，且不避嫌以受害者（名作家）自居（余光中 1972: 105-112）。事實上，富於戰意的諷刺嘲弄，在《幽默文選》之外還有不少，如〈剪掉散文的辮子〉中「花花公子的散文」、「浣衣婦的散文」，〈儒家鴕鳥的錢穆〉、〈論二房東批評家〉的題目，都是為對手製作的滑稽標籤，藉收醜詆之效。這五篇文章都關乎文學或文化議題，如果說余光中早期的「幽默」主要是「諷刺」，常用於文壇論爭，借余氏文題〈文化沙漠中多刺的仙人掌〉來作形容，當不為過。[10]

這裏所謂「早期」，大致以一九七三年為下限。茲按發表先後列出《幽默文選》中此年以前的作品，並補入〈剪掉〉等三篇：

發表日期[11]	篇名	收錄文集
1963 年 5 月 20 日	*〈剪掉散文的辮子〉	《逍遙遊》
1964 年 4 月 14 日	*〈儒家鴕鳥的錢穆〉	《逍遙遊》
1966 年 12 月 23 日	*〈論二房東批評家〉	《望鄉的牧神》
1967 年 11 月 4 日	〈給莎士比亞的一封回信〉	《望鄉的牧神》
1968 年 11 月 15 日	〈如何謀殺名作家？〉	《焚鶴人》
1972 年 2 月	〈蝗族的盛宴〉	《聽聽那冷雨》
1972 年 3 月	〈借錢的境界〉	《聽聽那冷雨》

---

10 余光中的文集由第一本《左手的繆思》(1963)到《青青邊愁》(1977)，都是兼收抒情和評論文章，《掌上雨》(1964)更是純粹的評論集，可見評論（文學評論）從一開始就是余光中用力經營的範疇。而在《望鄉的牧神·後記》裏，余氏說：「我對於論戰一類的文字，是愈來愈無興趣了。」則可反證在此之前「參戰」之頻繁。見余光中(1968)，頁276。〈文化沙漠中多刺的仙人掌：對於言曦先生「新詩閒話」的商榷〉收於《掌上雨》。

11 根據作者各文之末所記。

1972 年 5 月	〈朋友四型〉	《聽聽那冷雨》
1972 年 6 月	〈幽默的境界〉	《聽聽那冷雨》
1972 年 4 月 4 日	〈中國人在美國〉	《聽聽那冷雨》

*為《幽默文選》以外文章。

上文未提及的三篇，〈中國人在美國〉是於梨華《會場現形記》的序言，也許原書有不少幽默諧趣的內容，但序言的論點和表達方式皆完全與此無關，錄入《幽默文選》中實在難以理解。〈借錢的境界〉和〈朋友四型〉，諷刺不算強烈，但把朋友和借錢分級評等，與〈幽默的境界〉的作者形象同樣超然，且不見自嘲。由此看來，余氏二〇〇五年所闡釋的「幽默」與他早年的創作，距離實在不短。

三、幽默與「現代散文」

余光中評論梁實秋《雅舍小品》所以動人，其中一個原因是：

> 機智閃爍，諧趣迭生，時或滑稽突梯，卻能適可而止，不墮俗趣。他的筆鋒有如貓爪戲人而不傷人，即使譏諷，針對的也是眾生的共相，而非私人，所以自有一種溫柔的美感距離。（余光中 1990: 270）

除了不強調自嘲，[12] 這裏的描述與〈悲喜〉認為幽默異於諷刺在於「愉快、寬容，往往點到為止」，並無差異。余光中提倡「現代散文」之初，旰衡當代文壇，大力批評之餘，只對「學者的散文」推崇備至。這類散文包括抒情小品、幽默小品……，「融合情

---

12 但余光中在他處確認為梁實秋有自嘲。余光中〈烹小鮮如治大國：序潘銘燊的《小鮮集》〉：「梁[實秋]氏下筆常寫到自己，有時更坦然自嘲，而一般語氣常是自謙。」(1996: 269-270)。

趣、智慧、和學問」，但僅「限於較少數的作者」，梁實秋正是其中之一，而且特別「詼諧而親切」（余光中 1986: 30）。[13]

　　不過在整個一九六〇年代，余光中沒有考慮跟隨梁實秋和學者散文的路向。[14] 原因不難理解，自〈剪掉散文的辮子〉開始，余光中提倡的「現代散文」追求崇高、繁富、強烈的風格，[15] 與詼諧、親切本不相容。而〈剪〉文又源於一場爭奪「現代語言」詮釋權的「文白論戰」，余光中以詩人的身分，迎擊主要是散文作者的論敵，以攻為守，力言過時的散文寫法須以新的型態取代。因為倉卒上陣，余光中的「現代散文」理論，基本上轉化自他熟悉的艾略特(T.S. Eliot)詩學，並逕用當時臺灣現代詩和現代小說的某些表達方式。又鑑於對手以繼承五四白話文傳統為號召，遂針鋒相對地提出「下五四的半旗」（余光中 1986: 1-4）。於是在語言上反對純淨的白話，而主張兼容文言、外語；在風格上，貶抑冰心、朱自清、林

13　「學者散文」甚至要比余氏該文鼓吹的「現代散文」更可貴：「能寫一手漂亮的散文的學者，已成鳳毛麟角。退而求其次，我們似乎又不能寄厚望於呢呢喃喃的花花公子，和本本分分的浣衣婦人。比較注意中國現代文學運動的讀者，當會發現近數年年又出現了第四種散文……在此我們且援現代詩之例，稱之為現代散文。」詳余光中(1986)，頁36。

14　余光中〈梁翁傳莎翁〉(1967)：「散文方面，他［梁實秋］的文字兼文言白話之長，能俗能雅，他的境界在晚明小品與英國文學中從蘭姆到比爾邦(Max Beerbohm)的散文傳統之間，親切，機智，而饒有諧趣。我自己的散文不朝這方向發展，但我相信這是散文一個廣闊的方向，惜乎傳人漸少，而某些效顰的作家似乎昧於『詼諧』與『滑稽』之別，『諷喻』與『尖刻』之分，逐俗逞兇，每墮惡趣，終不能自拔。」見余光中(1968)，頁180。鍾怡雯〈詩的煉丹術：余光中的散文實驗及其文學史意義〉認為余氏一九六〇年代的「散文實驗」以梁實秋為修正及反撥的對象，自有其敏銳的觀察，值得參考。不過也要指出，余光中修正及反撥的還有很多五四前輩，而且余氏從來沒有直接批評梁實秋。

15　〈六千個日子〉：「我認為散文可以提昇到一種崇高，繁富，而強烈的程度，不應永遠滯留在輕飄飄軟綿綿的薄弱而鬆散的低調上。」詳余光中(1968)，頁130。本文末署發表日期，從內容推斷約撰於一九六七年。

語堂等或傷感、或輕鬆的小品文，而追求悲壯崇高；在主題上，則建構了相應的「文化鄉愁」，廣泛引起知識分子共鳴。[16] 余氏的主張在〈我們需要幾本書〉(1968)表達得非常清楚：

> 我理想中的散文，不是目前氾濫的小品文，更絕非雜文。小品一詞，是相當誤人的。它令人誤會散文應該寫得輕飄飄，軟綿綿，信筆所之，淺嘗輒止。林語堂在解釋小品文時竟說：「凡方寸中一種心境，一點佳意，一股牢騷，一把幽情，皆可聽其由筆端流露出來，是之謂現代散文之技巧。」怪不得五四時代的散文，大半都那麼鬆鬆散散，隨隨便便。更怪不得，竟然有人把小品文叫做隨筆。在這樣的了解下，早年的散文作者，刻意追求的只是一種清淡稀薄的「風格」，簡直忘了，在他們所了解的「風格」之外，還有形式和結構。即以最基本的文字為例，像林語堂那種不文不白，不新不舊，又似語錄體又似舊小說的文字，說理不夠嚴密，抒情又不夠活潑，實在說不出是甚麼風格。……我常覺得，要讀好的散文，與其去讀五四嫡傳的甚麼小品文，還不如去讀某些現代小說。（余光中 1972: 93-94）

余氏對五四傳統和冰心等人的詮釋是否公允當然可以再討論，但在這種想法下，「現代散文」與詼諧顯然格格不入，他當時的幽默也只能夠是點血方休的諷刺。

眾所周知，余氏後來調整了揚詩抑文的觀念，最鏗鏘有力首推

---

16 參拙文〈戰場與戰略：余光中六十年代散文革新主張的一種詮釋〉(2011a)、〈爐外之丹：余光中六十年代「現代散文」的歷史意義〉(2011b)、〈余光中筆下的「五四新文學」〉(2011c)。

《記憶像鐵軌一樣長・自序》(1986)的宣布：

> 散文不是我的詩餘。散文與詩，是我的雙目，任缺其一，
> 世界就不成立體。正如佛洛斯特所言：「雙目合，視乃
> 得。」（余光中 1987: vii）

　　其實早在一九七二年余氏就藉撰寫《中國現代文學大系・總
序》的機會為散文平反了。[17] 想法的轉變大抵來自寫作的體悟。這
一年余光中為《中國時報・人間》寫了半年專欄，後來收入《幽默
文選》的「〈蝗族的盛宴〉、〈朋友四型〉、〈借錢的境界〉、
〈幽默的境界〉四篇小品，便是那時用何可歌的筆名發表的」。
（余光中 2002: 247-48）專欄寫作要配合出版週期，作者必須主動
尋找話題，不能靜待感情觸動，報紙讀者對文學的接受程度與雜誌
讀者也不一樣，太個人的感受未必適宜。大抵由於這些因素，余光
中不再獨尊感情強烈、形式詩化的「現代散文」，而嘗試取材於平
常生活的「小品」，由此而有趨近雅舍文風的契機。

　　不過也只能說「趨近」，而不是「趨同」。一方面余光中向
來推重的幽默作者還有錢鍾書，一九八〇年代又加上梁錫華、王爾
德等，余氏在此階段詮釋這些作者的「幽默感」有非常明顯的共通
處，此共通處與其說是上述作者的，倒不如說是余光中自己的「幽
默」觀。另一方面，余氏個人的幽默散文又自有與諸家不同的地
方。

　　所謂共通處，即「不傷人」。自嘲正是不傷人的極致，如說：

---

17 〈向歷史交卷：《中國現代文學大系》總序〉：「如果說，散文是文學的起點，
　　詩是文學的終點，未免跡近武斷。如果說，散文是文學的『測謊器』，當為大多
　　數讀者所接受。詩人和小說家，有時可以假派別或主義之名巧為辯解，而自圓其
　　說，散文家妍媸立判，『混』的機會要小得多。詩人和小說家是可羨的，散文家
　　是可親的，至少，也是可靠的。」見余光中(2002)，頁110。

幽默文章之中，挖苦的對象若是作者本身，則不但可免傷人，更有去偽存真，為幽默而自貶的慷慨氣度，最能贏人同情。真正的幽默必能反躬自嘲，所以像魯迅那樣刺人而不刺己，也未免太緊張了一點。（余光中1996: 199-200）

　　這是借梁錫華散文中常見的自嘲手法泛論幽默。又如比較史威夫特、蕭伯納和王爾德三位作家，「第一位是重於泰山的諷刺家，第二位是莊諧交作的諷刺家，第三位是輕於鴻毛的幽默家」，而「我的幽默感近於王爾德」（余光中 2005: v）。最能看出余氏去取分際的是評論錢鍾書。錢氏的言語鋒芒盡人皆知，但余光中多次把他和梁實秋對照，分別以理趣和情趣許之，認為都屬於諧趣一路。[18] 然而在早年，余光中曾評論錢鍾書為「犀利而辛辣像史威夫特」（余光中 1968: 30）。[19]

　　如上文所言，〈蝗族的盛宴〉等四篇一九七二年的散文，作者的形象仍不能算詼諧、親切，似乎要到移居香港後的〈尺素寸心〉(1976)才真的收起尖刺，自嘲娛人，其後的〈沙田七友記〉(1978)、〈我的四個假想敵〉(1980)、〈牛蛙記〉(1980)等更是令人讀之莞爾。余光中由一九七四到一九八五居於香港十一年，學術研究和詩文創作都有巨大變化（樊善標2011c: 75-81, 2011d: 85-90），就本文論題而言，最值得注意是寫出了一批「閒逸」、「靜觀自得」的

---

18 上文已引用〈悲喜之間徒苦笑〉的相關文句，更詳細的闡述見於余光中〈散文的知性與感性〉(1994)：「如果文章的基調在感性，例如抒情、敘事或寫景、狀物，則其趣味偏於情趣；梁實秋的《雅舍小品》屬於此類。如果基調是在知性，在於反覆說明一個觀念，或是澄清一種價值，則不論比喻有多生動，其興會當偏於理趣；錢鍾書的《寫在人生邊上》有不少小品屬之。」見《藍墨水的下游》(1998)，頁25。

19 出自〈剪掉散文的辮子〉，見余光中(1968)，頁30。

散文——幽默之作自然包括在內。[20] 余氏提出的原因包括年紀閱歷增長、生活寧靜安穩，[21] 但與香港文壇廣泛流行專欄雜文也當有關係。崇高悲壯的「現代散文」（「自傳式的抒情散文」）力爭「現代性」，競逐代表時代精神，其「自傳」的主角往往以孤獨的文化英雄面貌出現，〈沙田七友記〉等篇則降低了調子，轉以較為日常的生活情事為題材，在與親人、朋友以至動物相處的細節中，作者形象再沒有那種難以企及的高大，[22] 香港專欄雜文也傾向較平等的作者、讀者關係，余氏似乎也有所吸納。[23]

余光中此後的散文常有他所闡述的幽默成分，不限於收入《幽默文選》幾篇，其中〈滿亭星月〉(1987)通常視為遊記，但在本文的論題裏意味特別深長。此文屬於作者的墾丁遊記系列，迥異於一般遊記的是，人物幾乎沒有移動，作者和一伙同伴從黃昏到入夜都停留在一個臨海的亭子附近，欣賞日落月上。全文超過一半的篇幅

---

20 余光中〈離臺千日：《青青邊愁》純文學版後記〉(1977)：「第一輯八篇都是抒情散文，……有一位朋友看過〈花鳥〉，對我說：『這不大像你的作品。』其實，該怎樣寫才像我自己的作品呢？我應該定下型來，專寫雄奇磊落壯懷激烈的宏文嗎？我的筆有興趣向四方探索，有時也不妨寫些閒逸小品，或是靜觀自得的工筆畫」(1977)，頁315-316。〈花鳥〉後來收入《幽默文選》。

21 余氏在〈回望迷樓：《春來半島》自序〉(1985)說，居於香港那些年「是我一生裏面最安定最自在的時期」。見余光中(1985)，頁ii。

22 〈沙田七友記〉寫朋友，雖見調侃，但作者沒有顯得高對方一等；〈我的四個假想敵〉寫女兒日漸成長，作者身為父親對女兒即將談戀愛的失落；〈牛蛙記〉寫作者欲翦除聒耳的牛蛙，但終告失敗。

23 香港專欄散文的特點可參考黃繼持〈香港散文類型引論：「士人散文」與「市人散文」〉。一九六〇年代時余光中非常排斥雜文和小品文，但居港之後改變了態度，如〈舞臺與講臺〉(1985)說：「香港報上的專欄有些相當高明，但是一般的專欄流行兩種文章：一種就是我前文所說的濫感日記，另一種是諷世論政的雜文。後面這種雜文可謂香港文化的主產品，裏面頗有幾枝妙筆。可惜這樣的港式筆法難合臺式尺度，不能進口，否則國內讀者的眼界當會放寬。」詳余光中(1988)，頁60。該書的第二輯也收錄了多篇「小品雜文」。

是各人散漫的談天。代表作者的「我」，發言用語詩化，文學和科學知識豐富，常常刻意賣弄，卻總是被人忽略或打斷，各人的話題不斷輕鬆隨意地轉移。同樣代表作者的敘述者，一方面把談話幾乎不帶評論地記錄下來，只給了「我」「自鳴得意」的調侃（余光中1990: 70），另一方面又提供了典型的余光中遊記特徵——奇麗的風景描寫。沉醉於大自然的文學家和在同伴中有點無可奈何的普通人，兩種形象交融，呈現了不同於以往「現代散文」的作者身影。全文結束時，大家「把手伸進皎潔的月光，……在造夢的月光裏，向永不歇息的潮水揮舞起來」（余光中 1990: 81），氣氛歡樂而圓滿。如果與同樣是馳情夜空的〈逍遙遊〉(1964)相比（余光中 1986: 153-160），此篇以親友共享的美妙一刻置換了另一篇孤獨探索民族和個人前路的主題，溫暖人情替代了文化鄉愁。

　　因此〈滿亭星月〉最有意思的地方，在於文中的「自嘲」並非為了應對敵人的攻擊，而是親友相處時鬆弛享受的表現，無論〈幽默的境界〉或〈悲喜〉，都沒有說到這一層次。無獨有偶，余光中同一時期總結寫遊記的心得，也忽略了〈滿亭〉的意義：

> 遊記有別於地方誌或觀光手冊，全在文中有「我」，有一位活生生的旅人走動在山水或文物之間。這個「我」觀察犀利，知識豐富，想像高超而體力充沛，我們跟隨著他，感如同遊。……這個「我」要有自信，要有吸引力，讀者才會全神跟隨著他。〈後赤壁賦〉裏，如果換了是二客奮勇攀登，而「蓋予不能從焉」，讀者就不想看下去了。（余光中 1990: 15）[24]

　　正是在〈滿亭〉裏，「我」的形象完全不是一往無前，反而常

---

[24] 出自《隔水呼渡》(1990)的〈自序〉(1989)。

覺天真傻氣。遊記這樣寫又有何不可呢？[25]

四、詩可以笑

　　陳麗芬曾經從性別不平等的角度透視近代的西方文學批評史。按照她的看法，那「是一部將『感性』或哀婉動人的特質與美學的『崇高性』(sublimity)分隔開來的歷史。康德將其美學上的『崇高』繫於男性──那『高貴』的性別」(noble sex)，將『美麗』(the beautiful)──次一等的範疇──配給女性──那『美麗的性別』(fair sex)」。在這種文學批評史中，有一系列對應的高低位階概念：男性、女性；崇高、美麗；高級、低級；嚴肅文學、俗文學；知性、感性。而「當浪漫主義變得通俗化因此『感傷』起來時，那墮落的傾向再一次被定義為『女性化』」，現代主義則「熱切渴望長成、回歸至一知性的男性世界中」（陳麗芬 107），由此而低貶甚至排除了某些人生經驗。陳氏這篇論文原意是「以西西[的小說]為例探討女性文體的一面」（陳麗芬 111），凸顯以往文學批評理論的「不見」，論文尖銳地指出「這當然並不是說個人經驗並不存在於[現代主義]文學裏，只是那所謂真實的經驗必須與個人感情保持一段客觀的距離」（陳麗芬 109）。對於借助艾略特詩學建構而成的「現代散文」理論及創作，[26] 這也是言之有物的批評。

---

25 〈滿亭星月〉並非孤例，〈隔水呼渡〉(1986)玩蝌蚪的興奮（[1990]，頁32），〈關山無月〉(1987)眾人說恐怖故事來療飢（[1990]，頁51），〈龍坑有雨〉(1987)說：「韓愈登衡嶽而雨開日出，蘇軾隆冬在登州而得見海市，都能在得意之餘有詩為證。我來龍坑拜石拜海，卻不能感動太陽，真是愧對古人……唯一的辦法就是快快回頭，乘大雨還沒追到。」（[1990]，頁64）都有天真傻氣之感。《隔水呼渡・自序》所說的，其實是余氏以往遊記中的自我形象，他的最新創作已超前一步了。

26 艾略特〈傳統和個人的才能〉：「詩不是情緒的放縱，而是情緒的逃避；詩不是個性的表現，而是個性的逃避。」又：「詩人的職責並不在於尋求新的情緒，而

艾可(Umberto Eco)小說《玫瑰的名字》裏，知識廣博、思考周密的威廉修士經過艱辛的追查，終於破解了修道院連環凶殺案之謎。原來行凶者出於維護宗教信仰的權威，不惜殺人以阻止亞里士多德論希臘喜劇的佚書流傳世間。行凶者憂慮，一旦亞里士多德把笑提升為藝術的著作為世所知，在愚人的狂歡中，對上帝的恐懼——也就是真理的基礎——勢將動搖(Eco 428-430)。然而威廉一向認為，笑「是理性行為的一種徵象」，他援引羅馬修辭學家的話「有時候我會笑，會嘲弄，會玩耍，因為我是個人」，以作支持，行凶者卻回答說：「他們是異教徒」(Eco 137)。最終威廉修士憑著智慧查出真凶，但他的信德也岌岌可危了：「唯一的真理，在於學習讓我們自己從對真理的瘋狂熱情中解脫」(Eco 442-443)。抹掉小說情節的宗教色彩，威廉的想法和陳麗芬實有相通之處。

　　余光中在一九六〇年代援詩入文，建構「現代散文」理論，固然具有強烈的批判意義（樊善標 2011b: 54-59），但也付上了代價。詩和散文納入了那一系列的高低位階對立中，散文必須向詩學習，才能向「現代」邁進，不再「輕飄飄，軟綿綿」、「平庸乏味」。[27] 可是如果散文只能以抒情為重心，而且所抒的必須是崇高、悲壯的「情」，毋寧是以一種強大但單一的聲音壓倒其他，儼如一個超人在萬馬齊瘖中獨白。後來余光中提出「好散文往往有一種綜合美，不必全是美在抒情，所以抒情、敘事、寫景、議論云

在於運用普通的情緒，將這些情緒化鍊成詩以表現在實際情緒中根本不存在的感受」(1969: 12-13)。「現代散文」理論如何借助艾略特詩學及余氏第一篇「現代散文」〈鬼雨〉中的艾略特詩學痕跡，參拙文〈爐外之丹〉(2011)，頁 43-53。

27 「輕飄飄，軟綿綿」見第三節。又，余光中〈剪掉散文的辮子〉：「在英文中，正如在法文和意大利文中一樣，散文的形容詞(prosaic, prosaïque, prosaico)皆有『平庸乏味』的意思。」見余光中(1986)，頁28。

云，往往是抽刀斷水的武斷區分」（余光中 1981: 262），[28] 實在是洞悉了早年理論的癥結。而允許幽默、諧趣寫進作品中，也是反思抒「情」的結果。

這一反思的方向由中年持續到晚年，愈走愈遠。《幽默文選》所收作品以二〇〇三年為下限，這一年收入了一長一短兩篇散文，短的一篇〈戲孔三題〉是三則笑話，名副其實，開孔子的玩笑。[29]後來在《粉絲與知音》裏，有一篇〈說起計程車〉(2014)也是幾則趣事而已。[30] 別無深意的笑料為甚麼煞有介事收進《幽默文選》，還樂此不疲地寫下去？更有趣的是，在不少較「正經」的散文裏余光中也加插了純粹戲謔的內容，〈不朽與成名〉(2008)漫談有些尋常人物因為被寫進詩裏而名留千古，例如杜牧〈寄揚州韓綽判官〉的韓綽，但余氏忽然從杜甫〈贈衛八處士〉的詩題聯想到唐人喜歡用排行稱呼朋友，那麼如果這位朋友姓王怎辦呢，於是翻查《全唐詩》，發現高適有一首〈贈王八員外〉，「因此也可推論，罵人王八，該是唐朝以後的說法。」（余光中 2015: 180）這岔出的考證與不朽或成名有甚麼關係呢？余氏晚年的散文裏常有「忍不住」要戲謔一下的情況，效果如何自可討論，從散文理論的角度看，則饒有意思。

社會學家邱伯斯(Giselinde Kuipers)總結西方討論「幽默」的兩條主線，一是幽默的欣賞和生產，二是品味的社會學。前者在傳統

---

28 出自〈繆思的左右手：詩和散文的比較〉(1980)。

29 第一則說余氏問孔子後人孔仲溫教授，孔子和曾子出門，誰走在前面，孔仲溫說當然是孔子，余光中說錯了，是曾子在前，因為爭（曾）先恐（孔）後。見余光中(2005)，頁77。

30 最短的一則全引如下：「有一次吾妻我從外面回家，對計程車司機說了目的地。『左岸啊，』司機說，『聽說余某某就住在那裏。』我存說：『我好像也聽說過。』」詳余光中(2015)，頁310。

上是哲學家的課題，在二十世紀成為心理學家的研究範圍，但邱伯斯認為幽默並非完全如哲學家和心理學家所假定的，是個人的特質，因為幽默的運用和欣賞固然有個體的差異，然而幽默感要從他人處學習而得，也需要他人存在才能表現出來，因此，所有人的幽默感都反映周遭人群的標準，受社會和文化所規限(Kuipers viii)。這就通向法國社會科學家布迪厄(Pierre Bourdieu)的品味社會學了。品味社會學的中心假設是，品味的差異區分並支持社會上的群體界線，如果說幽默感是一種品味，那麼它就同樣具備繪畫群體界線的功能了(Kuipers ix)。不過邱伯斯指出，幽默是溝通方式、品味問題、群體界線，三者兼而有之，不能只論其一(Kuipers 10)。文學研究者——包括余光中在內——多聚焦於品味問題，有些不贊成幽默的論者則注意群體界線的規範力量，[31] 相對而言，邱伯斯通過笑話來研究幽默，溝通就顯得特別重要了。幽默在人與人之間產生正面和負面的作用，但如果對方不喜歡某種幽默的舉動，則那些作用也不能生效。邱伯斯強調幽默的雙方合作性，正好為余光中「無深度」笑話的頻頻出現，提供了一種配合他散文理論轉向的闡釋。[32]

五、結語：可以笑，也可以哭

余光中在散文文類的成就從兩個角度看，都是雙重的。首先，他在一九六〇年代初開始，寫出了一系列「現代散文」，示範了一

---

31 例如另一位社會科學家畢爾立(Michael Billig)著(2009)，鄭郁欣（譯），《笑聲與嘲弄：幽默的社會批判》(*Laughter and Ridicule: Towards a Social Critique of Humour*)（臺北：韋伯文化國際出版公司，2009）。

32 邱伯斯發現荷蘭和美國文化資本較少的人傾向不以品味來評價他人，對這些人來說，幽默主要是一種與他人聯繫、建立共同感的方法，見Kuipers (2015)，pp. ix-x。邱伯斯的實證研究結果當然不能直接用於余光中身上，但她強調幽默的溝通功能，仍是重要的啟發。

種迥然有別於小品隨筆的散文形態，然後他轉向「幽默」，交出了也許更膾炙人口的諧趣之作，在兩個散文的次類型中，都有極為出色的表現。另外，余光中不僅創作有成，也長於論述，為「現代散文」和「幽默散文」提供了雄辯的理論依據。千禧之初，余光中繼論者之後，編選綜述自己的「幽默散文」，納入尖銳諷刺、詼諧自嘲、純粹戲謔三種作品，其時序嬗遞隱然暗示散文觀念的深刻變化，則余氏本人似乎也未盡自覺。

在「現代散文」的理論建構和創作實踐裏，崇高有力的作者主體以高亢語調抒發感情。這種感情在作品裏來自一個形象鮮明的「我」，但這個「我」也力圖代表民族的時代精神，因此正如艾略特和陳麗芬所言，與作者個人必須或必然保持一段客觀的距離。相對於「現代散文」作者主體的「超凡入聖」，詼諧自嘲的「幽默散文」縮小了自我，甚至不介意暴露個人的弱點，他人的地位遂得以提升，呈現一種較平等的人我關係。更晚出現的純粹戲謔文章及片段，是同一趨勢的延伸，與讀者交流溝通愈發超過作者單向宣示。從詼諧自嘲到純粹戲謔，可說是「由聖入凡」的回歸歷程，原先被排除的、常人的某些感受又容許進入散文了。從這一角度看，「幽默散文」最早的尖銳諷刺之作，其實更接近「現代散文」。[33]

一九七〇年代中期，余光中散文觀念開始轉變，但仍然排斥「傷感濫情」(sentimentalism)。他批評朱自清〈背影〉，「短短千把字的小品裏，作者便流了四次眼淚，也未免太多了一點」（余光中 2010: 235）。歲月不居，余氏晚年的散文裏竟也一再寫到流淚：回到一生只住過半年的故鄉，「淚水忽然盈目」（余光中 2005a: 249）；在多年知交林海音的追悼會上，「我長久未流的淚水忽然滿眶」（余光中 2005a: 187）。更正面地肯定哭的意義，是在四川

---

33 這些作品與「現代散文」的創作時期本來就是重疊的。

尋找岳父的墳墓不果，妻子「肩頭起伏，似乎在抽搐」，旁人勸他過去安慰，他說：「此刻她正在父親身邊，應該讓他們多聚一下，不要打斷他們。其實，能痛哭一場最好」（余光中 2005a: 87）。這裏顯然不是因為妻子的性別而認為應該痛哭。只要是常人，歡笑和流淚都無可避免，也不需要避免。

《玫瑰的名字》裏，修士威廉最後的領悟是：「我一直很固執，追尋表面的秩序，而其實我應該明白在這世界上根本就沒有秩序。……我們的心靈所想像的秩序，就像是一張網，或是一個梯子，為了獲得某物而建。但以後你必須把梯子丟開，因為你發現，就算它是有用的，它仍是毫無意義的」(Eco 443)。遠遠未到真理程度的各種人間理論，都可作如是觀。

「現代散文」的確大大提升了散文的表現力，但在此之後，余光中的散文創作和理論沒有停步。從笑人到自笑，乍看像繞了一個大圈否定了昔日的我。其實不然，誠實的文學探索，路途就是目標，所歷並無浪費。

徵引文獻

陳麗芬 (2000)。〈天真本色：從西西《哀悼乳房》看一種女性文體〉。《現代文學與文化想像：從臺灣到香港》（臺北：書林出版公司），105-120。

Eco, Umberto [安伯托 · 艾可] (1983)。《玫瑰的名字》(*Il Nome della Rosa*) [1980]。謝瑤玲（譯）（臺北：皇冠文學出版社）。

Eliot, T.S. [艾略特] (1969)。《艾略特文學評論選集》。杜國清（譯）（臺北：田園出版社）。

樊善標 (2011)。《爐外之丹：文學評論及其他》（香港：麥穗出版公司）。

樊善標 (2011a)。〈戰場與戰略：余光中六十年代散文革新主張的一種詮

釋〉。樊善標 2011: 7-36。

樊善標 (2011b)。〈爐外之丹：余光中六十年代「現代散文」的歷史意義〉。
樊善標 2011: 37-60。

樊善標 (2011c)。〈余光中筆下的「五四新文學」〉。樊善標 2011: 61-84。

樊善標 (2011d)。〈余光中香港時期的抒情散文〉。樊善標 2011: 85-90。

Kuipers, Giselinde (2015). *Good Humor, Bad Taste: A Sociology of the Joke* (Berlin and Boston: Walter de Gruyter).

雷銳、向丹、蘇錫新（編）(1992)。《余光中幽默散文賞析》（桂林：灕江出版社）。

Pollard, David E. (ed.) (1999). *The Chinese Essay*. Trans. David E. Pollard (Hong Kong: The Chinese University of Hong Kong).

黃繼持 (1997)。〈香港散文類型引論：「士人散文」與「市人散文」〉。
黃國彬、王列耀（編）：《剖沙賞沙：中國當代散文雜文國際研討會論文集》（廣州：暨南大學出版社），332-344。

黃重添、徐學、朱雙一 (1991)。《臺灣新文學概觀》，下冊（廈門：鷺江出版社）。

余光中 (1968)。《望鄉的牧神》（臺北：純文學出版社）。

余光中 (1972)。《焚鶴人》（臺北：純文學出版社）。

余光中 (1981)。《分水嶺上》（臺北：純文學出版社）。

余光中 (1986)。《逍遙遊》（臺北：水牛圖書出版公司）。

余光中 (1987)。《記憶像鐵軌一樣長》（臺北：洪範書店）。

余光中 (1988)。《憑一張地圖》（臺北：九歌出版社）。

余光中 (1990)。《隔水呼渡》（臺北：九歌出版社）。

余光中 (1996)。《井然有序》（臺北：九歌出版社）。

余光中 (1998)。《藍墨水的下游》（臺北：九歌出版社）。

余光中 (2002)。《聽聽那冷雨》（臺北：九歌出版社）。

余光中 (2005)。《余光中幽默文選》（臺北：天下遠見出版公司）。

余光中 (2005a)。《青銅一夢》（臺北：九歌出版社）。

余光中 (2005b)。《寸心造化：余光中自選集》（香港：天地圖書公司）。

余光中 (2010)。《青青邊愁》（臺北：九歌出版社）。

余光中 (2015)。《粉絲與知音》（臺北：九歌出版社）。

鍾怡雯 (2009)。〈詩的煉丹術：余光中的散文實驗及其文學史意義〉。《經典的誤讀與定位：華文文學專題研究》（臺北：萬卷樓圖書公司），71-96。

測繪地景：

余光中旅遊記事中的人文地圖

王儀君

緣起

　　余光中用右手寫散文，用左手寫遊記是眾所皆知的事。余光中豐碩的遊記作品從描寫美國中西部的〈石城之行〉、〈咦呵西部〉到〈聖喬治真要屠龍嗎？〉以及〈天方飛毯原來是地圖〉，有的呈現氣勢磅薄的風格，有的呈現清幽靜謐的空間想像，有的琢磨歷史情境和遺聞軼事，綜理書寫各式的文化記憶與批判；有的納入民情風俗，像是文化導覽，有的更試圖從社會層面或人與環境自然原素的互動，來詮釋文化地景。余光中的遊記作品甚多，本篇論文就以歐洲書寫舉例，試從文化地理角度分析余光中的旅遊記事圖像、地理及人文地景的風貌。論文分析的層面包括余光中在歐陸國家如西班牙、法國遊記中的人文探索，以及三篇遊記中所呈現的人文地圖。彼得・休姆(Peter Hulme)認為，旅行文學在近年來已被規範為人文與社會科學的重要主題，因為旅行所關心的議題跨越了歷史、地理、文學、宗教和人類學，甚至能夠對應某個時代、地區的經濟、社會、政治和環境議題(1-2)。透過旅者的觀察、定義和想像，旅行文本的意義不僅在於文化翻譯、文化經驗的傳遞，而且在於讀者透過文字，進一步瞭解作者對生命本質的闡述。

　　余光中的遊記書寫和他自幼喜好地圖、成年後喜歡蒐集地圖、

記事行旅不無關聯。甚至可以說，在余光中的旅遊歷程中，地圖占有相當的分量；地圖的蒐集甚至可以用「地圖庫」來衡量。在〈天方飛毯原來是地圖〉一文中，余光中敘述中學時代對地圖著迷的程度，乃至於，成年以後，加拿大、墨西哥、委內瑞拉、巴西、澳洲、南非及南洋各地的大小輿圖都是余光中蒐集的寶藏。他說：「要初識一個異國，最簡單的方式應該是郵票、鈔票、地圖了。郵票與鈔票都印刷精美，色彩悅目，告訴你該國有甚麼特色，但是得靠通信或旅遊才能得到。而地圖則到處都有，雖然色彩不那麼鮮豔，物象不那麼具體，卻能用近乎抽象的符號來標示一國的自然與人工，告訴你許多現況，至於該國的景色和民情，則要靠你的想像去捕捉。符號愈抽象，則想像的天地愈廣闊」（余光中 2005：16）。在〈北歐行〉的遊記中，余光中坦承自己是個地圖迷，「最喜歡眉目清秀線條明晰地圖，每次遠行歸來，箱裏總有一疊新的收集。遠遠眺見又一座新的城市，正如膝頭地圖所預言的，在車頭漸漸升起，最有按圖索驥之趣」（余光中 1987：180）。中國文學裏的旅遊文學繁多，從周達觀的《真臘風土記》、明朝張岱的《西湖夢尋》，王士性的《五嶽遊草》、袁宏道的〈晚遊六橋待月記〉、范成大的《吳船錄》、《徐霞客遊記》、郁永河的《裨海紀遊》，在現當代的旅遊文學中，徐志摩〈我所知道的康橋〉、余光中的旅遊書寫，和余秋雨的《文化苦旅》可稱為最具地誌、修辭與人文意涵的代表。

　　余光中的遊記和古今中外大多數的旅遊作家和行旅者一樣，都在作品裏添加了「測繪」(mapping)的元素。所謂「測繪」，根據大英百科全書是對地理區域所做的圖像繪製，而繪製本身則隱含了對該地區所加諸的政治、文化和非地理的分類意涵("Mapping")。既然地理的用意是呈現與分析周遭的環境和地景，經常涵蓋在旅行文學中的特殊元素是寫情寫景，除了山岳峭壁、河流湖泊、自然生物、

貿易物產之外，作家寫景的對象還包括建築、城郭邊界、自然景觀。然而，地景難以獨立於政治、社會情境和民情風俗之外，所謂文化地理早已是遊記中最讓讀者琢磨之處。中國古代的「風土記」和西方的旅遊記事的作者們經常將地理和所見所聞納入文字，例如，元朝周達觀在所屬的外交使節團在西元一二九六年出使真臘，這個古國以所產沉香最為有名。周達觀前往真臘的時候，正值吳哥王朝軍事、經濟最強盛的時代，周達觀看到的是繁華而富足的王城，回國後寫下《真臘風土記》。同樣是元朝，能詩善文的耶律楚材(1190-1244)著有〈西遊錄〉，藉由問答的架構，揭露西域風土民情。雖然耶律楚材的西域詩中多有荒煙古墳的淒蒼寥落之感，他的寫景與人文相濡，想像與地理探索並濟，在中國旅行文學裏，確是閃爍璀璨的一筆：

> 予始發永安，過居庸，歷武川，出雲中之右，抵天山之北，涉大磧，逾沙漠。未浹十旬，已達行在。山川相繆，鬱乎蒼蒼。車帳如雲，將士如雨，馬牛被野，兵甲赫天，煙火相望，連營萬里，千古之盛，未嘗有也……天兵大舉西伐，道過金山。時方盛夏，山峰飛雪，積冰千尺許。上命斫冰為道以度師。金山之泉無慮千百，松檜參天，花草彌谷。從山巔望之，群峰競秀，亂壑爭流，真雄觀也。自金山而西，水皆西流，入於西海。噫，天之限東西者乎？[1]

余光中好讀遊記，他在〈論民初的遊記〉中剖析古時域外的旅行不易，《佛國記》、《真臘風土記》一類的大遊記「為世所珍」，並推崇和明代的徐霞客、張岱、王思任及清朝散文家惲敬等人在旅遊

---

1 耶律楚材為契丹族，隨成吉思汗西征，著有〈西遊錄〉，記錄山川景色、政經概況、宗教文化和風土人情。引文見耶律楚材(2011)。

書寫中的情感表達和文字歷練。或許因為余光中對東西方歷史和地理的學者背景知識，在大部頭的旅遊書寫中，除了文字的精煉，多篇旅遊誌事顯得相當具有文化地景和文化記憶的價值。

〈風吹西班牙〉與〈雨城古寺〉：西班牙的文化地景

〈風吹西班牙〉是余光中旅行文學中相當醒目的一篇，文中寫景、記史，還有濃濃的文化情感元素。作為一位旅者、學者和文化觀察家，余光中將地理和文化融入在散文裏，透視一般人所忽略的西班牙地理的歷史意涵：

> 這國家人口不過臺灣的兩倍，面積卻十四倍於臺灣。他和葡萄牙共有伊比利亞半島，卻占了半島的百分之八十五。西班牙是一塊巨大而荒涼的高原，卻有點向南傾斜，好像是背對著法國而臉朝著非洲。這比喻不但是指地理，也指心理。西班牙屬於歐洲卻近於北非。三千年前，腓尼基和迦太基的船隊就西來了。西班牙人叫自己的土地做「愛斯巴尼亞」(España)，古稱「希斯巴尼亞」(Hispania)，據說源出腓尼基文，意為「偏僻」。（余光中 1990: 106）

余光中在文中提到，美國名作家伊爾文(Washington Irving)曾經為了書寫《格拉納達編年史》(*Chronicle of the Conquest of Granada,* 1829)，來到安達露西亞時探訪多處城市，但是，走訪許多城鎮，伊爾文不禁發出嘆息：「許多人總愛把西班牙想像成一個溫柔的南國，好像明豔的義大利那樣妝扮著百般富麗的媚態。恰恰相反，除了沿海幾省之外，西班牙大致上是一個荒涼而憂鬱的國家」(110-111)。接著，余光中更引用伊爾文的敘事，在漫漫的旅途之中，眺見孤獨的牧人正在驅趕走散了的牛群和長列的騾子緩緩蹀過荒沙的景象，或是騾夫呵責遲緩、脫隊的牲口的聲音，余光中更進一步比

對伊爾文在一百五十餘年前的安達露西亞風土民情和現今實地景物比對，發現安達露西亞地景依然，沙多樹少，乾旱而荒涼(113)。雖是如此，余光中仍然要親身體會安達露西亞的文化。這趟安達露西亞之旅始於格拉納達，途經塞維亞和科爾多巴，再返回格拉納達。一路行來不禁低迴，摩爾人在安達露西亞曾經創造的歷史、阿罕布拉幾度輝煌的故事，和中世紀留下來的土紅色古堡的景物都已「被匆忙的公路忘記」(114)。余光中對格拉納達所留下的文化記憶相當清晰，並且追憶、緬懷荒煙古道上曾經有美國散文名家伊爾文、西班牙詩人作家洛爾卡(Gacia Lorca)的創作，也追溯天主教和回教，西班牙人和摩爾人之間的宗教與族群衝突。余光中用「月牙旌與十字旗」以及「回教與耶教決勝的戰場」，追憶曾經兵戎相見的歷史，文字寫來，相當地含蓄淒涼；此外，余光中又以西哥德人、阿拉伯人和摩爾人都先後在同樣的古道上奔馳的字句，嘆息時間拋下歷史，留下後人追逐著過往的背影，頗有古月照今城之慨：

> 就是沿著這條漫漫的旱路跋涉去科爾多巴的嗎?六十年前是洛爾卡，一百多年前是伊爾文，一千年前是騎著白駿揚著紅纓的阿拉伯武士，這裏曾經是回教與耶教決勝的戰場，飄滿月牙旌與十字旗。更早的歲月，聽得見西哥德人遍地踐來的蹄聲。一切都消逝了，摩爾人的古驛道上，只留下我們這一輛小紅車冒著七月的驕陽車馳，像在追逐一個神祕的背影。（余光中 1990: 118）

伊爾文是美國著名的作家和外交使節，他的兩部作品《哥倫布的一生》(*The Life of Columbus*, 1828)和《格拉納達編年史》都擁有許多讀者，前者是一部跨洋帝國的開拓史，而後者是敘述信奉天主教的西班牙人和信奉回教的摩爾人所產生衝突的一段戰爭史。其中所涉及的都是中世紀時代和大航海時代的疆域之爭。

安達露西亞是西班牙的十七個行政區之一，科爾多巴、格拉納達、塞維亞均包括在內，對西班牙人而言，一四九二年是歷史上的重要年份。一方面，哥倫布發現新大陸，另一方面，天主教國王費迪南二世(King Ferdinand of Aragon)和伊莎貝拉·卡斯提爾(IsabellaI of Castile)從安達露西亞最後一名摩爾人國王巴布底爾(Boabdil)的手中，收回安達露西亞，結束了摩爾人在伊比利亞的政權。一般作家描寫格拉納達，總喜歡寫入鬱鬱蔥蔥的阿罕布拉宮的大花園、巍峨的宮殿和東方色彩濃厚的建築和圖像，少有嵌入歷史角度，省視格拉納達在帝國孕育下不同時代的意涵。誠然，伊本·巴圖塔(Ibn Battuta 1304-1377)大概是最早用穆斯林的角度，描述格拉納達的旅者，後來，十六世紀原名為哈珊·瓦贊的利奧·阿扶里卡納思(Joannes Leo Africanus c.1494-c.1554)則是最早見證格拉納達城市易主的歷史人物，在襁褓中的哈珊是信奉回教非裔摩爾人從安達露西亞回到北非大遷徙的一員，他也是摩爾人族群面臨認同問題的代表人物之一。格拉納達城的殞落和摩爾人百姓的放逐、流亡、返鄉之路，對哈珊·瓦贊來說，是繼傷亡慘重的戰役之後摩爾人面臨最大的傷痛。原因是，費迪南和伊莎貝拉攻克安達露西亞地區的時候，訂定單一信仰的宗教的制度，也因此改變了這個地區摩爾人、猶太人與其他非基督教徒的日常生活，甚至危及生命(Kamen 1-11)。費迪南和伊莎貝拉於一四九二年和一五〇一年下達非基督徒的驅逐令，落腳於安達露西亞地區七、八個世紀之久的摩爾人在選擇信仰和後來的宗教審判氛圍的壓力下，紛紛展開返鄉與流放之旅。十六世紀初，超過十萬摩爾人與猶太人遭到驅逐，許多老弱婦孺因此亡命途中，留下來的只得改信天主教，才能保住身家性命和安全(Patterson 1-3)。

　　對摩爾人的遭遇，伊爾文曾在他的旅遊記事中提問：「天主教政權所發動的這段血腥和毀滅性的戰爭，難道是為了向當時異教

徒所建設最美麗、最和善的區域奪回政權嗎？」伊爾文更諷刺地提問，是否「八百年的時間封存了西哥德唐‧羅德里哥(Don Roderick)永劫不復的失敗」，因為費迪南和伊莎貝拉所掀起的戰火，讓格拉納達美麗的田野和花園留下戰爭的煙塵和孩童的屍體(Irving 339)。呼應著伊爾文的感性字句，余光中不禁感嘆人們在疆域上的馳騁，旌旗飄去，物換星移，只剩下永恆的風吹沙：

> 西班牙的乾燥與荒涼隨炎風翻翻撲撲一起都捲來，這寂寞的半島啊，去了腓尼基又來了羅馬，去了西哥德又來了北非的回教徒，從拿破崙之戰到三十年代的內戰，多少旗幟曾迎風飛舞，號令這紛擾的高原。當一切的旌旗都飄去，就只剩下了風，就是這車外永恆的風。（余光中 1990:121）

余光中曾經走訪西班牙的巴塞隆納，也因參加國際筆會，在加利西亞（Galicia的雨城古寺）的小城聖地牙哥—德孔波斯特拉(Santiago de Compostela)待了幾天。加利西亞在西班牙的西北角，聖地牙哥—德孔波斯特拉，意為繁星原野的聖地牙哥，相傳耶穌門徒之一大雅各安葬於此，中世紀以來，迢迢的朝聖之路，帶來許多慕名而來的朝聖者，中古時期的朝聖之路非常不易：

> 朝聖者帶著海扇徽帽，披著大氅，揹著行囊，拄著拐杖，杖頭掛著葫蘆……
> 年復一年，萬千的香客不畏辛苦，絡繹於途，喬叟康城故事裏的豪放女，那著名的巴斯城五嫁婦人，也在其列，止為了來這小城，向聖約翰之兄，耶穌的使徒大雅各膜拜頂禮。（余光中 1998: 46）

大雅各是西班牙的守護神，從十二世紀以來，每年七月二十五

日為聖雅各節，余光中不僅描述教堂莊嚴磅薄的建築，稜角森然的鐘樓，拱型的圓頂、七彩的玻璃窗，還有隆然的風琴聲，透進來似真似幻的陽光，和清純的素燭，余光中似乎領悟這個帶著希望、傳說和想像國度，也曾用恐懼和安慰來延續自己的歷史。如今，他親自見證，懷抱信仰的人們不遠千里，在這個時節來到西班牙的寧靜山城，以儀式表達虔誠與謙卑，因此深受感動。在古寺廣場徘徊時，余光中又不免以漫遊者的眼光，哲學家的角度，看著千年的古寺矗立，在薔薇窗與白燭之間讓身軀暫時歇憩。余光中一方面感念這樣一片幽靜的教堂，能讓心情疲倦的人有所安慰，另一方面也發現教堂對於疲憊的旅人總是來者不拒。然而，余光中在這章旅行文學裏建議，似乎此時可以想一想靈魂的問題，但又不禁自問，「裏面是清涼的世界，撲面的寒寂令人清爽。坐久了，怎堪回去塵市、塵世」。個人的地圖翻翻合合，余光中似乎在「人境可棄，神境可親」的領悟中發現自己一如在雪地佇足的羅伯特・佛洛斯特(Robert Frost)一樣，總有許多路要走（余光中 1998: 50）。

〈雪濃莎〉：法國的文化地景

余光中的法國印象總是讓讀者激賞，〈雪濃莎〉之旅的文字優美，人文色彩濃郁，全文是以探訪城堡為重點，其中又以雪濃莎 (Château de Chenonceau)為其記事核心。這篇遊記是這樣開始的：「一過了奧爾良，左側的林木疏處，露娃河的清流便蜿蜒在望了。樹色與水光映人媚眼，看不盡法國中北部平原上的明媚風景」（余光中 1990b: 123）。余光中與余師母二人便從盧昂坐火車，穿越巴黎南下，希望參訪露娃河中游的古堡。根據所述，從奧爾良到昂舍 (Angers)，兩百多公里的路程，散布在露娃河谷的大小城堡，多達二十幾座，對喜歡探究地理背後歷史意義的詩人與散文家來說，布盧瓦這個地方簡直像「一部攤開來的法國文藝復興史」(125)，充

滿了知性和靈性之美。作者夫妻二人在布盧瓦下車，果然與建築繁複的各式古堡不期而遇。此次的遊蹤選項，從眾多古堡中脫穎而出的是雪濃莎。不同於一般遊客對法國古堡的初步印象是一座座曾經雄霸一方，外型類似的巍峨建築，但對古堡很有研究的余光中，在書寫遊記時，每每將其歷史背景，和所涉及的事件都一一掌握，因此，人文與地理做了最佳的結合。舉例來說，熙農堡(Chinon)和後來法國整修的城堡的經過就大異其趣，作者也一語道破，「厚其高牆，窄其長窗」當然是戰時所用：

> 法王查理八世(Charles VIII 1470-98)出征義大利，對該地宮堡十分讚賞，覺得比起那種開敞而明亮的建築風格來，自己國內的壁壘實在太陰冷閉塞了。那時法國的城堡多為百年戰爭的殘餘，堅壁清野的實用遠重於宴遊的享受，當然要厚其高牆，窄其長窗。查理八世回國時候，索性帶的拿頗利的漆工和石匠，在安布瓦斯營造精美新宮。（余光中1990: 130）

然而，座落在「雪爾」河上(le cher)的雪濃莎城堡是法王的行宮，歷經六位女士的掌管；凡是主人替換，就會呈現不同的風格。雪濃莎堡歷來被法國人稱之為「女人堡」：這些女主人歷經亨利二世的情婦黛安‧德‧波迪耶(Diane de Poitiers)、亨利二世的王后凱瑟琳‧德‧美第奇(Catherine de Medici)、亨利三世的王妃露易絲‧德‧洛林—沃德蒙(Louise de Lorraine-Vaudémont)、亨利四世的情人嘉布莉埃爾‧德‧埃絲特蕾(Gabrielle d'Estrées)、杜班將軍之妻(Madame Louise Dupin)和藝文界的貴婦人瑪格麗特‧貝露絲(Marguerite Pelouze)等。

余光中對建築和城堡的室內擺設等觀察頗為細膩，文中有時與其他處所相比，有時又以時代的風格作為解說的藍圖。如作者所

述，雪濃莎堡的花園相當工整，園藝技巧如凡爾賽宮的花園，像是古典主義講求對稱的詩律。雪濃莎堡室內的裝潢相當講究：紅絨襯金色畫框、錦繡靠背椅、雕金縷玉的長几，還有象徵法國君王的鳶尾花等的宮廷裝飾藝術。余光中認為，法國人所營造的裝飾，其高雅應屬歐洲第一(148)，余光中擅於文字描繪，一座座樓閣，一扇扇長窗和光影捕捉的描述，像是一幅幅象徵主義的圖畫。

余光中遊記的有趣之處在於文化背景的呈現，遊記中描述了戴冕吐燄的火蜥蜴——「城堡所有人法蘭西斯一世的瑞獸」(148)。其實，沙羅曼達(Salamander)是火蜥蜴的名稱，神祕學中火蜥蜴不畏烈火的特性，賦予火蜥蜴持久忠誠的特色，在中世紀的歐洲徽章傳統亦頗有地位。除此之外，余光中也不厭其詳地記錄宮中蒐藏的名畫，使得遊記本身像是博物館的導覽，但又有優美文字陪襯。旅行文學多半呈現出作者的自我主體和感受，此真情實感建構了余光中敘事文本的多元而明朗的特質。卡爾・湯普森(Carl Thompson)在《旅行文學》(*Travel Writing*)中點出，旅行文學的目的並不是全然呈現史實，也不是詮釋跨界；雖然有的旅行文學刻意呈現文化差異，不過旅行文學的可讀性和它所建構的風格是相輔相成的，而旅行文學所擁有的現象學特質也經常帶有哲學的色彩(63-64)。湯普森所謂的現象學特質就是來自感官世界的物象、環境和作者的感覺互相作用而成的；換言之，旅者離開原來的日常所熟悉的環境(familiarity)，藉由在地經驗與觀察，而產生另一種認知。余光中於是寫下雪濃莎堡所代表的反思和文化記憶：「四百年的悲歡歲月，華路瓦與波本王朝的興衰，美人的紅顏，寡后的懺悔，智者的沉思，一切一切，甚至內亂與革命，都逐波而去了」（余光中 1990: 146）。

拜訪水上城堡雪濃莎這個景點的淵源，必然要提到法蘭西斯一世(1494-1547)。根據文藝復興時代歷史，歐洲最有權勢的國王有

兩位，一位是西班牙國王，也是神聖羅馬帝國國王查理五世，另一位則屬法蘭西斯一世。誠如余光中所說，法蘭西斯一世熱中義大利風格，不但師事達文西，對藝文、哲學、醫學、地理的提倡不遺餘力，他更繼法王查理八世完成安布瓦斯的新堡，興建宏偉的香堡（Chambord），引領法國文藝復興的開端（余光中 1990: 131）。誠然，雪濃莎堡做為情婦所用，顯得紙醉金迷。但在余光中的文字裏，太子情婦黛安，這位雪濃莎堡最美麗的女主人，居然頗具慧眼，不僅開闢了寬達兩公頃的方形花園，又在河上架了橋屋，建構了雪濃莎的神韻和美感。至凱瑟琳太后時代的奢華結束，雪濃莎堡幾次換了主人，也改變了風格：「凱瑟琳掌管三十年間的雪濃莎是一場無休無止的園遊會，淫佚之狀難以盡述。為了歡迎她的第三位兒王來雪濃莎，凱瑟琳大張盛宴。席間，新王亨利三世化妝成女子，緊身的胸衣上閃耀著鑽石與珍珠，短髮露乳的貴婦則男裝侍宴，一夕就揮霍掉十萬鎊之鉅，還要向諸侯與義大利人去貸款來償付」(136)。亨利三世死後的雪濃莎在「深情至性」的皇后露易絲的掌管下，卻「頓然從繁華夢裏清醒過來，變成了一座遁世的修道院」，一切歸於平淡(136)。然而，雪濃莎堡最有文藝氣息的女主人是杜班夫人，「若把她的貴賓排列起來，簡直就是啟蒙運動的名單，畢豐、孔迪雅、伏爾泰、孟德斯鳩、杜黛芳夫人、盧梭等都是她的座上賓」(137)。甚至余光中也認為盧梭所鼓吹的自然哲學可能也是得自雪濃莎「靈秀的風景、瀲灩的波光得來的感應」，而法國大革命期間，靠著杜班夫人良善的個性，得以維持城堡不被破壞(137)。余光中擅於以文字建構圖像，對雪濃莎的建築美學讚不絕口，認為是所見過的城堡中最為明豔出色的一座，雖時間推移，似乎余光中已將歷史脈絡嵌入地誌文學，而獨樹一格。

余光中在〈雪濃莎〉遊記中提到美國二十世紀作家亨利・詹姆斯(Henry James)。詹姆斯也是《仕女圖》(*The Portrait of a Lady*)的

作者，他曾在遊記《法國遊蹤》(*A Little Tour in France*)對雪濃莎堡的幾位女主人給予評價，例如，凱瑟琳雖雖然掌管雪濃莎長達三十年，有維護寢宮的苦勞，但詹姆斯對「虛偽血腥」的凱瑟琳頗多貶詞。相反地，詹姆斯最心儀的女堡主當然是杜班夫人(131)。詹姆斯認為杜班是個商人，但也是正人君子和知識的贊助者，而其夫人集優雅與智慧，[2] 才能將雪濃莎打造成十九世紀法國文人與學者的聚會之所。余光中的雪濃莎遊記表達了對藝文提倡者的嚮往，在踏出城堡大門的時候，回頭再投以依戀的一瞥，對歷史的背影似有不捨。「興衰無常、悲歡交替」是作者對煙波飄渺的雪濃莎堡的感嘆。

結語

文化地理學強調環境與地理中的文化元素，也就是探討人們和文化之間的組合，因此從人文地理的角度可以看到政治、宗教、經濟和空間的互動。文化地理的敘事有其歷史性和實證價質。彼得‧休姆強調，旅遊書寫不僅是記錄觀察到的自然景觀，除了感懷，還有其批判和自省的成分以及對於時空、人我的解讀。前面所討論的余光中的三篇遊記是其美感經驗的呈現，在探討人文歷史的同時，傳遞給讀者的是作者對地理時空的判斷。此一書寫拉近了紀實與抒情的美感距離，藉著遊歷與空間移動的過程，余光中刻劃了旅者對城市的文化記憶，也呈現了作者與空間的對話和情感建構。

徵引文獻

Dorling, Daniel & David Fairbairn (1997). *Ways of Representing the World*

2　詹姆斯的遊記有《大西洋彼岸素描》(1875)、《所到各地圖景》(1883)，《法國遊蹤》(1884)、《旅居英國》(1905)。

(New York: Routledge).

Hulme, Peter (2002). "Introduction." Peter Hulme & Tim Youngs (eds.): *The Cambridge Companion to Travel Writing* (Cambridge: Cambridge University Press), 1-16.

Irving, Washington (1889). *The Conquest of Granada* (New York: A.L. Burt).

James, Henry (2016). "A Little Tour in France" [1884] (Adelaide: Univerity of Adelaide). *eBooks@Adelaide.*

Kamen, Henry (2007). *The Disinherited: Exiles and the Making of Spanish Culture, 1492-1975* (New York: Harper).

"Mapping" (2017). *Encyclopaedia Britannica* (https://www.britannica.com/science/cartography).

Patterson, Thomas C (1991). "Early Colonial Encounters and Identities in the Caribbean: A Review of Recent Works and Their Implications." *Dialectical Anthropology* 16.1: 1-13.

Thompson, Carl (2011). *Travel Writing* (New York: Routledge).

耶律楚材 (2011)。〈西遊錄〉。維基文庫 (https://zh.wikisource.org/wiki/%E8%A5%BF%E9%81%8A%E9%8C%84)。

余光中 (1987)。《記憶像鐵軌一樣長》（臺北：洪範書店）。

余光中 (1990)。《隔水呼渡》（臺北：九歌出版社）。

余光中 (1990a)。〈風吹西班牙〉，余光中 1990: 105-121。

余光中 (1990b)。〈雪濃莎〉。余光中 1990: 123-152。

余光中 (1994)。〈論民初的遊記〉。《從徐霞客到梵谷》（臺北：九歌出版社），51-64。

余光中 (1998)。〈雨城古寺〉。《日不落家》（臺北：九歌出版社），43-57。

余光中 (2005)。〈天方飛毯原來是地圖〉。《青銅一夢》（臺北：九歌出版社），15-28。

印證余光中筆下的山水

鍾玲

余光中有許多作品是描繪他親臨體驗過的大自然山水，用傳統的文體稱之，就是「山水遊記」，而余光中也寫過有關中國古典時期山水遊記文學的評論，即以下文章：〈杖底煙霞：山水遊記的藝術〉、〈中國山水遊記的感性〉和〈中國山水遊記的智性〉（余光中 1994）。余光中自己寫山水遊記時，應該多少有哈羅‧布魯姆(Harold Bloom)所說的「影響的焦慮」(anxiety of influence)，這種焦慮可能造成他創作方面的壓力。布魯姆說：「透過觀察玻璃鏡窺視，當代詩人面對他們不久以前的先行者，這些身形高大，回頭瞪視他們的先行者，導致一種深沉的焦慮……」(Bloom 160)。余光中清楚意識到傳統的山水遊記大師，如柳宗元、蘇軾、徐霞客、錢謙益、袁枚、王思任等的文學成就，他又如何寫出能與他們比肩，甚至超越他們的山水佳作呢？

本人任職國立中山大學期間曾多次隨余光中出遊，觀賞過那些山水，尤其是在一九八六到一九九三這八年間，隨余光中和余范我存夫人出遊臺灣南部和中部的山水佳處。余光中遊罷歸來，常訴諸筆墨，寫出散文或詩歌。本論文將探討這些詩文之為山水遊記之特色，還有用他自己為古典時期的散文立過的標杆來衡量，他的山水散文成就如何。此外本人有時也為同一景點寫過詩文。在余光中幾篇作品中，本人幾度成為被描繪的對象。因此，本文也試圖印證余

光中筆下大自然中景物、活動、人物的寫實程度。如果是觀看同一景物，余光中如何見到本人未見的大自然之美；還有，如果本人也有詩文描繪同一景點，兩人的側重有何異同。本論文主要探討余光中〈關山無月〉、〈龍坑有雨〉、〈滿亭星月〉三篇散文遊記和他的詩〈風吹沙〉；這些作品描繪的遊歷地點都在臺灣南端的墾丁國家公園區。這些詩文是他在一九八六，一九八七年所撰。一九八六／一九八七學年本人由任教的香港大學休假，當時余光中任國立中山大學文學院院長及外文研究所所長，聘本人到國立中山大學外文研究所客座，因此有機會同去觀山觀海。

　　〈關山無月〉和〈滿亭星月〉兩篇散文描繪的都是同一地點，即墾丁的「關山夕照」景點，關山位於恆春鎮以西的海邊，是立於珊瑚礁岸之上的一座一百五十二公尺高的珊瑚礁岩小山，近山頂有一座木構大亭[1]，余光中這兩篇散文所描繪的景物和遊人的感受，主要就發生在這座亭內。而兩篇文章在內容上有很大差別，因為來此遊歷的時間不同、帶來遊歷的客人不同、所觀景物和所進行的活動也不一樣。〈關山無月〉描寫一九八六年十二月二十四日的出遊，參加者包括余光中、范我存、香港來訪的小說家金兆及其夫人、攝影家王慶華、畫家徐君鶴和本人共七人。〈滿亭星月〉描寫一九八七年二月的出遊，參加者包括余光中、范我存、香港來訪的黃維樑、攝影家王慶華和本人共五人。當然兩次出遊都是因為香港來了文友，余光中帶他們觀賞墾丁山水，其他人是陪客。

　　〈關山無月〉先描寫中途經過的龍鑾潭，之後到關山的大木亭觀暮色中的大海，在亭中晚餐，接著是遊者倚欄看海岸夜景、吹口

1　一九八〇年代日間晚上都可以自由出入此亭。三十年後，二〇一八年，關山的亭子拆了重蓋，擴建了觀景臺。從二〇一六年開始，進入亭子要付門票。像三十年前一樣，落日時分觀景亭臺擠滿看夕陽的人，但到七點鐘管理人員會來趕人離去，因為七點後不開放。見Gao (2017)。

琴、唱老歌。雖然是平常的郊遊活動，卻寫得生動活潑。例如下面一段有本人出現的對話。在初降的夜色中，大家等候高島[2]去買晚餐飯盒回來：

> 「『高島還不回來』鍾玲嘀咕。『餓死人了。』
>
> ……
>
> 『這樣吧，』我[3]說。『此情此景，正是講鬼故事的好地方。不如開講吧，用恐怖來代替飢餓……』
>
> 『那也好不到哪裏去，』哄笑聲中鍾玲反對說。
>
> 『你這個人哪，餓也餓不得，嚇也嚇不得，由不得你了。從前，有一個行人投宿……』」（余光中 1990: 51）

這段對話相當翔實。本人仔細讀一遍〈關山無月〉，專注在核實余光中寫的對話上，大部分對話當事人都說過，例如本人的確在現場誦過李白〈長相思〉的那一句「夢魂不到關山難」（余光中 1990: 49）。文中余所描述本人的形象也屬正確，那時本人頗為瘦弱，面對狂野的大自然，膽怯而退縮，對各種身體不適應的事會抱怨；而余光中每一處身大自然，就意氣飛揚，因此本人自然成為他調侃的對象。一九八九年本人遷回臺灣到中山大學長期任教。就是在一九八六年之後約八年，跟著余光中遊歷臺灣的山水，有很多機會觀察余光中跟大自然的互動。

在余光中〈杖底煙霞：山水遊記的藝術〉一文中，他分析，寫山水遊記必須展現的四種散文功能，即「寫景」、「敘事」、「抒情」、「議論」：

---

2 是余光中為攝影家王慶華起的化名，因為王慶華曾任攀爬臺灣百岳的高山嚮導，高島取高導諧音。

3 凡是余光中散文作品中的「我」，即敘述者余光中。

> 寫景多為靜態,屬於空間;敘事多為動態,屬於時間;抒
> 情則為物我交感的作用,主觀的感受可受外物影響,是為
> 情因景生,也可以反過來影響外物,是為境由心造;至於
> 議論,則是跳出主觀的抒情,對經驗分析並反省,把個別
> 的經驗歸納入常理常態,於是經驗有了意義,有了條理,
> 乃成思考。(余光中 1994: 22)

〈關山無月〉一文「寫景」、「敘事」、「抒情」、「議論」俱佳。「寫景」以余光中描寫冬日暮色中的龍鑾潭為例:「只見一泓寒水映著已晡將暮的天色,那色調,像珍珠背光的一面」(余光中 1990: 44)。這一句,用了典雅的字眼,像是量詞「泓」,古代用來表示申時(約下午三至五點)的「晡」字。把冬天水面的顏色比喻為珍珠背光的一面,描寫其在陰暗中依舊泛出柔美的光輝,細膩而創新。余光中在〈中國山水遊記的感性〉一文中,引用明朝文學家王思任的比喻佳句,王把黃昏的群山描繪為「山俱老瓜皮色」(余光中 1994: 44),也新鮮貼切,而余光中「珍珠背光的一面」之比喻,實不遑多讓。〈關山無月〉之「敘事」則描寫七位遊者的活動、對話、互動,栩栩如生。尤其是龍鑾潭那一段,臨時演員守湖人反而變成了要角,向遊者介紹墾丁半島的各種候鳥。在「敘事」方面,余光中靈活地運用參與者的對話和交流活動,豐富了內容,可說是古典時期的山水遊記所闕如。

　　余光中在〈中國山水遊記的知性〉一文中說「知性化在感性裏面,不使感性淪於『軟性』」(余光中 1994: 62)。在〈關山無月〉就有一段表現了「抒情」與「議論」相融,知性與感性一體。文中描寫遊者登上關山的木亭,被突然入目的汪洋大海驚嚇住:「啟示的不僅是下面的滄海,更有上面的蒼天,從腳下直到天邊的千疊波浪,從頭頂直到天邊的一層層陰雲,暮色中,交接在至深至

遠的一線水準，更無其他……神論。赫然就在面前，渺小的我們該怎樣詮釋。」（余光中 1990: 47）。這一段對空曠海天的描寫是感性的，「情因景生」，感受到宇宙的原始力量，於是開始朦朧地觸及神論思想，「於是經驗有了意義」；這就是知性與感性一體。余光中在〈中國山水遊記的知性〉中大大稱讚蘇軾的〈石鐘山記〉，說「在知性的骨架上不忘經營富足的感性」（余光中 1994: 55）。〈石鐘山記〉分三段，首尾兩段都是議論，第二段描寫蘇軾自己親自乘船到石鐘山下的岩岸，以求證酈道元所說那兒發出的奇怪聲音，蘇軾的描寫非常生動和切身。蘇軾文中的感性和知性，是分段執行，余光中的感性和知性卻在一段中融為一爐。

　　一九八七年二月黃維樑由香港來探訪余光中，余又把訪客帶去〈關山無月〉中的大木亭，跟上次時隔只兩個月。回高雄之後，余光中寫出官感經驗豐富、詩情畫意的〈滿亭星月〉。這次出遊的團隊人數較少，只有五人，五人不多不少，既可以一起欣賞景物，又可以充分交流。兩篇散文內容上的一大不同點是〈關山無月〉那晚本希望能望月，卻雲遮夜空，無月可賞；〈滿亭星月〉那晚則欣賞到一輪明月。這篇散文生動地描寫了遊者如何觀黃昏星、聽濤聲、追看夜空的滿天星斗、以望遠鏡窺月和充滿驚喜地發現明月如何投下山影。余光中如此描寫海濤聲，在關山亭遊者腳下一百五十公尺，海浪與珊瑚礁崖交匯之處，大海發出這樣的濤聲：「渾厚而深沉的潮聲，大約每隔二十幾秒鐘就退而復來，那間歇的騷響，說不出海究竟是在嘆氣，或是在打鼾……。當你側耳，那聲音裏隱隱可以參禪，悟道，天機若有所示。而當你無心聽時，那聲音就和寂靜渾然合為一體」（余光中 1990: 68）。可以說余光中藉海濤聲參悟到佛道境界，以及參悟到天人合一。這是由主觀的抒情自然地融入理性的領悟，那是屬於比「議論」還深奧的哲理境界。

　　〈滿亭星月〉中的對話比其他幾篇多，五個人都加入了談話。

本人記得有些話說過，但是有些話不記得是否說過。其中有一長段記錄遊者用肉眼、用望遠鏡看星星，余光中在此展露其天文學的知識。〈滿亭星月〉中的這段，余光中教其他人看參宿兩顆星，本人記得的確有以下對話：

> 「跟它們這一排直交而等距的兩顆一等星，」我說。「一左一右，氣象最顯赫的是，你看，左邊的參宿四和右邊的參宿七……」
> 「參商不相見，」維樑笑道。
> 「哪裏是參宿四？」鍾玲急了。「怎麼找不到？」
> 「哪，紅的那顆，」我說。（余光中 1990: 73）

余光中不僅對西方天文學的星座瞭若指掌，而且對中國傳統的星宿也能辨識，尤其是中國古典詩中出現過的星星，就像杜甫的〈贈衛八處士〉詩：「人生不相見，動如參與商。」參商兩顆星在天空的位置，一在西，一在東，永遠不會出現在同一片星空，杜甫用它們來比喻天各一方的友人難相見。在這段對話中是黃維樑點出了這個典故。但是在這一段之前，有「『究竟獵戶座是哪些星？』鍾玲說」（余光中 1990: 73）這一句。這個問題肯定不是本人問的，因為本人從大學時代開始就清楚知道獵戶座是哪些星。大概余光中為了說清楚星座的位置，就安排本人來問這句話。

〈滿亭星月〉中有些對話非常文雅，典故和比喻層出，像是這一段四個人的對話：

> 「你看那顆星，」我指著海上大約二十度的仰角。「好亮啊，一定是黃昏星了。比天狼星還亮。」
> 「像是為落日送行，」鍾玲說。
> 「又像夸父在追日，」維樑說。

> 「黃昏星是黃昏的耳環，」宓宓[4] 不勝羨慕。「要是能摘
> 來戴一夜就好了。」（余光中 1990: 68）

本人不記得說過黃昏星像是為落日送行之類的話，黃維樑的話好像
說過，范我存是否說過那句話，並不記得。是不是余光中為三個人
量身打造適合每個人個性和行事風格的話呢？寫詩的本人能用比
喻，就講黃昏星送落日的比喻；黃維樑是中文系的教授，讓他講夸
父追日的典故；范我存喜歡佩戴雅緻的小首飾，就讓她把黃昏星當
作耳環。這麼說余光中又是寫小說對白的高手了。其實這段對話應
該是余光中自己的妙喻佳思。

　　〈滿亭星月〉的散文結尾令人驚喜。那時遊者五人在亭邊的欄
杆往下望，忽然有奇特的發現：看見腳下陡坡連著的珊瑚礁岸被月
光照亮，但是在山坡腳卻是一大片形狀不規則的黑影：

> 「那是甚麼影子呢？」大家都迷惑了。
> 「……那是，啊，我知道了」，鍾玲叫起來。「那是後面
> 山頭的影子！」
> 「毛茸茸的，是山頭的樹林，」宓宓說。
> ……
> 「讓我揮揮手看，」高島說著，把手伸進皎潔的月光，揮
> 動起來。
> 於是大家都伸出手臂，在造夢的月光裏，向永不歇息的潮
> 水揮舞起來。（余光中 1990: 81）

本人清楚記得結尾這一段所描述的經驗，那片黑影原來是月光射在

4　宓宓在余光中的文學著作中是余太太范我存的化名。宓字作為姓氏，讀音為
　　「伏」，亦通伏字。作為形容詞，安靜的意思，讀音「密」，咪咪是范我存的小
　　名，宓宓為其諧音。

遊者置身的關山山頭，然後在礁岸上投下的陰影。因為觀景亭臺在山頭上架空伸出，所以亭臺也會被月光射到，在礁岸投下陰影。遊者在觀景木臺邊上倚欄而立，因此他們揮手的身影，也會在黑色的山影中出現。那個時刻，大自然的月光、山頭、礁岸、產生了迷人的光影作用，加上遊者熱情的揮手和驚喜、歡樂的心情，文章行筆到此，表現了渾如的情境。此外，遊者的揮手還呼應了海潮的律動，是大自然與人類情感交融的境界。這一段充分表現余光中為散文的「抒情」功能所下的定義：「抒情則為物我交感的作用，主觀的感受……也可以反過來影響外物，是為境由心造」（余光中1994: 22），余光中用筆精緻地把這境界封存，並且畫龍點睛地以大自然與人類情感交融的境界，作為這篇散文的結尾。

〈關山無月〉描寫余光中一行人夜遊，遊罷大木亭住在恆春的旅館。次日，即一九八六年十二月二十五日聖誕日，王慶華引路，一行七人，凌晨去龍坑看日出。龍坑位於鵝鑾鼻東約一點五公里，在臺灣最南點碑的東北。這次遊歷歸來余光中寫成散文〈龍坑有雨〉。凌晨時分這批遊者是龍坑的唯一訪客，因為太早了，到達時才五點半，還有龍坑那時是軍事管制區，要預先批准，拿到批准公文，才能進入。這片海灘稱之為龍坑，是因為其地形。緊接沙灘是一大片這幾萬年由海底升上來的珊瑚礁岩，又因為位於鵝鑾鼻岬角，就是臺灣的最南端，承受太平洋海浪日夜猛烈的拍擊，侵蝕嚴重，形成崖崩景觀，珊瑚礁岩變得崢嶸尖銳、奇形怪狀。兩條「龍」是兩排長達兩百公尺的珊瑚礁山岩，「坑」是兩排珊瑚礁岩之間的狹窄平地。兩行礁岩則與沙灘線平行。

〈龍坑有雨〉(1990)營造一種詭異、殺氣騰騰的氣氛，外在的世界危機四伏。這種危機四伏就是本文的「敘事」和「抒情」的重點。「敘事」是一行人如何進入這陰暗的險境，龍脊上寸步維艱、勁風撲來勉強前行、冷雨逼人躲在岩下；「抒情」則抒發驚恐惶惶

之情。危機四伏的鋪陳，包括鵝鑾鼻燈塔橫掃的燈光比喻為鞭打這七個人的「光鞭」、沙灘上的林投樹樹葉是「帶鋸齒的綠刀」，其果實是「手榴彈」(58)、龍脊的怪狀岩石「猙獰而陰險」(61)，如「黑獸眈眈」(64)。〈龍坑有雨〉展現了許多詭異懸疑的場面

　　余光中在〈杖底煙霞：山水遊記的藝術〉中曾引用清朝文學家袁枚的遊記〈遊黃山記〉以下數段；袁枚描繪黃山的危險難行：「余不能冠，被風掀落，不能襪，被水沃透，不敢杖，動陷軟沙，不敢仰，慮石崩壓」；又描寫被當地人背著上山，往下望的感覺：「俯探深坑怪峰在腳底相待，倘一失足，不堪置想」（余光中1994：18）。袁枚和余光中在營造危機四伏環境的手法上，功力相當，但余光中在描繪龍坑的兩條石龍上，比袁枚更為豐富和具想像力。余光中引用袁枚的〈遊黃山記〉，其目的是要證明徐霞客之探山水是「勇士探險」，袁枚只是「文士踏青」（余光中 1994：17），因為徐霞客勇探水洞，被水捲走，差一點淹死，袁枚登黃山卻是由當地人背上去的。但是余光中遊龍坑時，真正的危險不大，只是有可能摔一跤，龍脊上還有一段方便行人的木板路，所以那種驚懼只是一種感覺。所以余光中的〈龍坑有雨〉也可歸類為「文士踏青」。

　　余光中形容龍坑狀貌用了巧喻、觸覺感受和節奏強的語言：「那些猙獰而陰險的多角體，不是礙肘就是礙膝，一個分神你就會擦上，撞上，跪上」（余光中 1990：61）。此外，還用了創新的手法來描繪龍坑形狀的怪異。「在白天看，龍坑像兩條灰色的巨龍，在曉色朦朧中，卻像一群黑色的巨獸。」文章裏余光中站在緊臨沙灘那條外龍的脊背上，「猛一回頭，和對谷的內龍脊背上那一排亂石打個照面。反負著沉鬱的天色，那些亂石的輪廓分外怪異，一頭頭一匹匹蹲踞的匍匐的妖獸畸禽，蠢蠢然都伺機而動，但每次你一回首，牠們，啊，詭譎的眾獸卻寂然凝定」（余光中1990：62）。余光中善於以文字描繪二維的意象畫面，也善於以文字呈現三維的

立體形象，在〈龍坑有雨〉這一段中，竟以文字表現了具有動作的四維魔幻舞臺劇。似乎看見體魄韌勁的余光中走在外龍的背脊上，一邊眺望灰濛濛的大海，在他的背後，內龍化為一、兩百頭黑色怪獸，向他張開獠牙，伸出大爪，舉足欲撲。他一回頭，巨獸們反應更快，他目光還沒有掃到，牠們已經恢復原身，化為珊瑚礁。是一齣非常好看而詼諧的默劇。〈龍坑有雨〉通篇緊張的氣氛中又有喜劇的釋放(comic release)。作者對讀者情緒的控制，有鬆有緊，讀來緊張驚恐之餘，又饒有趣味。

〈龍坑有雨〉中還有一段寫出心理的深度。外龍有一處是高聳的懸崖，離大海很近，站在那裏，下面的嶙峋礁石和巨浪令人暈眩，甚至會有致命的吸引力。余光中如此描寫這景觀：「似乎在誘我、激我作英雄斷然一躍。待向下一窺，暈眩的空間卻在峽壁的深處，以風和浪的聲勢、嶙峋石筍的陣容向我恫嚇，一瞬間，我見到自己墜入了谷底⋯⋯」（余光中1990: 62）。在此余光中以實擬虛，看見自己的幻影墜入谷底，生動地描繪出人類深層的心理活動，有時畸形的美感會引發人的迷惑和自毀的衝動。

那個聖誕日在墾丁半島的龍坑，一行人本來是趕去看日出的，可是碰上了漫天的灰雲，越聚越多匯成黑色的雨雲，下起大雨來，余光中卻能就著陰沉的天氣，為龍坑寫出空前絕後的文章。在龍坑現場，范我存與本人正跟王慶華學風景攝影，忙著架起三腳架，調設相機，為嶙峋的珊瑚礁石龍拍照，因為是陰天，珊瑚礁黑糊糊一團團，很難拍出它的嶙峋和氣勢。余光中的〈龍坑有雨〉留下了兩位攝影學徒的身影：「宓宓和鍾玲都拿了相機，在危險而又醜怪而又刺激的棱角之間橫跳斜縱，僥倖取巧，並且乘風起浪湧的高潮，一舉手捕捉龍坑一瞬萬變又終古不變的神貌」（余光中 1990: 61-62）。

每次去墾丁國家公園區，余光中都會帶隊去風吹沙。「風吹

沙」，這個具動感的地名，位於墾丁半島的東側，是一座海邊的巨大沙丘。置身其中，卻像處於大陸西北起風的大沙漠。尤其是冬天的風吹沙，起起伏伏的沙丘，每分每秒千萬顆沙粒都在移動、在飛揚，打在臉上，針刺般地痛；冬天季候風把海灘的沙吹上山坡，夏天大雨把沙丘上的沙沖回海灘，所以整體來說沙不會增減。余光中和本人都為風吹沙的風景寫過詩歌。余光中的〈海沙三題〉中有一首叫〈風吹沙〉，作於一九八七年二月：

> 山與海都不肯收留你
> 終年在風裏徘徊
> 吹不盡啊飛揚的身世
> 冬來驅你上山去，夏天又下海
> 在荒涼的岸邊，一遍遍
> 演你的輪迴故事（余光中 1990a: 134）

本人也用地名為詩名，〈風吹沙〉作於一九八六年十月：

> 我去過南方的風吹沙
> 那裏不但狂風吹沙啊
> 還鞭策藍色的群馬
> ……
> 狂風啊不但鞭馬
> 還抽打覓風的人
> 抽她蒼白的臉
> 扯她瘋瘋癲癲的亂髮
> 把針一樣的細紗
> 撒入她綻裂的傷口（鍾玲 18-19）

可以看出雖然兩人寫同一個地點，內容卻不同。余光中的詩具有普

遍性，風吹沙的景致令他觸景生情，把大氣候移動來去的被動小沙子，比喻為身世淒涼、被命運撥弄的可憐人，表現了詩人的悲天憫人情懷。他充分運用了風吹沙子上山下海的地理現象入詩。本人的詩是比較私密，寫個人的傷痛，用被沙子打痛臉的經驗，寫內心的受創。這是一首具有心理療傷作用的詩。本人還用了風吹沙當地遊人放風箏的景象，和海上大風吹長浪的意象入詩。詩歌相由心生，兩個人不同的心境會寫出完全不同的詩境。

雖然本人指出余光中這幾篇散文中有一些對話並非紀實，但是他這些散文本來就不是報導文學，而是散文創作，創作自然應該是虛虛實實，無可厚非。余光中描寫山水的詩文，絕大部分都準確而精細地捕捉到風景、人物、對話、活動的真實原貌和展現其內涵，偶爾有一些憑空創作，也虛構得合情合理。

比起他評論過的古代散文大家，余光中的山水遊記不遑多讓，「寫景」方面意象鮮明而多巧喻，「敘事」方面情節生動，「抒情」方面感覺豐盛，「議論」方面多哲理的體悟。而且每篇都增添了文雅、活潑的對話和人際交流，又時有感性與知性交融、受大自然啟發的悟道，還有戲劇性的、詭異懸疑的場面，這些都是古代散文大家甚少著墨的。

余光中為墾丁半島而寫的遊記散文，包括本文所論的三篇，和描寫南仁湖的〈隔水呼渡〉（余光中 1990），篇篇都描寫集體出遊，同遊的妻子、文友、藝術家，個個都在散文中出場，有臺詞，有動作，跟他一同感受山水之美，所以他的散文中添增了小說的成分。這是余光中之前，以及之後的散文遊記很少出現的。他的散文集《記憶像鐵軌一樣長》中，寫香港的遊記〈吐露港上〉、〈山緣〉都是純描寫山水景物，沒有人物出現。〈飛鵝山頂〉中除了景物，只有他跟范我存的一些對話。描寫集體出遊的遊記也是中國傳統遊記文學中少見的，可能因為古代文人有跟同遊者互通寫唱和詩

的習慣，就沒有必要在遊記中細寫同遊者了。所以余光中的墾丁半
島遊記是獨樹一格的。

徵引文獻

Bloom, Harold (1980). *A Map of Misreading* (New York: Oxford University Press).

Gao, Hudson (2017).〈恆春／關山夕照〉*Explore the Uncharted*, 9 Oct. (https://rdwrertaiwan.blogspot.tw/2017/10/blog-post.html).

余光中 (1987)。《記憶像鐵軌一樣長》（臺北：洪範書店）。

余光中 (1990)。《隔水呼渡》（臺北：九歌出版社）。

余光中 (1990a)。《夢與地理》（臺北：洪範書店）。

余光中 (1994)。《從徐霞客到梵谷》（臺北：九歌出版社）。

鍾玲 (2010)。《霧在登山》（香港：匯智出版社）。

輯　三

中詩英譯：

余光中的水磨妙功

蘇其康

　　詩的語言從來都不是隨意捏製可成，它可以口語化、可以流暢、可以引諭而使人覺得抽象，也可以萃取精鍊而成為美感的指標，看似不經意的述辭，其實融合了知性、感性、音質、語感和想像的延伸。其中有約定俗成的規範，亦即是語境可懂的表達法則，也有突破逾越的創製，就是全新的語詞思維邏輯，達到驚豔的地步。至於如何跳脫語法的限制使人一新耳目，而不致陷入令人猶豫混淆之中，就決定了這種詩言美意及其意象成敗的關鍵。寫詩既然會有這些潛在的思量，譯詩更增加了另一重負擔，因為譯者多了一種要應付的語言顧慮；語言精通不在話下，還要設定在特定的層次，這種話語所要面對的挑戰，可能是以聲韻為主、可能是構詞或句法為主，也可能要聚焦在語意或修辭上，但這些都是表層的工夫而已，透過思路的認知和溝通，譯者還要找到在表象和社會文化中可以轉移卻不會被誤解的原生意象，換句話說，不管譯者願意與否，已扮演了強作解人的角色，而且還主導了積木堆砌的角度和高度，因為再怎樣中肯和中立的譯者，都已把自我背後的意識、觀念和所使用的辭藻風格鋪設出來，把讀者導向某一種框架上去。與此同時，詩的語言既然是特別的語言，絲毫大意不得；譯詩需要深入原詩的境界，又要執行導引的功能，因此，容易成為有爭議性的論題。

在余光中寫作生涯中，譯詩是他用功甚深，也引以為樂的部分。在他中歲以後，他的譯詩還包括從自譜的中文原詩翻成英詩，可謂自彈自唱的中詩英譯。就實務而言，余光中早年做過不少的翻譯，包括傳記、戲劇和英詩中譯，其中後一項目較費時和費心，譬如他的《濟慈名著譯述》，[1] 後來還加上了西班牙詩中譯，但專為他自己所寫的中詩翻成英詩，卻是稍後的事，也就是在他的詩魂、詩心和詩語非常成熟的時期才著手進行。一般的翻譯通例，是把外語(source language, SL)翻成母語(target language, TL)，以其最能掌握最後成品的樣貌之故，少有反過來從TL譯成SL的情況，除非譯者兩種語言都精通，或對TL有高度的把握，否則輕易不會做這種吃力的嘗試。不過，在近代文壇上，詩人、小說家、散文家的納博可夫(Vladimir Nabokov 1899-1977)，就是先用母語俄文寫作，中年以後再用英文書寫《蘿麗塔》(*Lolita* 1955)，而此小說更使他一舉成名。另外較早時期的康拉德(Joseph Conrad 1857-1924)，也是成年後，放棄他的波蘭母語，用英語寫小說而卓然有成，可見用外語創作而成為眾所矚目的作家殊非不可能，但用作家自己母語以外的語言做翻譯的主體(TL)則不多見。既然用外語而非母語做翻譯，其難度自不待言。余光中用外語翻譯自己的詩，最主要的樣本都收在《守夜人》(*The Night Watchman*)一詩集中。本文所討論余光中自譯的英詩主要便是利用《守夜人》的材料，以其萃選多本詩集篇甚又具有特別意義之故。

1　這部譯述，除了錄有一篇較長的序言（頁3-13）之外，每個部分都有一篇文類的綜述或簡析，譯詩之外還收有好幾封有代表性的書信，另外也有相當篇幅的附錄，對促進瞭解濟慈的作品，至為用心。稍早還有《英美現代詩選》二冊（臺北：學生書局，1968）和從英譯再事翻譯的《土耳其現代詩選》，貝雅特利(Yahya Kemal Beyatli)等著（臺北：林白出版社，1984）。

《守夜人》詩集的前身是余光中自譯而成為英詩的作品《滿田的鋼絲網》(*Acres of Barbed Wire*, 1971)所提煉而來。經過多年的醞釀和主客觀情形的變動，余光中把前一詩集中六十八首詩，抽出二十七首，再補上足夠的分量，便成了*The Night Watchman* (1992)，總數仍然是六十八首，外加簡短的譯詩小筆記。這些作品涵蓋了一九五八年到一九九二年之間篩選後的各篇。在譯詩合集中，首要面對的議題就是要選取那些具有個別詩集代表性的詩作，既要反映不同篇章的風格，又可顯示年代，再來便是何者譯來可以得心應手，何者宜放棄，最後便是實驗結果能否收錄成集，這些基本考量是譯者無法不面對的課題。因此詩人譯者便明言，詩中若帶有歷史背景、文化脈絡或語言風格特色的情形，翻譯時便變得事倍而功半，勞苦難成，故此，余光中便傾向避開這些不易處理的詩，[2] 也就是英譯時會挑取較易譯成英語的原詩。這些原則在新版的《守夜人》(2017)裏也沒有變動，因此從一九五八到二〇一六年間的余光中詩作中，在為數十四本詩集中，他僅選取了其中八十三首將之譯成英詩，基本譯詩準則仍然維持原先的價值取向。

　　下文就以二〇一七年增訂版的《守夜人》為張本，窺探余光中如何把自己的原詩轉譯成英詩，又或可以說，如何把中文詩改變成為英詩，雖然當初余光中想到的是譯詩而不是寫詩。比對初版(1992)和增訂版(2017)，在版面外型上，新版顯得更落落大方，在

2　原來的說辭見《守夜人 / *The Night Watchman*》（1992）的前言："Where a poem in unique for its historical background, cultural context in linguistic style, the translator is liable to achieve lamentably less despite painfully greater efforts. Thus I have to excuse myself for having refrained from tackling such demanding yet thankless poems" (Foreword, p.4)。在《守夜人》增訂新版時余光中自行把上面幾句話「再譯」成中文，參見余光中(2017)，頁15。

排印上成了雙語對照蝴蝶頁面，左右兩相對照，一目瞭然，方便譯文和原文同時核對行數，惟設若譯者有所閃失，精明的讀者馬上可以一眼看透，對譯者而言，壓力不少。事實上譯序中所稱選擇的原則，只說明了何者會割愛放棄不譯，是反向思考，卻沒有說明哪些會譯，或翻譯時用甚麼策略，所以正向的英譯法則唯有讀到譯詩時才會知道，並且還要稍作分析綜合整理，而不是在集子中便可找出自《滿田的鋼絲網》面世以來一目瞭然的則例。比對第二版（即初版[1992] *The Night Watchman*）和第三版（即增訂版[2017] *The Night Watchman*）的詩，基本上刪減的少，增加的多，也等於說從第二版到第三版所保留下來的英詩有詩人作者認為值得留存下來的準則，只是沒有清楚地標示出來而已。從另一角度而言，增訂版的英譯全部按照時序排出，一九九二年以後的英譯也大略如此，換言之，《守夜人》譯詩出場的前後，代表了原詩寫作年代的前後，也代表了翻譯時的先後次序，如果要研析英譯文字的年代和風格的關係，這一點是很清楚的準則，不單如此，這個詩集譯作的排序也和余光中六十年來生活以及居所的地理環境緊扣，這八十多首英譯可說是余光中資訊大數據（近一千兩百首詩作）中的小數據資料庫：題材、風格、世情關注面、客觀環境、英詩的描摹以及詩人心態的回歸自若等項目均有跡可循，所謂此中有真意，欲辯已忘言。剩下來的，便是研究余光中詩作後人的功課了。

　　詩集中第一首所選的是〈西螺大橋〉，在篇名的英譯方式，余光中選用威妥瑪(Wade-Giles)和漢語拼音合體的作法，寫作"Hsilo Bridge"。這座橫跨濁水溪的大橋，不只是當年建造時（一九五三年一月正式通車）被稱為「遠東第一大橋」，在人文和政治版圖上，還是臺灣南北界線的分水嶺，故此，除了是那個年代的一座巍峨大橋，還有一定的風土誌(topology)以及地緣政治學的含意，不過詩人對後一項目，志不在此，在他的眼中，物是一座全新的建設，而景

則引人遐思。面對著這座力的圖案，美的網，猛撼著這座意志之塔的每一根神經……

> 於是，我的靈魂也醒了，我知道
> 既渡的我將異於
> 未渡的我，我知道
> 彼岸的我不能復原為
> 此岸的我
> 但命運自神祕的一點伸過來
> 一千條歡迎的臂，我必須渡河（余光中 2017: 21）[3]

這種因時因地而借物抒情的比興手法，固然是傳統中國詩歌常見的修辭法則，自詩經以降，至唐詩而燦然大備；余光中深諳這種因物喻志的曲突徙薪把詩人的情感置放在巍峨的物象描寫之中，再挑動另一層次的聯想，使西螺鎮因為詩而名氣遽增，雖然一般人以為詩人只是對實景的詠讚而已。但到了英譯階段，詩人的處理方法搭配原詩又自行修飾如下：

> This design of strength, this scheme of beauty; they shake
> Every nerve of this tower of will....
> Then my soul awakes; I know
> I shall be different once across
> From what on this side I am; I know
> The man across can never come back
> To the man before the crossing

3　除非另有說明，所有引文均錄自余光中(2017)，《守夜人：中英對照》(*The Night Watchman: A Bilingual Selection of Poems, 1958-2016*)。此版本即為本文前面所稱之「增訂新版」。

Yet Fate from a mysterious center radiates

A thousand arms to greet me; I must cross the bridge.

（余光中 2017: 21）

　　中文原詩中所說的「既渡的我將異於／未渡的我」以及「彼岸的我不能復原為／此岸的我」，這個「渡」的觀念有兩個層次，其一透視出古樂府《箜篌引》中〈公無渡河〉詩中描繪渡河之後的無奈，其二是佛家所稱的慈航普渡的引渡。其實兩者都隱隱然含有死生離別的暗示。[4] 到了英譯文裏，就成了across，和cross the bridge的說法，中文詩的暗示當然不容易顯露，但選用了大寫的Fate一詞，即相當於希臘神話中命運之神莫伊拉(Moira)的召喚，其背後文化脈絡的精神躍然於紙上。此外，從古代到中古時代的歐洲，「命運」的概念已有所轉變，宗教意味更為濃厚，譬如中古英文詩《珍珠》(Pearl)就簡潔地標示河的彼岸是天國，要往這個極樂的國度去，不是理所當然，先要渡河，且身軀要埋在寒陰之地，化在天國叢林裏，走過死亡之途，始為上主所允許涉水登天。[5] 放在這樣一個英詩傳統中閱讀'Hsilo Bridge'，脈絡中的cross和across便不是單純的走過或驅車過橋，而在援引Fate[6] 所延伸出來的多層次文化養分，另外，中詩的千手，深含千手觀音的意象，但西方卻沒有這個觀念，

4　筆者在另一悼念余光中的場合，雖然沒有直白地說出來，但字裏行間已指出六十年前詩人已預見必將渡河而去，接受千手的歡迎。見蘇其康(2018)，頁98。文中並指出英譯用"bridge"一詞代替原詩的「河」，非為誤譯，而是妙譯。在實際生活上，一九八五年秋天之後，余光中定居高雄—西螺大橋濁水溪以南，應驗了「既渡的我將異於未渡的我」。

5　這首頗著盛名的英詩，充分反映歐洲基督教思維的生前死後的哲理和現世對寶物的價值觀，原詩雖然只有專家才找得到，但有網路版方便大眾查閱，見 Sarah Stanbury 所編，羅徹斯特大學(University of Rochester)的網頁，並參見詩行316-324。

6　在 Pearl 詩中相對的語詞是"Dryghtyn"，即上主之意。

所以英詩中，不說千手伸出來，而說自神祕之境中散播出(radiate)光芒的千手迎接走過分別兩界之橋的「我」，進入另一世界，文辭細緻又得體，巧妙地轉化比喻辭的用法，同時充分表達說話之人登臨的自信。

這首詩為何而寫，無由得知。證諸後期詩人針對有特殊地域或事件而譜就的作品，往往是受邀而作，如其所寫關於墾丁公園的篇甚和詠懷屈原的詩篇，這些作品，以西方角度而言，都歸屬在「應景詩」（occasional poem，法國傳統稱之為pièce d'occasion，德國則名為Gelegenheitsgedichte）之列。德儒歌德和黑格爾都給予應景詩很高的評價。[7] 這首〈西螺大橋〉，不管當初是否為了應約或應邀而譜成，其英譯所題點已符合西洋詩之應景詩歌文類，而詩中哲理省思的弦外之音，又把詩歌和人生（或人生的去向）密切結合；黑格爾有知，當會因為找到中文詩裏有他所讚賞的例證而欣慰。

"Hsilo" 一詞對外國讀者而言，可能不甚了了，但其深度的意涵卻指向西洋應景詩文類去詮釋，這首詩最後兩行："And tall looms the massive silence, / And awake is the soul of steel." 較之原來中文詩因為句型的關係，英譯的主詞更為清澈易於辨識，另方面，"looms"和 "massive" 兩個有龐大身影含意的詞語已十足說明了這是一座宏偉的鐵橋，再補上最後一句 "the soul of steel" 不單把橋擬人化，賦予生命力，也把渡河之舉和靈魂結合。這些細微的地方，都顯示英譯非常周延考究，字字珠璣，符合原來的含意，在核對一九九二和二〇一七年兩版的文字、分行和標點符號時，發現竟然完全一樣，足證當初英譯時譯者已盡心耗力，故此在若干年後重估時，仍然不必更動文字，可以入冊永存。

國內的應景詩如果要以〈西螺大橋〉始，國外的應景詩便以

7　西方傳統尤其是法國對應景詩的論述，詳見Sugano (1992)。

〈七層下〉(1965)做定位，其題目英譯為"Seven Layers Beneath"。譯者自作題解稱七之為數表示兩次訪美中間有七年之隔，並在第二次再訪時，於訪地賦詩一首。[8] 其地蓋提斯堡(Gettysburg)為美國內戰期間林肯總統發表演說的歷史聖地。詩人余光中憑弔其地，歷史感和文明／戰爭背影悠然而生，濃縮在幾行詩句中，

> ……落日在內戰以西
> 殘雪兀自封鎖著邊界
> ……
> 日落時，壞脾氣的烏鴉
> 在那邊的樺樹林中咒罵
> 罵米德將軍斷劍的雕像
> 百里內，驚動多少耳朵
> ... The sun sets
> West of the Civil War. Only snow garrisons the frontier.
> ...
> At sunset, ill-tempered crow in the birch trees
> Begins to curse, in dissonant blasphemies,
> General Sedgwick with the broken sword.
> Startled and strained are the statued ears. （余光中 2017: 24）

中文原詩的第一句「落日在內戰以西」指的是詩中人(persona)憑弔時薄暮時分的光景，此外，就好像沒有其他特別的指涉，但到了英譯，"The sun sets/West of the Civil War"卻帶動了不只是向晚

---

8 英譯原來注釋："The poem, written when I was teaching at Gettysburg College, Gettysburg, Pennsylvania in the spring of 1965, is so entitled because of the lapse of seven years between my first and second visits in the U.S." （余光中[2017], p. 338 ）。

的氣氛，而且很清脆地牽動到美國內戰時以西的地域，不只說出一個自然界日落於西的常衡數，也有地理上從西向東岸看的歷史回顧，雖然可說是平實的翻譯，卻也加入了一重歷史地理的意識在內。至於那時「殘雪的封鎖邊界」，到了英譯殘雪雖然變成了一般的雪地，卻用了一個軍事術語garrison（衛戍）之詞；衛戍邊疆(frontier)，更彰明當日南北戰爭時的疆界，雖然英譯不是十足地照著中文書寫，卻令英詩讀起來有更深刻的時序和方向感；此外中文詩說烏啼像在罵米德將軍的雕像，但到了英譯，則把米德將軍改為General Sedgewick。米德將軍(George Meade 1815-1872)在蓋提斯堡一役(1863)曾指揮聯邦軍擊敗羅伯特·李(Robert Lee 1807-1870)將軍所率領的南軍，而席德威克將軍(John Sedgwick 1813-1864)則在此戰役後期才趕到戰場參戰，不過他倒是在其後另一戰役的沙場上殉國，至於米德將軍卻在內戰結束後仍能安享了好幾年晚年的生活。單以這一史實典故而言，譯者余光中把中詩裏誤植[9]的人名改正過來，使英詩更符合其「應景」的情形，也就表示詩人和譯者在英譯過程中曾慎重其事地做過基本的檢核、考據和補遺的工夫。這種寫詩在未開始之前先做好時代背景和人物考訂的水磨工夫其實是余光中一貫的作法，雖然作品似乎在談笑間一揮而就，但為了賦詩詩人平常所下的基本功縱然我們看不見，卻不可不知。

另外一種補遺的技巧不是修飾誤植，而是把詩的肌理清晰化。在本詩中，所說烏鴉的咒罵「驚動多少耳朵」，就脈絡而言，這個「耳朵」指的是誰的耳朵並不甚清楚，因為它的可能性有多個；

9　嚴格來說，中文原詩的米德將軍之名沒有錯誤與否的問題，因為他的確在蓋提斯堡一役之初正面和南軍對壘，惟雕像是否即為米德又另當別論。但一般來說戰死沙場的將軍是值得立像紀念，故而英詩改為標示席德威克之名更易於被瞭解英詩背景的讀者所接受。

惟到了英譯的文字，"Startled and strained are the statued ears"可能性只有一個，此即為席德威克雕像的耳朵，因為構詞排序(syntax)的規範，英譯的文意只能就上面的語意來詮釋，既翻譯了文意，也翻譯了造句法則，並且間接敘明後人的立像是給席德威克而不是給米德。這一點倒不純然是選辭用字的技巧，更是語法準則的布置，使英譯較之中詩更有清楚的主詞客句的玲瓏面目，換句話說，透過英語的本質，英譯可補中詩因為構詞所導致的文意朦朧不清之憾，英譯沒有改寫，卻有令人不會誤解的修辭讀法，因此，英譯變成了中詩的重行導讀。對於這種讀法，本詩譯者絕對可以信賴，因為就如他自己所言：「詩人自譯作品，好處是完全了解原文，絕不可能『誤解』」（余光中 2017: 15），這點無論如何都是可以確信。

余光中的誤譯或誤解固然不會，但為了對象的改變，在行文上有所修飾和調整則在所難免。就如演說的情景，同一篇講稿由同一演講者在不同場合或面對不同聽眾時，語辭或語調總會酌於調整；同理，在余光中自譯的英詩裏發現這種微調情形時就不會令人太過訝異，譬如在〈敲打樂〉("Music Percussive")裏所見的例子：

> 奇颶醒，以及紅茶囊
> 燕麥粥，以及草莓醬
> 以及三色冰淇淋義大利烙餅
> 鋼鐵是城水泥是路
> ⋯⋯
> 於是年輕的耳朵酩酊的耳朵都側向西岸
> 敲打樂巴布・狄倫的旋律中側向金斯堡和費靈格蒂
> 從威奇塔到柏克麗
> 降下艾略特
> 升起惠特曼，九繆思，嫁給舊金山！

Chianti, and tea bags,

Cold drinks and hot dogs,

Pizzas, raviolis, macaronis, cheese,

Steel the city, cement the road,

......

And youthful ears inebriate have turned to the West coast,

In the mesmeric rhythm of Bob Dylan have turned to

Ginsberg and Ferlinghetti.

From Wichita to Berkeley,

Down comes T. S. E.,

Up flies Whitman, and Frisco takes all Muses as his brides.

（余光中 2017: 46-54）

　　原文的「奇颺醒」是音譯，不好懂，但英譯的"Chianti"其實是中詩的還原版，反而可以一窺此詞的原意即為紅葡萄酒的一種，這種還原翻譯，英譯勝中詩；此外，燕麥粥，草莓醬和三色冰淇淋這些西式餐點小吃全都不見了，改成為純美式口味的飲食，但其實披薩(pizzas)比義大利烙餅更清楚好懂，這大概標示了原詩在一九六六年時的選辭風格吧！至於ravioli和macaroni, cheese則是在英譯時（一九九二年版開始）新加上去，到了下一詩行，"Steel the city, cement the road"，中間再用一個逗號分隔，節奏鏗鏘有致，比中詩語氣更堅實，更有格律的感覺，從這幾個項目來說，與其說是翻譯，不如說是潤筆改寫，改造成更適合「敲打樂」世代的興情和國情，至於原詩其他幾個人名和地名，除非讀者對披頭世代(beat generation)有些認識，否則不易理解他們的意義，不過英譯一出來，費解的名詞好像大半都解決了，一來是Bob Dylan (1941-)，Allen Ginsberg (1926-1997)和Lawrence Ferlinghetti (1919-)都屬於披

頭世代的人物，二來用英語表達馬上有了語境的支持，能讀現代英美詩的人，很容易會把這些人物和地點對號入座而知道弦外之音，理解其意，又因為這節詩裏所說的情事，本來就發生在美國，透過原來地方的語言表達，更接近詩人所要明的和暗的呈現的氣氛。此節的中文詩比英譯勝上一籌唯一獨特之處，便是"T. S. E."，此辭如果沒有注釋，可能不易一下子領悟過來，但中文詩所標出的「艾略特」卻能引人玄思，也就是中文原詩回過頭來成了英譯的注解。一旦明乎此，便覺得"T. S. E."的用法有理。因為披頭世代的詩人包括Dylan，Ginsberg和Ferlinghetti都要擺脫古典的束縛，而要回歸到清純自由和靠近大自然的心境，因此他們會崇尚惠特曼的詩，而不嚮往具有古典氣息的艾略特，故此英譯抑貶後者，不稱他的正名而以簡得不能再簡的"T. S. E."作為他的名號，實在傳達了這個世代不在乎所謂主流人物的姿態。因此英譯概括了這種意在言外的訊息；在這個基礎上，原文的「九繆思，嫁給舊金山」便變成了英譯的"Frisco takes all Muses as his brides"。Frisco的確是舊金山的簡稱，不過不很普遍，卻符合那個世代的稱呼，在英譯中，Frisco倒是和T. S. E.配對而成為敲打樂（或披頭）世代那種不屑用典雅稱呼的遣詞用字，一方面表示語氣和風格上的一致性，另方面此字的雙音節比San Francisco的四音節來得容易處理其中的抑揚格律，所以除了文體的特色外，音節的多寡也成了譯者重要的考慮。譯詩一事，詩行音節數目宜畫入譯者的藍圖內，這點顧慮也是避免散文化的技巧之一，因為音節的數目會影響詩行的自然節奏，也就是詩行中的音樂感；詩人兼譯者余光中自然慎重其事，對看似小事一樁也絲毫不輕忽大意，正如他自己說的：「為了不使英譯淪於散文化的說明，顯得累贅拖沓，有時譯者不得不看開點，遺其全貌，保其精神。」（余光中 2017: 15）。如此便在英譯過程中不會完全和中文原文相對應。而另一個例子便是〈當我死時〉（余光中 2017: 32-33）。

用十七年未饜中國的眼睛

饕餮地圖，從西湖到太湖

到多鷓鴣的重慶，代替回鄉

The map, eyes for seventeen years starved

For a glimpse of home, and like a new weaned child

He drank with one wild gulp rivers and lakes

From the mouth of Yangtze all the way up

To Poyang and Tungt'ing and to Koko Nor. （余光中 2017: 32）

這是典型透過超越文字的表象而保有其精神的譯法，同時又擴大其恢宏面，本人在另文已指出此中的妙筆（蘇其康 98）。然而，因為地名及其背後的文化指涉，無法不用稍嫌累贅的譯法，遂使行數增加，這方面，譯者余光中倒是很看得開，而且也表示他很慎重地在文化脈絡中達成見微知著的任務。

在《論語・先進篇》孔子曾告訴季路：「未能事人，焉能事鬼？」，又說：「未知生焉知死？」表面意思是孔子不談鬼神和死的問題，實際上夫子要求大家更要注重營生和修心養性，惟在歷史文化環境中，國人都會避談死，不過在西方這卻是一個具深刻哲理和宗教的題目，詩人、戲劇作者和小說家在這方面的著力所在多有。對西方傳統的作法余光中了然於胸，因此，在英譯中他選了好一些有死亡意象的詩，但他的做法，無論是中文原詩或譯詩都鋪陳出新，畢竟在西方古典傳統裏，詩人被稱為事理的預知者(seer)，看到普通人所未見和後知後覺的事，此時由余光中來談，並賦予詩意，尤其顯得原詩和英譯的難能可貴，且以〈有一隻死鳥〉("There was a Dead Bird")為例證：

　　　　棲你在壁上

製造順耳的室內樂，可以亂真

鐘叩七下，你就囀七聲

……

殺一隻鳴禽，殺不死春天

歌者死後，空中有間歇的迴音

或者你堅持歌唱，面對著死亡

Perched demurely upon a wall,

And pleasing chamber music to make,

Away from the wild woodnote call.

When the clock strikes eleven

Eleven times, then, must you chime

. . . .

A singer dies, yes, but a song never does.

The air never forgets a martyred breath.

Or you can sing on in the teeth of death.

（余光中 2017: 42-44）

　　詩中的鳥在不同場合有不同的面貌，在客廳的是報時的自鳴鐘部分，在室外的卻是冬日的鳴禽。首先，在室內時，鐘叩七下，鳥即囀鳴七下。這個七的數目隱約之間有如住持進入講堂時鐘敲七下，這是慈悲的鐘聲，有助於幽冥脫苦，富有佛家意味，然而到了英譯，除了詩行分譯成更多更精細之外，還更動了「七」使之變為十一(eleven)之數，這個鐘響十一的傳統，隱然指向浮士德夜半十一時要被魔王擄走到地獄去的情景，因而有面對死亡的象徵，這與英譯最後幾行的意象串連起來，其意義再清楚不過了。英譯詩行所說的殊非實景，而是預知者(seer)對藝術的嚮往，頗有濟慈名詩〈夜

鶯頌〉("Ode to the Nightingale")的況味。如此帶動原詩的英譯已不是文字的迻譯，而是直接進入文化脈絡的翻譯了，其中的典故和掌故的使用，充分說明譯者對中英文詩歌傳統的熟諳和曾經下過深厚的工夫。雖然在最起碼的層次，語意保留下來，但一來這已不是直譯，二來也在譯文的語言文化傳統中做了適度的文化翻譯，大大地超過了平面和垂直的轉移，而接納了深度的書寫挑戰。同理，原詩所表示的「殺一隻鳴禽，殺不死春天」，到了英譯，變作"A singer dies, yes, but a song never does."譯者當然知道「殺」字的英譯詞語是甚麼，也知道鳴禽的對等英語為何，可是他就沒有採用較為貼近原字句的譯法。此外，他把鳴禽擬人化，變作"singer"。鳴禽所帶來的春天——微巧地模擬雪萊的〈西風頌〉的寄託並與之唱和——即為鳴鳥所催促出來，所化身而成的"song"，故此時譯者已擺脫了文字障，直搗語意的核心，亦即掙脫語言的囚籠，[10] 進入文字肌理以外的神韻境界，也就是意在言外的精神面貌，邁向更高層次的語意翻譯，另方面也顯露譯者在英詩傳統所紮下的工夫，非為速食文化所可比擬。

這首英譯"There was a Dead Bird"在情意上和文字進入文思的階段很有濟慈和雪萊的況味，而英國浪漫詩人又是余光中非常熟識且喜愛的作家，因此，雖然是譯詩，在TL的境界，譯者跳過表面的文字障，從對自然界的景物逼近悟道，而說出"a song never dies"或"you can sing on in the teeth of death"這樣灑脫又讓感情沉澱的明言，就從這一點來看，譯者並不完全遵照自己所訂下「不譯」的原則，可能是他太喜愛浪漫詩的文化脈絡而甘願接受挑戰，因而譯事完畢

---

10 此處所稱語言的囚籠並非詹明遜所著眼的構思，見Jameson (1972)。事實上，余光中的譯詩不直接處理結構主義和形式主義，但卻觸碰語言的流動性和企圖引導語言的現實面(reality)，此即為此處所謂「語言的囚籠」。

時稍可窺見前代浪漫詩風的痕跡。其實也表示了譯者對英國浪漫詩風物的嚮往而有鐵柱磨成針的實力。

　　往昔的中詩英譯前賢也曾碰過類似的挑選難題和進退之間的拿捏分寸，譬如魏理(Arthur Waley 1889-1966)。在他眾多譯作中，唐詩占了不少分量。雖然他也從事中詩英譯，但因為英語是他的母語，他譯詩過程的SL→TL便成了外語譯成母語，但同樣地有些詩比較好譯，有些難譯，他多所著力於白居易的詩，非因白居易的詩勝於李杜和蘇軾的作品，而是對他來說比較好譯，但後三人的作品則較難駕馭。[11] 反推余光中的英譯，因為喜愛浪漫詩，故而他的英譯雖然會是高難度，但跳過文辭結構而模擬浪漫英詩某種特質，在詩意方面，尤有可觀之處，至於在詩行中添加"yes"一詞，風趣兼且堅定，這並非翻譯，而是「造勢」，提升其哲理的醒覺性，進入寫詩而不是譯詩的領域。

　　這種手法最明顯的便見諸〈老詩人之死〉("The Death of an Old Poet")。雖然關鍵詞有「死」一字，但正如上面多篇的引錄，「死」有多種面向，有多重可以克制逾越的方式，更有多種反思而令人昂首闊步的啟示。

> 　　招招展展拍響拍不響的天氣
> 　　這邊月落那邊就烏啼
> 　　敢探向虛空的就不怕空虛

---

11 魏理原文稱："The fact that I have translated ten times more poems by Po Chü-I than by any other writer does not mean that I think him ten times as good as any of the rest, but merely that I find him by far the most translatable of the major Chinese poets, nor does it mean that I am unfamiliar with the works of other great T'ang and Sung poets. I have indeed made many attempts to translate Li Po, Tu Fu, and Su Shih; but the results have not satisfied me" (Waley 5-6)。

Flapping up into a desperate song

The inarticulation of the weather?

If on this side sets the moon,

Wouldn't on that side croak the crows?

Whatever ventures into the void

I never scared of nothingness

（余光中 2017: 110）

　　顯而易見，這部分的英譯在盡可能維持原來結構的同時，也著意於語意的前後關照，因此做了適度的改寫，雖然大體上沒有太多的變易。譬如「拍響拍不響的天氣」是二元對立的語詞結構，是非常中式的構詞法，英語較少使用這種修辭技巧，譯者於是跳脫如此中式近似值的說法，用 "desperate song" 加上 "inarticulation of the weather" 來模擬，可謂別出心裁，雖然增加了改寫的痕跡，卻也祭出了詩人譯者的特權，所謂 "poetic license" 是也，而在另一方面，「這邊月落那邊就是烏啼」，基本上是沒有辦法複製的，因為月落烏啼的背景就是唐詩的典故，而譯者也不避險就直接處理了月落和烏啼的情景，雖然原詩的愁情難以從英譯句中感受得到。此外，英譯用看似疑問句的修辭問號 "Wouldn't on that side croak the crows?" 既有間接肯定的語態，又有想像的空間，創製了「他者」的對比而非二元的對立，是富有創意的改寫。同樣的原則，譯者也把原詩「虛空」，「空虛」的倒裝轉語變成英譯的 "void" 和 "nothingness"，把虛空譯作 void 是很貼切的翻譯，惟用 "nothingness" 承載「空虛」就視乎原作者的真實意涵了，因為用英語表示空虛可有幾種說法，譯者既然不會誤解自己的詩作，也就表示 "nothingness" 是詩人的原旨了，我們只好接納這種詮釋。從另一角度來看，余光中的英譯大致上已把自己的原詩讀法定調，是

優點，也可能是缺點，惟「第三者」無由得來「抗議」（余光中 2017: 15）。就某一推理角度來看，翻譯為「認定自我是優於他人的霸權想法……而且是多義和多聲而非單語和單向。」[12] 這種說法對一般譯者均可適用，但對詩人譯者的自譯可能只符合了前半段的推理，因為一旦詩的詮釋已定調，便難有多義和多聲了，不過詩人的英譯之能「保其精神」卻是無可置疑的。

然而，正如原詩所營造的「這邊月落，那邊就是烏啼」的對稱感，除了對偶之外，也有互補之功，因此，原詩說到旗「將緩緩下降，隨金黃的號聲／下降，最高的注目禮紛紛，下降」，到了英譯，譯者有意識地經營，使之更具詩的形貌：

> And the flag...
> Will slowly fall, down along the golden call
> Amongst hushed salutations of all upturned eyes.
> And so will slowly fall
> A battered flag to be his pall.
> （余光中 2017: 112）

首先映入眼簾和誦讀的亮點，便是 "fall" 和 "call" 兩個詞，是行中韻(internal rhyme)。中詩英譯或外譯，尤其是古典詩常常會碰到如何保留押韻的難題，英詩的押韻，每每要有才氣和學養兼備始能接受挑戰。英詩雖然在文藝復興年代的十四行詩體時已把韻腳應用得非常純熟，此後江山代有才人出，但一直到浪漫詩的世代，始見各種題材，各種風格和文類配合韻腳而收發自如。當中的浪漫詩各

---

12 這說法見Martin (1990), p. 521。其原文稱"[translation] presumes the hegemony of self over other ... is polysemic and multivocal rather than monological or undirectional"。

家，正好是余光中既喜愛又熟識的別業，他之英譯，在潛意識中便有向浪漫詩諸君看齊之意，在英譯中能夠順暢地使用行中韻是可遇而不可求，但也表示譯者在浸淫於諸家作品之後，悠然自得，非為苦讀的結果，卻是下過了水磨工夫之後始有這樣的涵養。中詩英譯的譯壇裏曾有人指出魏理的翻譯漢詩，在格律上頗有模仿十九世紀詩人霍普金斯(Gerard Manley Hopkins 1844-1889)的跳彈音律(sprung rhythm)[13]之意，不過魏理卻說他的漢詩英譯是自創，非為模仿前人。然而仔細分析魏理的英譯，日常用語的形態，以及語詞音節的掌握卻是跳彈之情歷歷在目。至於譯者余光中，非常樂用單音節的英語語詞，除了貼近日常生活用語之外，單音節的字，必然是重音的字，因而更符合自然的英詩節奏。表面上沒有甚麼特別之處，但在遣辭用字一途，可看出余光中的仔細推敲和拗鍊，不只是普通的用心而已。修辭之為用，辭達而已，但 "fall" 和 "call" 的行中韻，以及 "fall" 和 "pall" 押韻，既符合意象的要求，且把旗的下降和注目的 "upturned eyes" 融合，增加譯詩的動感和戲劇性。整段詩節，大致上僅守抑揚步格(iambic meter)的規則，也就是英詩大宗主流的格律。如果不瞭解英詩的傳統，不曾在精讀和創作方面揣摩深究過，不吸收前人的心得，上面這段英譯就不會如此輕鬆愉快地重現原作精要的地方。換句話說，在丟開學究式的磨練潤飾，余光中的英譯其實包含了自然自在的學養，馭繁為簡，在不著痕跡中完成了他的英語詮釋。

　　表面上，創作所需要的學養較少，然而動人的作品必須植根

---

13 跳彈音律是指模擬日常用語的節奏，詞語若有多音節，第一個音節應為重音(stressed syllable)，其餘可為非重音(unstressed)；英國傳統中民謠、莎士比亞和彌爾敦等都採用這種格律，大致上和古英詩之注重重音(accentual)的韻體有關。其實，要保持跳彈的節奏，每行詩音節都不能太多。近人專注這方面的論述，見Schneider (1965), pp. 237-253；另見Kiparsky (1989)。

於特定的時空，把人性的真淳和特徵彰顯，使讀者感受良深，用真實感令人撼動，而真實感需要真知卓見；因此，作家除了必須具備敏銳的觀察，還要有相當程度對時空元素和描述背景的知識，這些條件都是隱性的學養修為，不明顯耀目，但缺少了，便難以吸引心智程度較高的讀者，至於同樣作品的翻譯，此中的學養要求尤在其上，少了與原作者的契合和共鳴，便無由伸展在另一種語言的思維中暢遊。余光中自譯的過程，其必要和充分條件和一般稱職譯者所需，一樣都不少。就以如上一首詩中的「注目禮」為例，英譯變作"upturned eyes"，表面來看，似乎並非完全對等的翻譯，不過，譯者余光中必然知道一般的英譯會把它寫作 "salute with eyes" 或 "saluting with eyes toward the flag"，但到了譯者余光中的手裏，他不只翻譯，還作適度的詮釋，把下降的旗置於如下的氣氛中："Amongst hushed salutations of all upturned eyes"，等於描述了降旗肅穆的情景和眾人所要遵守的禮儀，這部分情境是中文原詩所沒有的；英譯沒有照單全收，卻稍有增添，可說是附麗(enriching)的技巧，其前提是翻譯的人要懂得各式的軍事敬禮(salute)，才能活用凝視徐徐降下的旗，在寧靜中舉目注視行禮，故此，這一行的英譯和原意在神情上沒有差距，而且恰如其分，還帶出了譯者對行軍禮的基本知識。如此的翻譯，和近代哲學家班雅明(Walter Benjamin 1892-1940)對翻譯的想法頗為暗合，不過我相信余光中極可能無暇參閱班雅明的文化論述，故此，在這兒只以「暗合」來說明彼此的想法。至於班雅明，他認為譯者的職志是要仕所譯成的語言（即TL）中找到所設想的效果(intended effect)，以之與原文（即SL）產生共鳴；翻譯本身與創作不同，並沒有進駐在語言森林的核心，只落在樹林的邊緣，從外圍呼喊而不進入林中。[14] 此說法大體上解釋

---

14 這番意見是由另一作者友朋(Roxanne L. Euben)所引錄，見Euben(2006)，p.43。

了余譯的情形，因為後者戲劇化的英譯無疑成就了在英詩裏「所設想的效果」並且加以靈活化。

在TL中營造設想的效果既然是余光中英譯的原則，單純語意和結構的近似便不是他所特別著意的事了，也就表示譯者希圖撤開某種文字的束縛，作極大化的自由發揮，而不至於傷及原旨；其實這是譯者希望用譯者的身分換取成為詩人的身分，譬如在〈守夜人〉("The Night Watchman")一詩中的態勢：

> 從這一頭到時間的那一頭
> 一盞燈，推得開幾呎的渾沌？
> 壯年以後，揮筆的姿態
> 是拔劍的勇士或是拄柺杖的傷兵？
> 是我扶它走或是它扶我前進？
> 我輸它血或是它輸我血輪？
> Down Time's hallway peal from end to end.
> How much chaos will give way to a single lamp?
> Does my pen at middle age suggest
> A daring sword or a pitying crutch?
> Am I the driver of the pen or the driven?
> Am I the giver of the blood or the given?
>
> （余光中 2017: 140）

中英文兩雙對照，後者已是近乎意譯，但又不完全可稱為自由翻譯(free translation)，英譯除了前面提過的有補遺的功能之外，還有附麗和結構清晰化的用心。

原文描述時間的兩頭大致上是概念化的述辭，但到了英譯則成了具體形象的時間走廊(Time's hallway)，而且移動得有聲音(peal)，幾乎是看得見也聽得見；不過原文視覺十足的「拔劍的勇士或是拄

枴杖的傷兵」到了英譯卻又變得模糊了，故此，英譯有時會執行煉石補晴天，有時卻反而因利乘便簡化了某些弦外之音，至於 "the driver of the pen or the driven" 因為英語構詞有被動格，在語意的鋪陳上，較之中文更為靈巧精確，完全沒有翻譯僵硬的痕跡，同理，"the giver of the blood or the given" 在句型上也一樣，頗有葉慈詩歌中舞者與舞蹈融為一體的景況。[15] 這幾行詩的英譯基本上是以神韻取勝，跳過直譯，跳過構詞，也無意重建原來的句型位階和詞序，但在神韻（設想效果）中，研擬英詩的表達形式，在主動詞格與被動詞格中揉合一種微妙的比較，再透過修辭問句來建構特定的想像。其實，所有的比較都必然牽涉到翻譯，就是整合看得見的和引導到看得見的(making seen)事理，促使本來隱晦不明的他者讓人可以理解知曉，而不致陷入對文化語法的疑惑之中(Euben 43)。如若以這個說法作基礎，余光中英譯自己的詩，其實是進行另一種解碼，使處於另一種文化和歷史背景的讀者有一種自家熟識的透視和閱讀的策略。在這個意圖上，譯者余光中確實下足了工夫，利用翻譯來再呈現原旨。

　　基本上，無論是寫詩或譯詩，余光中都願意嘗試不同的文類和次文類，包括輕鬆逗趣的題材，尤其是和他所熟識的或旅遊過的地方，通常他都會把寫作對象的歷史地理背景翻查清楚，然後再用似有若無的手法把該地的人文、經濟、地理脈絡入詩，譬如他的〈車過枋寮〉("Passing Fangliao")：

> 雨落在屏東的西瓜田裏
> 甜甜的西瓜甜甜的雨
> 肥肥的西瓜肥肥的田

---

15 葉慈(W. B. Yeats)詩歌 "Among School Children" 的名句："O body swayed to music, O brightening glance, /How can we know the dancer from the dance?"

雨落在屏東肥肥的田裏

Listen, listen to the rain

Falling flush on Pingtung's plain,

On Pingtung's field of watermelon.

The sugary rain on the sugary plain,

How the watermelons suck

The juicy rain in the juicy fields.

The rain falls flush in Pingtung's fields

（余光中 2017: 126-128）

　　枋寮位於屏東縣，鐵路有站。除了稻米之外，屏東也盛產甘蔗和水果，詩人對此地的西瓜尤其印象深刻，到了英譯，譯者配合原詩歌謠的模式做了兩件事，其一是人文地理背景的補充，其二是輕快格律的組合和押韻的注入，兩者都是同時處理使譯文有渾然一體的感覺。先看韻律的情形：因為採取了歌謠的態勢，節奏要輕盈，每行音節便不能太多，故此原句有些一分為二，原詩四行便分作七行英譯，每個詞盡量選取單音節字，至於多音節的詞如 watermelon 也符合「跳彈音律」的原則。其次，rain 和 plain 押韻，不只具有音效，也符合屏東的現況。更有意思的是如此造型，叫人無法不聯想到蕭伯納(Bernard Shaw 1856-1950)的劇作《賣花女》（*Pygmalion*，後改編為電影《窈窕淑女》[*My Fair Lady*]），其中的黑根斯教授(Professor Higgins)訓練女主角所用的正音歌謠，首句如下："The rain in Spain stays mainly on the plain." 黑根斯所譜製的歌謠和余光中的譯文，在節奏、構詞和聲韻上有異曲同工之妙，而對蕭伯納的作品和作風，余光中更是神交已久。[16] 這句 "rain falling on the plain"

---

16 蕭伯納和王爾德(Oscar Wilde)齊名，各有千秋，他們的幽默都是余光中研讀的對象，後者更是余光中幾部譯作的原著作者。

的主幹關鍵詞雖然淺易，但系出名門，也同時使屏東平原無意間攀上了兩位大師筆耕的名籍。其次要看這幾行英譯的地理文化背景。屏東夏天偶有驟雨，故而英譯的 "rain falling flush on Pingtung's plain"說的是生動的實情，而黑根斯教授所譜寫的則純粹是虛擬幻境。復次，屏東所產的甘蔗，恰好解釋了 "The sugary rain on the sugary plain." 這些情景都是原文所無，卻由英譯補足補滿，使異國讀者在輕快中更有所感所受；以此觀之，余光中算不得是忠誠的譯者，但卻是極好的加注譯者。在翻譯和改寫之間，這位詩人譯者無疑借用了陸機的名言：「課虛無以責有，叩寂寞以求音」。[17] 把表面上看不到的創作技巧概念化，把作者內心所感，以及靈視所覺的洞見，用一種新的意識透過外語的思維邏輯，重新激盪演繹成為一種音響情意。

整體而言，余光中的英譯，雖然可能遇上文化典故或特殊情景，但他也不避險阻，就如他自己所說的「譯無全功」，[18] 他不會執著TL表面文字的雷同與否或句型的排列次序，但會轉化譯文使之具有補遺式的創思，更添加上含有注釋感的選辭，使讀者在另一種語言文化中更方便理解，在可能範圍內參酌使用押韻，而且又充分利用英語詞態和位格的邏輯使原詩更透明好懂，更充實地融入英詩的傳統之中，目標是把譯詩變成寫詩。

徵引文獻

Euben, Roxanne L. (2006). *Journeys to the Other Shore: Muslim and Western Travelers in Search of Knowledge* (Princeton: Princeton University Press).

17 這兩句本為陸機《文賦》關於創作的玄思妙想的寫真之言，套用在余光中極有創意的翻譯上亦甚為合適。

18 全文見余光中(2013)，〈譯無全功：認識文學翻譯的幾個路障〉，頁2-6。

Jameson, Fredric (1972). *The Prison-House of Language: A Critical Account of Structuralism and Russian Formalism* (Princeton: Princeton University Press).

Kiparsky, Paul (ed.) (1989). *Sprung Rhythm in Phonetics and Phonology, Vol I: Rhythm and Meter*. Paul Kiparsky and Gilbert Youmans (eds.) (San Diego and London: Academic Press).

Martin, Gimelli Catherine (1990). "Orientalism and the Ethnographer: Said, Herodotus, and the Discourse of Alterity." *Criticism* 32.4: 521.

My Fair Lady (1956). Dir. Moss Hart. Perf. Julie Andrews and Rex Harrison. Mark Hellinger Theatre, New York. 15 Mar. (Broadway Theatre Archive).

Schneider, E. W. (1965). "Sprung Rhythm: A Chapter in the Evolution of Nineteenth-Century Verse." *PMLA* 80.3: 237-253.

Stanbury, Sarah (ed.) (2001). *Pearl* [1993] (New York: University of Rochester). *Robbins Library Digital Projects* (http: d.lib.rochester.edu/terms/text/Stanbury-peral).

蘇其康 (2018)。〈典範譯詩的余光中〉。《文訊》no. 387 (Jan.): 98。

Sugano, Marian Zwerling (1992). *The Poetics of the Occasion: Mallarmé and the Poetry of Circumstance* (Palo Alto: Stanford University Press).

Waley, Arthur (1946). *Chinese Poems* (London: Allen and Unwin).

余光中 [Yu Kwang-chung] (1971). *Acres of Barbed Wire* (Taipei: Mei Ya Publications).

余光中 (1992)。《守夜人 / *The Night Watchman*》（臺北：九歌出版社）。

余光中（譯）(2010)。《濟慈名著譯述》（臺北：九歌出版社）。

余光中（譯）(2012)。《濟慈名著譯述藏詩版》（臺北：九歌出版社）。

余光中 (2013)。〈譯無全功：認識文學翻譯的幾個路障〉。廖咸浩、高天恩、林耀福（編）：《譯者養成面面觀》（臺北：財團法人語言訓練測驗中心），2-6。

余光中 (2017)。《守夜人 / *The Night Watchman: A Bilingual Selection of Poems, 1958-2016*》（臺北：九歌出版社）。

輯 四

變成一個更高明的你：

春訪余光中先生談創作與人生

陳幸蕙

　　初春時節，我到高雄探親，住在「愛河之心」附近。

　　愛河素有「高雄塞納河」之稱，「愛河之心」是愛河中游一個具生態整治意義的風景區，因橋下水域形如一美麗的愛心，故名。

　　約好去拜訪余光中先生的那個清晨，陽光寧靜。

　　走過「愛河之心」木棧橋，疏密有致的行道樹紫荊、綠葉山欖、洋紅仙丹和黃金風鈴，便恰如一整座水岸的詩，一路流暢鋪敘至上游余先生所住「左岸」。

　　河風習習，我想起自己過往十年，撰寫《悅讀余光中》詩卷、散文卷與遊記文學卷的日子，在反覆研讀、探索余光中作品的過程中，看不見所謂金磚作家的寫作基因，卻發現了一位文學先行者啟動豐富創作能量的故事、一個效忠繆思的文學煉丹人日琢月磨而終抵「凡經我手，必為佳構」境界的歷程！

　　如果，充滿企圖心的衝浪手，總在尋找更高的海浪，那麼如今這仍在熱烈追尋、拒絕繳械的作家，縱一葦所如於文學汪洋，他從事藝術衝浪所憑藉的理念，究竟是甚麼呢？

　　在開啟一個值得期待的春日訪談前，從「愛河之心」到「左岸」，一路上我不斷如是思索著。

陳幸蕙

余老師，早安！謝謝您接受訪談。

記得您所仰慕的美國詩人佛洛斯特曾說：「現代詩人必須是向現代人說話的人，不管他是活在哪個時代。」請問您認同這樣的觀點嗎？若請您為「現代詩人」下定義，您會怎麼說？

余光中

佛洛斯特是美國近代家喻戶曉的詩人，曾四度獲得普立茲獎，他生前所住佛蒙特州甚至把境內一座山獻給他，就命名為佛洛斯特；臺灣早期駐美大使葉公超是佛洛斯特學生，我在愛荷華求學期間也曾聽過他演講，並在安格爾教授家裏和他談過話、合拍過照片、請他在詩集上簽名，他確實是我年輕時仰慕的一位詩人，不過佛洛斯特說「現代詩人是向現代人說話的人」這定義卻稍簡單了些。

因為現代詩人形形色色，而且不一定、也不必只和「現代人說話」，他可以和古人交談，也可以盼望未來，層次可以非常多元寬廣和自由。

我認為現代詩人不必為「現代」兩個字所局限，所謂詩人其實就是打破局限的人。

陳幸蕙

您曾說：「最好的詩應深入淺出，雅俗共賞；其次應深入深出，雅人可賞。」這是否反映了身為一名詩人，您創作潛意識裏具有相當強烈的大眾意識、讀者意識，並不認同所謂「曲高和寡」，卻較貼近白居易「老嫗能解」的觀點？

余光中

我是不安於做白居易的！（笑）

白居易強調「老嫗能解」，是因他的詩多半都深入淺出，不過白居易有些詩像「晚來天欲雪，能飲一杯無？」那種醇厚深涵的韻味也非一般人所能領會。另外像杜甫，你說他究竟是深入淺出還是深入深出？杜甫有些詩是深入深出的，例如〈北征〉、〈秋興八首〉，但像〈三吏〉、〈三別〉卻雅俗共賞，很普羅文學。還有，我手中有本英詩選，以披頭四的約翰藍儂代表英國當代詩，也是因為披頭音樂雖淺近而風靡全球，但歌詞卻充滿智慧深度和豐富的思想性；所以我的理念其實很簡單，就是──曲高未必和寡，深入何妨淺出！

陳幸蕙

許多人讀您第一首詩都是〈鄉愁〉，常以「鄉愁詩人」稱您。但〈鄉愁〉一詩形成有其特殊時代背景，如今那時代已走入歷史，在海峽兩岸交流如此頻密、鄉愁已被解構的當前，您如何看待〈鄉愁〉這首詩？

余光中

其實〈鄉愁〉這首詩在臺灣並未引起太大的關注，但在大陸和海外華人世界卻不一樣──因為海外僑民離鄉背井，人同此心，所以引起廣大的共鳴；大陸則是因為教科書很早就收錄這首詩，中央電視臺也常播出，所以媒體便稱我為「鄉愁詩人」。當然，一首小詩能行遍華人世界，也算是「異數」，不過我寫詩至今超過千首，主題很多，稱我為「鄉愁詩人」，這名義雖不壞，卻把我窄化了。尤其這二十年來我多次回鄉，也寫了不少返鄉詩，曾有媒體問我：

「是否鄉愁不再？」但我覺得鄉愁不是那麼簡單，回鄉就可解的。像賀知章的詩「兒童相見不相識，笑問客從何處來？」如果你回鄉人家卻認為你是「客」，就更充滿滄桑感了。

簡單來說，鄉愁最低的層次是同鄉會式的鄉愁，回鄉就滿足了，但如果有文化歷史背景的人就不一樣。因為鄉愁只有一部分是地理的，卻有更多部分是文化歷史的。像去年我去西安，西安是幾朝故都，可看的東西太多。我請當地人帶我去樂遊原，就是李商隱詩「向晚意不適，驅車登古原」所說的「古原」，李白杜甫杜牧都寫過，但西安人很多已不知道樂遊原，那地方如今也現代建築林立，不再是登高望遠之地了，所以我從古詩得來的印象、懷念和想像，已無法在當地印證、還原，這就是歷史文化的鄉愁！

陳幸蕙

那麼歷史文化的鄉愁，是否比地理鄉愁更苦澀？

余光中

應該說更深、更複雜！不過我覺得人不應永遠回顧，也要展望將來。像我以前寫過一首詠彗星的詩〈歡呼哈雷〉，哈雷彗星每七十六年出現一次，這首詩最後我對哈雷彗星說：「下次你路過，人間已無我／但我的國家，依然是五嶽向上／一切江河依然是滾滾向東方／民族的意志永遠向前／向著熱騰騰的太陽，跟你一樣！」所以我不主張一味反芻鄉愁，倒鼓勵前瞻。

陳幸蕙

您曾寫過〈食花的怪客〉和〈焚鶴人〉兩篇小說，收在第四本散文集《焚鶴人》裏，並自稱是「投向小說的兩塊問路石」，但兩塊問路石後，您卻放下了小說之筆，請問為甚麼？

余光中

這兩篇早年所寫小說中,〈食花的怪客〉受錢鍾書影響,〈焚鶴人〉則是我親身經驗,還寫到舅舅。但因發表後沒甚麼回響,後續就沒有再從事類似的創作,這就像我女兒小時候,我寫了幾首童詩想逗她們,她們讀了好像不怎麼感動,所以我也就算了。其實有些詩若鋪平、擴大來看,也頗富敘事效果,西洋文學中敘事詩就很發達,所以想敘事在詩裏也可以進行,不一定要寫小說。

不過關於〈焚鶴人〉,有件事倒是許多外人所不知道的。那就是有一次記者訪問李安,李安說,當年他從臺灣到美國留學,是以〈焚鶴人〉為題材拍了部微電影,再配合其他條件提出申請而獲得入學許可的。……

陳幸蕙

原來李安和您有這麼一段因緣!那麼李安電影生涯可說最初是從您〈焚鶴人〉開始的了?

余光中

(微笑)

陳幸蕙

請問您如何看待「文以載道」這樣的創作觀?

余光中

「文以載道」這問題一直困擾文學家,以後可能還會爭論下去。不過孔子不是說「詩可以興,可以觀,可以群,可以怨」嗎?我曾經分析過這四個觀點—「可以興」、「可以怨」較強調個人,

「可以觀」是觀社會，「可以群」就是溝通人心，所以孔子對文學功能的看法是開放多元的。到了民初，這問題又有一個有心人提出來，那就是周作人。周作人把「詩以言志，文以載道」的說法延伸成「言他人之志就是載道，載自己之道就是言志」，說得很精彩，我在香港教現代文學時就常跟學生提這個觀念，因為所謂言志、載道，大我、小我都在這當中調和了。

陳幸蕙

說到言志載道，這裏想請教的是，您如今將屆九十高齡，仍持續發表作品，質精量豐，老而彌堅，令人感佩，請問您是怎麼維持巔峰狀態的？

余光中

通常一個作家寫到中年大概主題就寫光了，文體也寫光了，這就是所謂的「江郎才盡」；但如果他還對生命充滿好奇、充滿熱愛，覺得活著是好事，是件幸福的事，那麼他的主題是不會衰竭的！另外，如果他對自己的母語一直保持敏感，覺得李杜之後我還有話可講，白先勇張愛玲之後我還有小說可寫，他就可以一直寫下去！可是堅持寫到老，也並不能保證寫得好，這不是憑意志可以操縱的事，就看你後續是否還不斷閱讀、不斷好奇、不斷體會生命。

我幾乎沒有甚麼太大的瓶頸，是因為我的文學世界有詩、文、評、譯四度空間，詩不寫就寫散文，散文不寫就翻譯評論，譯、評一陣後，詩靈感就來了，總之有四樣東西來來去去，可以靈活調劑運用，相互影響支援。另外所謂創作，直接寫生命固是一種創作，但間接從不同藝術型態吸收靈感，比如說欣賞繪畫、聽音樂、看電影電視，打動了你，也可以變成文學。所以對我來說，看電影電視不只是休閒，更是另類閱讀，從中常可以找到創作新元素。總之，

熱愛生命，保持敏銳感受和觀察，題材和靈感就源源不絕。

陳幸蕙

請問您常修改作品嗎？您對修改這事看法如何？

余光中

散文、評論初稿完成，通常我每頁只改兩三個字……

陳幸蕙

所以您幾乎一下筆就定稿了？

余光中

散文、評論是這樣。其實我當初寫這兩種文體也是寫寫改改，總想反正初稿嘛，文字粗一點、思想不那麼圓融也沒關係，先寫再說，後來發現這種想法不對，我就督促自己，初稿就要把它當定稿來寫！所以通常我會先想好完整的大綱，邊寫邊想更好的點子，到後來大綱豐富成熟了，要改的就不是那麼多。

但寫詩就不一樣了。長詩固不必說，短詩也是改來改去。因為人寫詩時常有一種創造傑作的幻覺、興奮，寫出來卻可能不怎麼樣。可是無論怎麼困難，我初稿總是把它先寫完，擺在那裏，看不順眼就不看，過一個禮拜、一個月再拿出來，ㄟ，原來毛病在這裏，把它改一改，這一改就活過來了！有時候要改好幾次，總之，詩我是一定要改的，改來改去，會把一首爛詩救好。

現在我對修改有一個看法，就是甚麼叫修改呢？你寫了一篇作品第二天要改，可是第二天的你還是第一天的你，你憑甚麼能改呢？所以這時候你就要聚精會神，高度集中，把自己提升得比昨天更高明，要變成一個更高明的你，才能回過頭來改比較不高明的

你。如果只注意文從字順的問題是不夠的。也就是說，我改，並不是意思不對或有錯，而是我這句話要講得更有力量，是改感性不是改知性的部分，因為知性都對了都已經在那裏了。

陳幸蕙

那麼不論從知性還是感性角度出發，請問您覺得甚麼使得作家和一般人不一樣？年輕作家若想在藝術上有所長進，您有無特別建議？

余光中

作家和一般人不同的地方，簡單說就是專業，就是奉獻，奉獻他的專業。同樣，醫生也是一樣，政治家也一樣。像孫中山奔走革命，母親過世時，他無法在床邊送終，這就是一種奉獻。我覺得詩人若要對自己這行負責、要在藝術上長進，就應盡可能把要寫的題材寫活、把自己母語鍛鍊到最成熟！如果一個作家把母語寫得超越了前輩，這點子是李白沒想過的，那句話韓愈寫不出來，你能寫出來，那就是身為中文作家的一個意義，也是年輕作家可以努力的一個方向。

陳幸蕙

談到藝術長進，這裏略微延伸上一個課題，記得美國小說家福克納曾說：「作家唯一該做的就是對藝術負責。若藝術上需要，就算必須搶劫自己的母親，他也毫不猶豫。一篇經典之作抵得上千千萬萬個老婦人！」您認同這樣的觀點嗎？

余光中

福克納這話說得非常激烈，但就算為了藝術的理由，最多也只

能想像去搶劫母親，若真去搶，在倫理上就過分了，那每一行豈不都可以搶自己的母親？如果政治上有需要，像劉邦還會犧牲自己的父親，對項羽說甚麼分一杯羹給我，這當然是匪夷所思的！畢竟，藝術不是一切，不能為藝術犧牲其他更可貴的東西。

陳幸蕙

那就先撇開藝術，請問一個有趣的假設性課題——如果不寫作，您覺得自己這一生最有可能傾全力投注的工作是甚麼？

余光中

我以前高中時喜歡天文、地質，喜歡到曾經把借來的天文書抄了大半本。如果說是胡思亂想的話，那麼我確實曾經幻想過自己將來會做一個天文學家、地質學家；還有，有時在音樂廳聽鋼琴家彈協奏曲也非常羨慕，另外開車開快的時候，覺得賽車也很不錯！……

陳幸蕙

所以您曾想過當科學家、鋼琴家，甚至賽車選手？

余光中

對！不過這都是幻想，有趣的胡思亂想罷了（笑）。

陳幸蕙

最後請教一個非文學性問題。《百年孤寂》作者馬奎斯說他「活著是為了說故事」，已故蘋果公司創辦人賈伯斯說他「活著是為了改變世界」，請問您活著為了甚麼？請您總結您到目前為止的生命經驗和智慧告訴我們，人活著，到底，或應該，為了甚麼？

余光中

說到活著的意義，中國人有現成的選擇，就是立德立功立言，我活著是為了立言。我沒有辦法影響選民，也沒有辦法成仁成聖，可是我至少可以控制兩樣東西，一個是我的母語，一個就是我那輛可憐的汽車，我要它怎樣，它就怎樣，它永遠在門口等我……（笑）。

當然，人生有遇有不遇，像諸葛亮如果沒碰到劉備就不遇，但不遇也沒關係，你就在隆中每天哼哼〈梁父吟〉也很好，省得去輔佐一個阿斗，而蜀亡之時諸葛亮一門全部犧牲，兒子、後人全都戰死，真的是肝腦塗地！如果就在隆中做個隱士，寫幾首田園詩，應該也很快樂。但這是從小我來說，如果從大我從歷史貢獻看，那還是做後來的諸葛亮好，你看〈出師表〉多動人，真是不朽的傳世之作！

所以人活著為了甚麼？

我想這其實該去問宗教家、哲學家，但或許其實最該問的是自己！

那也就是說，在這只活一次的人生中，你要思考，自己能夠做甚麼？應該做甚麼？願意做甚麼？你對自己要做的事，究竟想做到甚麼程度？甚麼信念值得堅持？還有，這事對你、對這世界是否有意義？

陳幸蕙

俄國作家高爾基曾說：「人生來是要追求幸福的，如同鳥生來是要飛」，您同意這看法嗎？

余光中

為自己、為別人創造幸福，當作是活著的目的！這意見很好，哦，我當然同意啦！……

陳幸蕙

真高興今天和您有這樣一場雋永美好的對話，收穫很多，希望沒占用您太多時間，由衷感謝您接受訪談外，也祝您諸事圓滿愉快！

余光中教授簡歷與著作書目

壹、簡歷

1928 年	十月廿一日生於南京。父為余超英,母孫秀君
1937-38 年	流離於江蘇、安徽、上海,後經香港、昆明、貴陽抵重慶與父團聚
1940 年	進入南京青年會中學
1947 年	中學畢業,進入金陵大學外文系
1949 年	轉入廈門大學外文系二年級 七月,一家遷港
1950 年	夏,由港來臺,就讀臺灣大學外文系三年級
1952 年	臺灣大學外文系畢業
1953 年	服預官役,擔任國防部總聯絡官室少尉編譯官
1954 年	與覃子豪、鍾鼎文、夏菁、鄧禹平創立藍星詩社
1956 年	與范我存結婚 於東吳大學兼課
1957 年	於國立臺灣師範大學兼課
1958 年	六月,長女珊珊出生 母親辭世 十月,赴美國愛荷華大學國際作家工作坊進修
1959 年	夏,取得愛荷華大學藝術碩士學位 返臺,擔任臺灣師範大學英語系講師

	次女幼珊出生
1961 年	至菲律賓講學二週
	於東海大學、東吳大學、淡江大學兼課
	三女佩珊出生
1962 年	獲頒中國文藝協會新詩獎
1964 年	秋，應美國國務院之邀赴美國講學一年
1965 年	任西密歇根州立大學英文系副教授
	四女兒季珊出生
1966 年	夏，返臺，擔任臺灣師範大學副教授，並於臺大、政治大學、淡江大學兼課
	當選中華民國十大傑出青年
1969 年	赴美擔任州教育廳外國課程顧問、美國丹佛 Temple Buell College 客座教授
1971 年	返臺，擔任臺灣師範大學英語系教授
	在臺灣大學、政治大學兼課
1972 年	擔任政治大學西語系系主任
	赴香港，擔任中文大學聯合書院中文系教授，七五年兼該系主任
1980 年	休假返臺，擔任臺灣師範大學英語系主任一年
1985 年	離港，移居高雄，擔任國立中山大學外文研究所教授、所長兼文學院院長
1989 年	獲頒第十五屆國家文藝獎新詩獎
1990 年	擔任中華民國筆會會長
1991 年	獲頒美西華人學會文學成就獎
1992 年	二月，父余超英逝世
1995 年	獲廈門大學頒贈名譽客座教授，返母校演講，此為離開

廈門四十六年後首度赴中國大陸

1999 年	擔任國立中山大學榮譽退休講座教授
2001 年	獲頒第二屆霍英東成就獎
2003 年	香港中文大學頒贈名譽文學博士
2007 年	當選臺灣大學傑出校友
2011 年	獲頒「第一屆全球華文文學星雲獎」貢獻獎
	獲頒國立中山大學名譽博士
2015 年	獲頒二等景星勳章
	獲頒馬來西亞「花蹤世界華文文學獎」
2017 年	十二月十四日病逝高雄

貳、著作書目

【詩集】

1952 年	《舟子的悲歌》（臺北：野風出版社發行）。
1954 年	《藍色的羽毛》（臺北：藍星詩社）。
1960 年	《萬聖節》（臺北：藍星詩社）。
1960 年	《鐘乳石》（香港：中外畫報社）。
1964 年	《蓮的聯想》（臺北：文星書店／大林出版社，1969／時報文化，1980／九歌出版社，2007）。
1967 年	《五陵少年》（臺北：文星書店／大地出版社，1981）。
1969 年	《天國的夜市》（臺北：三民書局）。
1969 年	《敲打樂》（臺北：純文學出版社／九歌出版社。1989）。
1969 年	《在冷戰的年代》（臺北：純文學出版社）。
1974 年	《白玉苦瓜》（臺北：大地出版社／九歌出版社，2008）。

1976 年	《天狼星》（臺北：洪範書店）。
1979 年	《與永恆拔河》（臺北：洪範書店）。
1981 年	《余光中詩選 1949-1981》（臺北：洪範書店）。
1983 年	《隔水觀音》（臺北：洪範書店）。
1986 年	《紫荊賦》（臺北：洪範書店）。
1990 年	《夢與地理》（臺北：洪範書店）。
1992 年	《守夜人：中英對照詩集》（臺北：九歌出版社）。
1996 年	《安石榴》（臺北：洪範書店）。
1996 年	《雙人床》（臺北：洪範書店）。
1998 年	《余光中詩選·第二卷 1982-1998》（臺北：洪範書店）。
1998 年	《五行無阻》（臺北：九歌出版社）。
2000 年	《高樓對海》（臺北：九歌出版社）。
2008 年	《藕神》（臺北：九歌出版社）。
2008 年	《余光中幽默詩選》。陳幸蕙（編）（臺北：天下遠見出版有限公司）。
2008 年	《余光中六十年詩選》。陳芳明（編）（臺北：印刻文學生活誌）。
2008 年	《余光中集》。丁旭輝（編）（臺南：國立臺灣文學館）。
2015 年	《太陽點名》（臺北：九歌出版社）。

【散文與評論】

1963 年	《左手的繆思》（臺北：文星書店 / 九歌出版社，2015）。
1964 年	《掌上雨》（臺北：文星書店 / 時報出版公司，1980）。
1965 年	《逍遙遊》（臺北：文星書店 / 時報出版公司，1984 / 九歌出版社，2000）。
1968 年	《望鄉的牧神》（臺北：純文學月刊社 / 純文學出版社，1974 / 九歌出版社，2008）。

1972 年	《焚鶴人》（臺北：純文學出版社）。
1974 年	《聽聽那冷雨》（臺北：純文學出版社／九歌出版社，2002）。
1977 年	《青青邊愁》（臺北：純文學出版社／九歌出版社，2010）。
1981 年	《分水嶺上：余光中評論文集》（臺北：純文學出版社／九歌出版社，2009）。
1987 年	《記憶像鐵軌一樣長》（臺北：洪範書店）。
1988 年	《憑一張地圖》（臺北：九歌出版社）。
1990 年	《隔水呼渡》（臺北：九歌出版社）。
1994 年	《從徐霞客到梵谷》（臺北：九歌出版社）。
1996 年	《井然有序：余光中序文集》（臺北：九歌出版社）。
1998 年	《日不落家》（臺北：九歌出版社）。
1998 年	《藍墨水的下游》（臺北：九歌出版社）。
2002 年	《余光中精選集》（臺北：九歌出版社）。
2005 年	《余光中幽默文選》（臺北：天下遠見出版有限公司）。
2005 年	《青銅一夢》（臺北：九歌出版社）。
2008 年	《余光中跨世紀散文》。陳芳明（編）（臺北：九歌出版社）。
2008 年	《舉杯向天笑》（臺北：九歌出版社）。
2015 年	《粉絲與知音》（臺北：九歌出版社）。
2018 年	《從杜甫到達利》（臺北：九歌出版社）。

【翻譯與譯評】

1957 年	《老人和大海》(*The Old Man and the Sea*)[1952-53]。漢明威 (Ernest Hemingway) 著（臺北：重光文藝出版社）。

1957 年	《梵谷傳》(*Lust for Life:The Story of Vincent van Gogh*) [1955]。伊爾文‧史東 (Irving Stone) 著（臺北：重光文藝出版社／臺北：大地出版社，1978／九歌出版社，2009）。
1960 年	《英詩譯註》（臺北：文星書店／大林出版社，1984／水牛出版社，1991）。
1960 年	*New Chinese Poetry*（《中國新詩集錦》）(Taipei and Hong Kong: The Heritage Press).
1961 年	《美國詩選》。林以亮（編選），（香港：今日世界出版社／臺北：臺灣英文雜誌社，1988）〔張愛玲、林以亮、余光中、邢光祖、夏菁、梁實秋譯〕。
1968 年	《英美現代詩選》（臺北：學生書店／大林出版社，1970／九歌出版社，2017）。
1971 年	*Acres of Barbed Wire*（《滿田的鐵絲網》）(Taipei: Mei Ya Publications).
1972 年	《錄事巴托比》(*Bartleby the Scrivener*) 梅爾維爾 (Herman Melville) 著（香港：今日世界）
1983 年	《不可兒戲：三幕喜劇》(*The Importance of Being Earnest*)。王爾德 (Oscar Wilde) 著（臺北：大地出版社／九歌出版社，2012）。
1984 年	《土耳其現代詩選》(*The Penguin Book of Turkish Verse*)。梅尼夢覺赫露 (Nermin Menemencioglu)、伊茲 (Fahir lz)（編選）；諸家（譯）著（臺北：林白出版社）。
1992 年	《溫夫人的扇子》(*Lady Windermere's Fan*)。王爾德 (Oscar Wilde) 著（臺北：大地出版社／九歌出版社，2002）。

1992 年	《守夜人：中英對照詩集，1958-1992》(*The Night Watchman: A Bilingual Selection of Poems by Yu Kwang-chung,* 1958-1992)（臺北：九歌出版社，2004）。
1995 年	《理想丈夫》(*An Ideal Husband*)。王爾德 (Oscar Wilde) 著（臺北：大地／九歌出版社，2009）。
2002 年	《含英吐華：梁實秋翻譯獎評語集》（臺北：九歌出版社）。
2003 年	《緋紅樹》(*The Red Tree*)。陳志勇 (Shaun Tan) 著（新竹：和英出版社）。
2004 年	《守夜人：中英對照詩集，1958-2004》(*The Night Watchman: A Bilingual Selection of Poems by Yu Kwang-chung,* 1958-2004)。增訂二版（臺北：九歌出版社）。
2008 年	《不要緊的女人》(*A Woman of No Importance*)。王爾德 (Oscar Wilde) 著（臺北：九歌出版社）。
2010 年	《濟慈名著譯述》。濟慈 (John Keats) 著（臺北：九歌出版社）。
2017年	《守夜人：中英對照詩集，1958-2016》(*The Night Watchman: A Bilingual Selection of Poems by Yu Kwang-chung,* 1958-2016)。增訂三版（臺北：九歌出版社）。

【編輯】

1972 年	《中國現代文學大系》（臺北：巨人出版社）〔余光中等主編〕。
1973年	*University English Reader* [大學英文讀本](Taipei:

Department of Western Languages & Literature, National Chengchi University).

1981 年	《文學的沙田》（臺北：洪範書店）。
1988 年	《秋之頌：梁實秋先生紀念文集》，（臺北：九歌出版社）。
1989 年	《我的心在天安門：六四事件悼念詩選》余光中（編），（臺北：正中書局）。
1989 年	《中華現代文學大系：臺灣一九七〇─一九八九》（臺北：九歌出版社）〔余光中總編〕。
1991年	《五四，祝你生日快樂》（高雄：國立中山大學文學院）。
1995 年	《雅舍尺牘：梁實秋書札真跡》（臺北：九歌出版社）。
2003 年	《中華現代文學大系貳：臺灣一九八九─二〇〇三》（臺北：九歌出版社）〔余光中總編〕。

＊本余光中著、譯作一覽表僅列臺灣出版作品（除了港版的《鐘乳石》與《錄事巴托比》之外）；後續出版社的年份為新版或重排版年份。

編者與作者簡介 （依姓氏漢語拼音排序）

陳芳明

國立臺灣大學歷史研究所碩士，美國華盛頓大學歷史系博士班候選人。現為國立政治大學臺文所講座教授。曾任教於靜宜大學中文系、暨南國際大學中文系，並成立國立政治大學臺灣文學研究所。從事歷史研究與臺灣文學研究，並致力於文學批評與文學創作。著有種類繁多，包含多本政論、傳記、文學評論集《鞭傷之島》等、散文集《風中蘆葦》、《時間長巷》、《掌中地圖》、《革命與詩》等；詩評集《詩和現實》、《美與殉美》；學術研究《台灣新文學史》、《探索臺灣史觀》、《左翼臺灣：殖民地文學運動史論》、《後殖民臺灣：文學史論及其周邊》等。

陳幸蕙

國立臺灣大學中文所碩士。曾任教於北一女中、國防管理學院文史系、清華大學中文系，並擔任國立臺北商業大學駐校作家。創作文類以散文為主，小說、評論次之，著有《玫瑰密碼：陳幸蕙的微散文》、《與玉山有約》、《海水是甜的》等；評論集《悅讀余光中‧詩卷》。曾獲中山文藝獎、時報文學獎、梁實秋文學獎、十大傑出女青年等，並編有《余光中幽默詩選》、《余光中美麗島詩選》、《小詩森林》、《小詩星河》等。

樊善標

香港中文大學中國語言及文學系博士，現任該系副教授。研究領域包含香港文學、建安文學與現代散文，曾統籌香港文學研究中心多項計畫。著有散文集《力學》、詩集《暗飛》、評論集《爐外之丹：文學評論及其他》、《清濁與風骨：建安文學研究反思》，編有《香港文學大系 1919-1949‧散文卷一》、《犀利女筆：十三妹專欄選》、合編《疊印：漫步香港文學地景》、《墨痕深處：文學、歷史、記憶論集》等。

黃維樑

廣東省澄海縣東湖鄉人，美國俄亥俄州立大學東亞語文系博士、香港中文大學一級榮譽學士、美國威斯康辛大學客座副教授、國立中山大學外文所客座教授。現任佛光大學專任教授，曾任教於香港中文大學中文系。研究專長為二十世紀中國文學、中西比較文學與文學理論與批評。著書眾多，包含《中國詩學縱橫論》、《壯麗：余光中論》、《文化英雄拜會記》等，編書十餘本。

李瑞騰

中國文化大學中文研究所博士。現任國立中央大學中文系教授兼文學院院長。曾任淡江大學中文系副教授、國立中央大學中文系主任、圖書館館長、國立臺灣文學館館長、《商工日報》副刊主編、《文訊》雜誌總編輯、《臺灣文學觀察雜誌》發行人兼總編輯、臺灣詩學季刊社社長。著有《臺灣文學風貌》、《相思千里：中國古典情詩》、《情愛掙扎：柏楊小說論析》、《文學的出路》、《新詩學》、《詩心與詩史》等，及散文集《有風就要停》、詩集《在中央》。

李有成

國立臺灣大學外文所博士，曾任國立中央研究院歐美研究所特聘研究員、歐美研究所所長、《歐美研究》季刊主編、國科會外國文學學門召集人、中華民國比較文學學會理事長、國立臺灣大學、國立臺灣師範大學兼任教授、國立中山大學合聘教授等。研究領域包含非裔與亞裔美國文學、當代英國小說、文學理論與文化批評。著作有《文學的多元文化軌跡》、《在理論的年代》、《他者》、《離散》、《和解：文學研究的省思》，詩集《鳥及其他》、《時間》、《迷路蝴蝶》等。

單德興

國立臺灣大學外文研究所博士，現任中央研究院歐美研究所特聘研究員。研究領域包含英美文學、亞美文學、文化研究及翻譯研究。曾任歐美研究所所長、《歐美研究》季刊主編、中華民國英美文學學會理事長、中華民國比較文學學會理事長。著有《銘刻與再現》、《翻譯與脈絡》、《薩依德在臺灣》、《翻譯與評介》、《對話與交流》、《卻顧所來徑》等專書與訪談錄，譯有《文學心路》、《知識分子論》、《格理弗遊記》等。

蘇其康

西雅圖華盛頓大學比較文學博士，現任高雄醫學大學語言與文化中心講座教授，國立中山大學外文系合聘教授。研究領域為英國中古暨文藝復興文學研究、中西比較文學、文學與宗教、宮廷文化與抒情詩。主編《結網與詩風：余光中先生七十壽慶論文集》、《詩歌天保：余光中教授八十壽慶論文集》。另著有《西域史地釋名》、《文學、宗教、性別和民族：中古時代的英國、中東、中國》、《歐洲

傳奇文學風貌》，譯註《亞瑟王之死》等書。

王儀君

美國伊利諾大學香檳校區比較文學博士，曾任高雄醫學大學語言文
化中心主任、人文社會學院院長、國立中山大學外國語文學系主任、
文學院院長、人文研究中心主任。研究領域包括比較文學、英國現
代前期戲劇與明代戲曲。編著多本專書與期刊專號，包含與張錦忠
合編 *Canadian Review of Comparative Literature* 期刊 *Migrants and
Their Memories* 專號，與 Jonathan White 合編專書 *The City and The
Ocean* 等。

張錯

現任美國南加州大學東亞系及比較文學系榮譽教授，亦為臺北醫學
大學特聘講座教授兼「人文藝術中心」資深主任。曾獲臺北《中國
時報》文學獎敘事詩首獎、國家文藝獎、中興文藝獎。著作五十餘
種，其中詩集即達十九種。近著有藝術評論《風格定器物》、《中
國風 *Chinoiserie*：貿易風動・千帆東來》、《蓮草與畫布：十九世
紀外貿畫與中國畫派》、譯介《英美詩歌品析導讀》及詩集《日夜
咖啡屋》等。

張錦忠

國立臺灣大學外國文學博士，現任國立中山大學外文系副教授兼人
文研究中心主任、《中山人文學報》主編。研究領域為文化符號學、
離散與空間詩學、東南亞英文與華語語系文學。著有《南洋論述：
馬華文學與文化屬性》、《馬來西亞華語語系文學》、《時光如此
遙遠：隨筆馬華文學》等書。

鍾玲

美國威士康辛大學麥迪森校區比較文學博士。曾任教於紐約州立大學艾伯尼校區、香港大學、高雄大學、國立中山大學外文系教授兼文學院院長、香港浸會大學協理副校長、文學院院長、講座教授。曾獲國家文藝獎。著有小說集《鍾玲極短篇》、《生死冤家》，詩集《芬芳的海》，散文集《愛玉的人》，論述專書《文本深層：跨文化融合與性別探索》等書。

後記

王儀君

　　《與永恆對壘》(1998)、《結網與詩風》(1999)和《詩歌天保》(2008)這三本專書是為了慶祝余光中老師七十歲生日與八十大壽分別出版的論文集。《與永恆對壘》由鍾玲主編，其中收錄港臺文友門生的詩文與翻譯。《結網與詩風》和《詩歌天保》由蘇其康擔任主編，其中囊括評論余老師的詩作、散文、翻譯的各類論著和作者們專長領域的論文。去年，國立中山大學師生在黃心雅教務長和文學院院長游淙棋所舉辦的九十歲慶生會後，余光中老師應允可以開始向各方邀稿，籌備一本評論專書，仍由蘇其康擔任主編，張錦忠和我擔任委員。余光中創作風格獨具，詩文中的主題一方面反映了大時代動盪的歷史與文化記憶，另一方面對文學風格的掌握又與華語世界的文壇的流動興衰息息相關。許多人讚嘆余光中的文字精煉與詩文風華，但是，同時擁有學者、詩人、散文家、翻譯家和評論家身分的余光中，在創作的旅程上從不停歇，反而，從家國情懷延伸出許多創作的觸角。夏志清在〈余光中：懷國與鄉愁的延續〉一文中，率先讚美余光中是能「承載中國文化的遺產，又能同時融匯旁通以歷代大文豪所代表的西方傳統」的文學家。《文訊》的社長封德屏認為，余光中在「華語文壇乃至世界文壇都是典範」，陳芳明教授也說，「余光中老師對詩的追求，

終其一生」。臺灣五、六十歲的民眾都會記得七〇年代余光中〈鄉愁四韻〉所引領的民歌風潮，二、三十歲的年輕人將留存在記憶裏的，除了有彩繪地景和磅薄山川的詩歌意象，還有〈紅葉〉、〈初別〉、〈三生石〉裏含蓄、浪漫、又讓人覺得刻骨銘心的詩韻與情感。

　　余光中老師有文壇祭酒之譽，想要評論余老師的詩文並不容易。余老師所詮釋的意象多元，詩句中濃密的情感表述經常扣緊時代的流離遷徙，詩文中跨時空的聯想又經常與哲學思考和藝術、史料、典故，互文交織。余光中的詩文深受西方浪漫時期文學影響，一方面跳脫工整的思維模式，打破格律的限制，藉著主觀的角度融入主題情境；深化的情感，豐厚的詩韻編織出層層疊疊的感性追尋和孺慕至深的思親與懷鄉之歌。另一方面，其文字的音樂性與簡練而誠摯的風格，卻又孕育出字裏行間的節奏感和一個個彷彿隨著音感跳躍而出的圖像。李瑞騰說，「余光中詩的進程與一九四九年後臺灣現代詩的發展同步，是文學史最直接的見證者」。然而，從《濟慈名著譯述》的出版和〈弔濟慈〉的感嘆，我們似乎只能約略揣摩余光中如何跨越時空，去捕捉這位十九世紀英國詩人「透過時間的雲彩，在高寒的天頂」的詩章。從弔屈原，念李白，祭杜甫，我們也只能從「呢喃燕子，迴翔白鷗」、「急鼓齊催，千槳競發」這樣的詩句中，想像余光中老師如何奠定傳統文學的根基。

　　《望鄉牧神之歌》這本論文集是專家學者試圖以不同的角度，來瞭解余光中老師的詩文創作風格特色的專書，並藉由文學理論分析作品，探索他的詩風文意，以及嘗試理解作品中所呈現的知識和經驗脈絡。藉由這本論文集，我們期待讀者在體會詩文韻味之餘，共同思索余光中老師的文學興圖。

九　歌　文　庫　1　2　9　4

望鄉牧神之歌：
余光中作品評論與研究

國家圖書館出版品預行編目（CIP）資料

望鄉牧神之歌：余光中作品評論與研究 / 蘇其康 , 王儀君 , 張錦忠
主編 . -- 初版
臺北市 : 九歌 , 2018.10
面 ；　公分 . -- (九歌文庫 ; 1294)
ISBN 978-986-450-212-7（平裝）
1. 余光中 2. 中國文學 3. 文學評論
820.7　　　　　　　　　　　　　　　　107014916

主　　　編──蘇其康、王儀君、張錦忠
執行編輯──鍾欣純
創 辦 人──蔡文甫
發 行 人──蔡澤玉
出版發行──九歌出版社有限公司
　　　　　　臺北市八德路 3 段 12 巷 57 弄 40 號
　　　　　　電話 / 25776564 傳真 / 25789205
　　　　　　郵政劃撥 / 0112295-1

九歌文學網　www.chiuko.com.tw

印　　　刷──晨捷印製股份有限公司
法律顧問──龍躍天律師 · 蕭雄淋律師 · 董安丹律師
初　　　版──2018 年 10 月

定　　　價──300 元
書　　　號──F1294
I S B N──978-986-450-212-7